中山七里

ふたたび嗤う淑女

実業之日本社

実業之日本社文庫

ふたたび嗤う淑女　目次

一　藤沢優美

1

「元始、女性は太陽でした」

そして女ほどケチで愚かな生き物はいない――往来で声を張り上げながら藤沢優《ふじさわゆ》美《み》は心中でそう毒づいていた。

「わたしたちは〈女性の活躍推進協会〉です。前政権、そして現政権は女性の活力を日本再生の柱の一つとしていますが、それは掛け声に終始していて、実際の職場には反映されていないのが実状です。どうでしょうか、女性の皆さん。あなたの職場の上司は女性でしょうか？　いいえ、まだまだそういうところは少ないはずです。日本社会はまだまだ男性優位で、有能であっても女性というだけで出世を阻まれ男性社員の補助くらいにしか扱われていない職場が圧倒的です。産休はどうですかあ？　ちゃんと産後八週間の産休を取得できていますかあ？　妊娠したと報告した途端、上司の態度が豹変《ひょうへん》したり、産休明けで復帰してみたら自分の席が窓際に移動していたりということはありませんか？　育児中で残業ができないのに、以前と仕事量が変わらずに困っているということはありませんか。もっともっと働きたいのに上司が仕事を振ってくれないとかありませんか」

　平日の昼下がり、有楽町《ゆうらくちょう》東京交通会館前。買い物客やサラリーマンの姿でごった返す中、募金箱を抱えた優美たちに視線を送る者は誰一人いない。優美は、まるで自分が道端に転がった石ころのように思えてくる。まだ六月になったばかりだというのに陽射《ひざ》しがやけに強く、化粧は汗で落ちかけている。首筋から胸にかけて雫《しずく》の川が流れていて、不快なことこの上ない。

「女だからという理由で望んでもいない仕事、数字の出ない仕事、あってもなくてもいいような仕事を押しつけられていませんでしょうか。一般職なのに連日の深夜残業が当たり前になり、総合職よりも帰りが遅くなっていることはありませんでしょうか。何年勤めても役職が上がらないということはないでしょうか。自分ではもっと違う仕事、もっと成果の出せる仕事があるのにと、歯嚙《はが》みをしているのではないでしょうか」

　優美は声を限りに訴えるが、声を大きくしても言葉を尖《とが》らせても、清々《すがすが》しいほど反応がない。

　それも当然かも知れない、と優美は頭の隅でちらと考える。自分の口から出ている言葉はどれも自分の実体験に基づいたものでもなければ、会員の訴えを我が身の問題として考えたものでもない。

大体、一般職だろうが総合職だろうが選択したのは自分自身ではないか。それを今更どの面下げて文句を言っているのか。女だからと言われて悔しければ仕事で成果を出せばいいだけの話であり、結局のところは自分の能力不足を性差のせいにしているだけではないのか。

産休だって同じことだ。好きな男と散々好きなようにセックスして出産したのだ。その子供を育てるからといって勤め先に負担を強いるのは、大概手前勝手だとは思わないのだろうか。

「正社員への登用制度があっても大学卒が条件となっていることを知らされていなかったということはありませんでしょうか。折角、国家試験に合格して転職したものの、福祉の仕事は非正規雇用ばかりだと嘆いているのではないでしょうか。そしてまた、今回提出された残業代ゼロ法案について不安を抱えている人はいませんでしょうか」

ここが肝心なところだ。働く女性の悩みを聞くばかりではなく、社会制度や悪法にも敢然と立ち向かっていく——そういう積極性を謳《うた》っていかなければ訴求効果がない。

「少子高齢化の日本を救う手立ては、女性の活躍をおいて他にありません。わたしたち〈女性の活躍推進協会〉は、女性の皆さんの完全雇用と労働環境改善のために日々、活動しています。今申し上げた残業代ゼロ法案につきましては衆議院議員柳井耕一郎《やないこういちろう》先生のご協力と連携をいただきながら、法案の見直しを図っていきたいと思っています。就職相談と斡旋《あっせん》、問題企業の法律相談、その他女性の権利と地位の向上を目指して闘っています。なにとぞ資金のご協力をお願いします」

優美は深く深く頭を下げる。そこに哀願や感謝の気持ちなどは微塵《みじん》もない。仕事なら相手に頭を下げるのは当たり前のことだ。募金活動をしている時、道往《ゆ》く者は老若男女全員がお得意様——無理にでもそう思わなければ、やっていられない。頭を下げただけでカネが入るのなら、どれだけでも下げてやる。

しばらくそのままの姿勢でいたが、募金箱にカネの入る気配は一向にない。

そのうち、やはり隣で募金箱を抱えていた神崎亜香里《かんざきあかり》が耳元に唇を寄せてきた。

「事務局長、そろそろこの場所は潮時じゃないでしょうか」

控えめな言い方だが、亜香里が提案する時はいつも頃合いのことが多い。

「どうやら、そうみたいね。撤収しましょうか」

事務所に戻ってから募金箱を開くと、二箱合わせても三千円ほどしか入っていなかった。交通会館前には二時間粘っていたはずなので、二人で頭割りにすると時給にして七百五十円。何とファストフードのバイトよりも薄給ではないか。

「お疲れ様でしたー」

亜香里が気を利かせて冷たいお茶を持ってきてくれた。自分も喉が渇いているだろうに、こういう気遣いこそが亜香里の最大の美徳だ。歳《とし》は三十そこそこ、目鼻立ちは整っているのに野暮ったい化粧が第一印象を台無しにしている。だが、それも愛嬌《あいきょう》のうちだろう。とにかくよく気のつく性格で、決してでしゃばらず、それでいて必要な時に必要な合いの手を入れてくる。彼女を採用したのはつい三カ月前だったが、今では優美になくてはならない補佐役になった感がある。

「あまり皆さんの協力、得られませんでしたね。やっぱりあたしなんかより、もっと若くて見栄えのいい人に立ってもらった方がよかったんじゃないでしょうか」

「そんなことを言い出したら、事務局長のわたしが立って三千円なんだから……」

「失礼しましたっ」

「冗談よ。さっきは時と場所が悪かった。あの暑さじゃ、立ち止まってわたしたちの主張やお願いに耳を傾ける余裕なんてないでしょ」

亜香里は合点したように頷《うなず》いてみせる。

だが本当のところは優美も、そしておそらくは亜香里も気づいている。気づいているのに口にしないのは、それを認めてしまうのが怖いからだ。

募金でカネが集まらないのは優美たちの努力不足もあるだろうが、真の原因はこの団体に対する関心のなさにある。働く女性の重要性が今ほど問われている時代はないが、優美の団体はその世情から乖離《かいり》しつつある。会の名前とは裏腹に何の活躍もできずにいる。

ＮＰＯ法人〈女性の活躍推進協会〉が旗揚げしたのは二年前のことだ。当時、政権を奪還した国民党が掲げた公約に『女性の活躍を推進する』ことが謳われ、その流れを汲《く》んで設立された。理事の中に与党議員の名前があるのは、そういった事情と決して無関係ではない。

当初は新政権の掛け声が清新なせいもあり、〈女性の活躍推進協会〉には多大な関心が寄せられ、関心とともにスタッフと寄付金も集まった。時流に乗ったものは何をせずとも上り続ける。それこそ外力だけで推進しているからだ。そして例外なく外力が衰えると同時に失速する。

きっかけは理事の一人である国民党幹事長是枝孝政《これえだたかまさ》議員の失脚だった。数人名を連ねる中の一人だったとはいえ、政治資金規正法違反と横領の容疑は関係するＮＰＯ法人の素性を怪しく変貌させるには充分な材料となった。

設立時から理事長を務めていたのは同じく国民党の柳井耕一郎だが、幹事長職にある是枝の逮捕はどうしても悪目立ちする。現に是枝逮捕のニュースが広まると、スタッフの中から退職者が続出し、少なくない会員が脱会した。〈女性の活躍推進協会〉没落の始めだった。以来、会費も寄付金も日を追う毎《ごと》に目減りし、最近ではスタッフへの給料遅配の可能性すら出てきた。

非営利を標榜《ひょうぼう》するNPO法人の資金源は会費、寄付金、本来事業からの収入、非本来事業からの収入、助成金、補助金、借入金、そして金利の八つが挙げられる。このうち〈女性の活躍推進協会〉の主な収入源は会費と寄付金、そして補助金の三つだったので賛同者の激減はそのまま協会の台所を直撃したのだ。

このままでは協会の財政が破綻してしまう――事実上、現場責任者である優美にとっては危急存亡の秋《とき》と言っても過言ではない。何か起死回生の妙案はないかと爪を嚙んでいる最中、亜香里が遠慮がちに話し掛けてきた。

「あのう、秘書の咲田《さきた》さんからお電話です」

柳井耕一郎の政策秘書、咲田彩夏《あやか》。

咄嗟《とっさ》に高慢そうな顔が思い浮かんだ。今は一番話したくない相手だが、逃げたところで相手が追及の手を緩めないのは経験上分かっている。

「待って。出るから」

目の前にある卓上電話の内線ボタンを押す。

「はい、代わりました。藤沢です」

『お疲れ様、咲田です。先月の収支報告書、まだこちらに届いていないのですが』

予想通りの催促。

届いていないのも道理、本来は月末締め三日までに送信するはずのデータを五日になってもまだ送っていない。

「ああ、申し送りに手違いがあったかも知れません。すぐに調べさせます」

『調べるより先に、藤沢さんが今すぐ送信すればいい話じゃないんですか』

話す度に感心する。国会議員の公設秘書ともなれば色々と有能なのだろうが、この女の一番の才能は相手を苛立《いらだ》たせることではないのか。

『収支報告と言ってもここ最近は収入欄に記載する事項は減少気味ですよね。さほど作成に時間がかかるとは思えないのですけど』

その上、嫌味も忘れない。

「承知しました。わたしも今しがた募金活動から帰ってきたばかりで、まだ色々と精算が終わっていないものですから、あと二時間ほど猶予をいただけませんか」

『勘定に二時間もかかるほど、募金が集まったのですか』

「いえ、そういうことではなく」

『とにかく藤沢さんからの報告がないと、こちらも先生に月締めの報告ができなくなります。いいでしょう、二時間の猶予を差し上げますから、必ずわたし宛てに送信してください』

命令口調がどうにも腹に据えかねる。だが報告を怠った非は優美にあるので反駁《はんばく》できない。

『いいですね、藤沢さん』

「はい」

『それではよろしくお願いします』

彩夏はこちらの返事も待たずに電話を切ってしまった。受話器を叩《たた》きつけたい衝動に駆られるが、亜香里の目があるので懸命に自制する。

「収支報告書、ですよね」

やはり聞こえていたか。

「確か、もうできていたはずですよね。あたしが送信しておきましょうか」

「いい」

自分でも驚くほど無愛想な声が出た。

「わたしのアドレスから送らないと、また突っ込みが入るに決まっているから」

亜香里は申し訳なさそうな顔をするが、元より彼女の責任ではないので優美は罪悪感を覚える。収支報告が遅れたのは、先月も支出超過だったのが後ろめたかったからだ。

NPO法人〈女性の活躍推進協会〉の実体は柳井耕一郎の資金団体だった。つまり会費や寄付金のほとんどは、柳井の政治資金として彼の事務所に流れている。スタッフの給料や運営資金はその余剰金で賄われているのが実情だ。この事実を知っているのはオープニング・スタッフ兼事務局長である優美を含む一部であり、また公表できる類《たぐ》いのものでもない。

働く女性のためにと寄付したり会費として納めたりしたものが政治資金に流れる――もちろん違法であり、もし発覚すれば是枝前幹事長と同様政治資金規正法違反に問われる。それでも続けているのは一にも二にも、慢性的に消費され続ける政治資金調達のためだ。優美自身は協会起《た》ち上げの時点で設立の真意を知らされていたから抵抗もないが、後から入会した会員にしてみれば背任もいいところだ。

亜香里にははっきりと事実を告げたことはないが、勘のいい彼女のことだから薄々気づいてはいるのだろう。それを面と向かって優美に問い質《ただ》そうとしないのも、亜香里の美徳に思える。

「もっと、皆さんの関心が女性の地位向上に集まればいいんですけどね」

亜香里は自分の責任でもないのに、これも申し訳なさそうに言う。切ない表情を見ていると、優美は思わずそんなことは気にしなくていいと言いそうになる。

女の中で女性の地位向上に関心を持っている者など皆無に近い。関心があるのは自分を取り巻く環境だけであり、自分の不平不満が解消できさえすれば、後は野となれ山となれと思っている。実際に優美がそうだった。

以前やはり柳井が理事を務めるNPO法人にボランティアとして参加していた。母子家庭の子供を支援するという団体だったが、そこで秘書の彩夏に運営能力を見込まれ、〈女性の活躍推進協会〉の事務局長に抜擢《ばってき》されたという経緯がある。当時優美は家電メーカーの製造ラインで派遣社員として働いていたのだが、法人の事務局長は報酬の桁が違った。そしてその途端、優美が男社会に抱いていた憤懣《ふんまん》は雲散霧消した。

自分がそうだからと言って他人も同じとは限らない。しかし優美が観察する限り、周りの女は亜香里を除いてほとんどがそうだった。従って〈女性の活躍推進協会〉が柳井個人の募金箱になっていても良心の呵責《かしゃく》は一切感じない。自分に求められているのが社会貢献ではなく集金能力だと認識してしまえば、却《かえ》って割り切れる。

加えて優美には野望がある。柳井の資金調達係を黙々とこなしていき、いずれは柳井の秘書として辣腕を振るうことだ。資格を持っていないので彩夏のような公設秘書は無理だとしても、私設秘書なら充分可能性がある。協会を起ち上げてからというもの、いったい自分が今までどれだけの資金を事務所に送金したか、よもや柳井の知らないはずがない。その実績を酌んでさえくれれば、必ずや優美を側《そば》に置いてくれるに違いない。

事務局長に就任してから何度か柳井と顔を合わせたことがある。押しの強い、いかにも政治家といった風体だったが、それゆえに信頼の置ける魅力的な男だった。この男のためなら私情を擲《なげう》ってでも働きたいと思った。

議員秘書――何という甘い響きの単語だろう。

ベルトコンベアーの前で機械の付属品となっていた優美は仮初《かりそめ》の姿だった。本来は柳井のような有力な国会議員の右腕として采配を振るべきだったのだ。今まではその機会に恵まれていなかっただけの話だ。それが今、具体的な像を結んで自分の前にぶら下がっている。

だからこそ協会の収入減は、優美への評価下落に直結する。赤字が続けばあの冷徹な彩夏のことだ、何の迷いもなく優美を事務局長の座から引きずり下ろすに違いない。そして藤沢優美は柳井耕一郎のブレーンとして不適格という烙印《らくいん》を押すだろう。

それだけは避けなければならない。

自分は必ず上にいく人間だ。たかがNPO法人の事務局長やボランティアで終わるような人間ではない。これは試金石だ。自分が柳井の秘書として相応《ふさわ》しいかどうかが試されているのだ。

何かいい方法、会費や募金のように微々たる収入増ではなく、もっと劇的なV字転換を図れるような奇策はないものか――。

考えに耽《ふけ》っていると、また亜香里が顔を寄せてきた。

「今度は何？　亜香里さん」

「あの、ちょっといいでしょうか」

改まった言い方なので、優美も少し居住まいを正す。

「事務局長、協会の収支の件でお困りなんですよね」

「今に始まったことじゃないけどね。いくら非営利団体だからって、組織を運営していくにはおカネが必要だもの。でも肝心の寄付や会費が先細りになっちゃったら辛《つら》いものがあるよね」

「元々、協会の本来事業収入というのは何だったんですか」

「会員の就業規則を巡る裁判を起訴した際に和解金が出たら、その一部だとか、講演の謝礼だとか……ホントにちっちゃいものしかないわね」

「それじゃあ、非本来事業収入はどうですか」

訊《き》かれて優美は鼻白む。

直接に目的達成するための収入が本来事業収入であり、本来事業を達成するために得る収益が非本来事業収入と区別される。本来事業収入が僅少なものなら、付け足しのような非本来事業収入などゼロに等しい。

知っていながら質問しているのなら、なかなか亜香里も意地が悪い。少し睨《にら》んでやったが、亜香里は臆することなく言葉を続ける。

「要するに女性の活躍を推進するためという大義名分があれば、それは非本来事業収入として計上できるってことですよね」

亜香里の目が意味ありげに輝いている。

「……何か提案があるのね」

「投資です」

また似合わないことを言い出したと思ったが、亜香里は尚《なお》も続ける。

「協会で留保している資金を投資で大きくするというのはどうですか」

ああ、そういうことか、と優美はわずかに肩を落とす。どんな妙手かと思ったが、所詮はその程度の思いつきだったか。

落胆も手伝って、つい返事が尖ってしまう。

「投資ねえ。株とか国債とかでしょ？　そんな気の利いたことができるならとっくの昔にやってるけど、ノウハウがなかったらおカネをドブに捨てるようなものよ。まだ宝くじのまとめ買いした方が分がいいんじゃないかしら」

「ノウハウがない者がやればそうなります。でもその道のオーソリティーが運用すれば効果が期待できるんじゃないでしょうか」

「オーソリティー？　あのね、投資会社に運用を任せても、成果が出るのは精々数年後で、それだって元金を保証できるものでもないのよ。下手《へた》をしたら傷口が広がる一方なんてことも有り得るんだし」

「それは普通の投資会社に任せた時の話です」

やっと優美は、亜香里が何やら企《たくら》んでいることに気づく。

「……心当たりがあるみたいね」

「真剣に聞いてくれますか」

「あなたの話ならいつも真剣に聞いている」

「FXってご存じですか」

「外為《がいため》でしょ。外国の為替《かわせ》を売買してその差益で儲《もう》けるっていうアレのことよね」

「あたしの知り合いに、FXに滅法強い投資アドバイザーがいて、その人の指南を受けると八割方利益が出せるんです」

「個人のトレーダーなの」

「はい。以前から親しくしてもらってます」

一笑に付そうとしたがすんでのところで思い留《とど》まった。

亜香里の目が笑っていない。これは人を信用しきっている目だ。

亜香里と接して分かったのは、彼女の人を見る目が確かなことと慎重さだ。その亜香里がここまで信頼を寄せる人物なら、よほどの傑物なのだろう。

「一度、その人に相談してみたらどうですか」

「でも」

「会って話をするだけならタダですよ。話した結果、事務局長が少しでも怪しいと思ったら、それきりにすればいいんです」

「でも」

「他に、何か有効な手立てがあるんですか？　ないんだったら、まずドアを叩かなければ、どんな人が出てくるか分からないじゃないですか」

いつになく亜香里が積極的なのも、その投資アドバイザーに対する信頼が厚いからだろう。

「そんなに優秀な人ならきっと忙しいでしょうね」

「はい、何しろ個人事業主だから土日なんてあってないようなものだって話してました。でも、五分刻みのスケジュールの中でもティータイムを作ってしまえる人です」

それに、と亜香里は胸を張る。

「あたしとの間柄だったら、何とかアポも取れますよ」

自信満々の様子を見て、優美の心が揺らぐ。

近頃流行《はや》りのＦＸ。横文字でそれらしく見せかけているが所詮は博打《ばくち》だ、とは誰の言葉だったのか。金融商品なるものは、ズブの素人《しろうと》の自分には、とにかく正体不明の胡散臭《うさんくさ》いものでしかない。

だが亜香里がこれほどまでに熱っぽく勧めるのには理由があるはずだ。ＦＸにさほど興味はなかったが、話の主である投資アドバイザーには惹《ひ》かれるものがある。それに亜香里が言った通り、少しでも怪しいと思ったら会話を切り上げればいいだけのことだ。

「じゃあ、一応アポを取っておいてくれるかしら」

「はい。きっと先方も親身になってくれると思います。女性なんですけど、とても男気のある人だから」

「えっ、女の人なの」

「野々宮恭子《ののみやきょうこ》っていう人です」

2

亜香里に連れていかれたのは丸の内《まるのうち》のオフィス街だった。無機質なビル群が立ち並ぶ中、優美はその一角にあるペンシルビルを見上げる。

「アポはお昼の一時だったんですけど、まだ余裕ですよね」

亜香里の問い掛けに、優美はスマートフォンの時刻表示を確認して頷く。ジャケットのポケットに手を突っ込む時に引っ掛かるので、最近は腕時計をしていない。

丸の内に本社を構えている会社も業態は様々だ。物販・メーカー・サービス・金融、業種によって本社の性格自体が変わってくる。それこそ意思決定の中枢になる場合もあれば、ショールームになったり単なる事務所になったりと一様ではない。こういったペンシルビルの中にオフィスを構えるというのは、さてどういう業態なのか。

亜香里に尋ねてみたが、さすがにそこまで詳しいことは知らないようだった。

「FXの取引自体は端末が数台あれば事足りるって言ってましたね。後はその、クライアントと話せる空間さえ確保できたらいいんじゃないでしょうか」

一階の案内表示板には〈7階　野々宮トレードオフィス〉とある。亜香里の言葉を信じれば、パソコン画面を睨みながら顧客一人と相談する程度ならフロアの狭さは問題ではないかも知れない。

「あのさ、最初に聞いておくけど野々宮さんてどんな人なの」

「何でも相談できる姉、みたいな人ですね。美人だけど肩肘張らなくていいし、要するに聞き上手なんです」

実際に本人と会ってみると、亜香里の言っていたことは間違っていないのを確認できた。

「はじめまして。野々宮恭子です」

三十代後半と聞いていたが、どうして教えなかったのかと思うほど小顔の美人だった。化粧が上手《うま》いのか元々がそうなのか、三十代特有の皺《しわ》や弛《たる》みがないために実年齢よりも五歳は若く見える。

「〈女性の活躍推進協会〉、ですか。言葉にするだけで勇気の湧いてくるような、いいネーミングですね」

声は低からず高からず。ゆっくりとした喋《しゃべ》り方なので、聞いていて心地《ここち》いい。

「わたしもこうして女一人で個人営業をしている身ですから、女性の為に骨身を惜しまず働いていらっしゃる方にお会いできるのは光栄です」

今まで相対した同性からいくどか同じ台詞《せりふ》を聞かされたが、お世辞と分かっていても恭子の口から出ると満更悪い気はしない。自分よりも年嵩《としかさ》の相手だが、偉ぶっていないので尚更《なおさら》好感が持てる。亜香里が全面的に信用しているのも理解できる。

「こちらこそ、そんな風に言っていただいて光栄です。でも、こうして先生の許《もと》を訪れるくらいなので切実な悩みもあるんですよ」

「先生だなんて、やめてください。野々宮と呼んでくださって構いません。日がな一日為替相場とにらめっこしているだけの個人事業主なんですから」

艶然と笑われると、同性の優美でさえも何やら妙な気分になってしまう。

ビルの外見から予想していた通り、オフィスの中はやはり狭小だった。しかしごてごてと飾り立てることもなく、入口に観葉植物がひと鉢置いてあるだけなので窮屈な印象はない。デスクの上にある三台のディスプレイと床置きにされた筐体《きょうたい》がわずかに金融商品取り扱いの雰囲気を醸している程度で、居心地も決して悪くない。執務室というよりは、顧客との相談室といった趣きが強い。

「事前に亜香里さんからご事情の一端は伺っています。失礼ですが、そちら様の収支の改善についてご相談がおありだとか……」

事前の話があろうがなかろうが、ここは責任者である自分の口から正式に申し出るのが筋というものだろう。優美は協会が柳井の資金団体である一点を除いて、ここ数カ月で収支が悪化の一途を辿《たど》っている実状を説明する。もっとも年度終了時には所轄庁に報告しなければならない内容なので、それを今第三者に伝えたところでさほど痛痒《つうよう》もない。

事情を説明し終えたところで声が掛かった。

「ところで藤沢さんは……」

「わたしも優美で結構ですよ」

「優美さんはＦＸについてどのくらいご存じでしょうか」

「外国為替取引、としか……ご説明をお願いしてもよろしいですか」

「もちろんですよ。まずＦＸというのは Foreign Exchange の略で正式には外国為替証拠金取引と言います。ドルとかユーロなどの外国通貨を交換したり売買したりして差益を得る金融商品ですね。ドルやユーロ、そして円の相場が日々変化しているのは

のか」

「はい。でも差益といっても数円の違いですよね。それがどうして大きな利益になるご承知ですよね」

「通常外貨の預金がなければ大きな取引ができないのですが、FXにはレバレッジという仕組みがあるんです。分かりやすく説明すると少額の資金でも最大二十五倍の取引が可能なのです。もちろん大きな利益が見込める反面、大きな損失をこうむる可能性もあるんですけどね」

それは当然だろうと優美も思う。金融商品で大きな利ザヤを謳っている以上、リスクもまた大きいはずだ。

「更にFXの大きな魅力には金利差による利益も挙げられます。スワップポイントと呼ばれるもので、低金利の外貨を売って高金利の外貨を買うことにより金利差にあたるポイントを受けることができます。たとえば金利2・5パーセント、1ドル91・25円のオーストラリアドルを一万ドル買った際、円の金利が0・1パーセントだと金利差は2・4パーセント、一日で六十円、一年間で二万千九百円の利益になります。つまり預金利息よりはずっと有利になるということですね」

「でも野々宮さん、預金よりも有利なのは理解できますけど、それは全部利ザヤが出ている時の話ですよね」

「ええ、高金利の外貨を売って低金利の外貨を買った場合には逆に差額分の支払い義務が生じます」

「わたしが素人なせいでしょうか、お話を聞いているとずいぶんギャンブル性が……失礼、株取引と同じように運のあるなしが大きく左右しているように思えます」

「むしろ株取引とは別ですね。株はより高値のものを追うという性格がありますけど、外国為替の場合は逆に逃げるという印象があります」

「逃げる、ですか」

「高い外貨というのは、言い換えれば他の外貨が安いことを意味します。各国の貨幣価値は国際情勢や個別の国の政情と無関係では有り得ません。FXの基本は不安な国の貨幣から安全な国の貨幣に逃げることにあります。その意味でより高値の銘柄を追い続ける株取引とは逆のベクトルを示します。逃げるのは臆病者の特性です。そして大抵の場合、戦場で生き残るのは臆病者です」

しばらく優美は黙り込む。

FXでは臆病者が勝ち残る、という理屈は清新に響いた。ギャンブル性は否定せず、慎重であるなら大きな損はしない。それに、戦場で生き残るのは臆病者というフレーズも耳に残った。

魅惑的で抗《あらが》い難い話。だが一抹の不安が払拭しきれていない。

「まだ不安があるようですね」

「いえ、あの。国際情勢や各国の政情をずっとウオッチしていなければ、交換や売買のタイミングを間違えるということですよね」

「はい」

「それには、とても広範な知識と経験が必要になるんじゃないでしょうか。いえ、野々宮さんの分析力を疑う訳じゃないんですけれど」

口に出してから、しまったと思った。きっちり恭子を疑っていると言っているようなものではないか。

案の定、目の前で恭子は少し困ったような顔つきになった。

謝らなければと思った瞬間、絶妙なタイミングで亜香里が割って入った。

「恭子さん、例のアレ、見せてあげれば？　アレを見せれば事務局長も納得すると思いますよ」

「あまりひと様にお見せするものじゃないのですけれどね」

「百聞は一見に如《し》かずですよ」

「じゃあ、お見せしましょうか。優美さん、ちょっとこっちにいらしてくださいな」

誘われるまま、優美は椅子ごと恭子の隣に移動する。三台のディスプレイを前にした時、右肩に恭子の手が置かれた。

「優美さん、真ん中の画面を見ていてください」

恭子がもう片方の手でキーを叩くと、さっと画面が変わった。各国貨幣の相場が一覧になって並んでいる。右肩に表示されているのはどうやら現在時刻らしい。

「現時刻は十三時十五分、円の為替レートは1ドル104・456円をプラスマイナス0・999円の範囲で推移していますよね」

指摘された通り、円の表示は△や▼のマークとともに秒単位で変わっているが、その変化は1・0を超えるものではない。

「わたしは十五分後の為替レートを予想してみようと思います。それもプラスマイナス0・020円の誤差内で」

「0・020円？」

思わず鸚鵡《おうむ》返しになってしまった。

「こうして見ているだけで0・999円の幅で変わっているのに、0・020円の誤差って……確率は五十分の一くらいじゃないですか」

「年初来から世界に影響を与えている大きな要因はテロと異常気象です。二つとも世界規模で発生し、前者は国際政治に、そして後者は環境に多大な変革をもたらします。政治と経済の危ういバランスの中、不安定な国の貨幣価値は下がり、安定した国のそれは相対的に上がります。9・11以来、アメリカは特にテロには敏感な動きを示しますから、アメリカ以外の国でも大きなテロが発生すると弱含みになる傾向があります。こうした大きな流れさえ把握していれば、後は折々の出来事を冷静にトレースするだけで変動の幅も自《おの》ずと分かってくるのですよ。十三時三十分時点で、円のレートは1ドル105・533円だと、わたしは予想しています」

呪文のような言葉が次々に頭の中を駆け巡り、徐々に思考が追いつかなくなる。

1ドル105・533円。今の数値から一円以上も乖離している。すると的中する確率はますます小さくなるではないか。

「さあ、優美さん。時間はわたしが見ていますから、またあなたの話をしてください」

「わたしの話っていったい何を……」

「何でも結構です。わたしは優美さんの人となりを知りたいのです。これからお付き合いするのに必要不可欠のことですからね」

「そうですよ、事務局長。ただ投資資金を預けるだけなら、投資会社と一緒。野々宮さんは投資資金だけじゃなく、その人の人生の一部まで面倒を見てくれるんです」

普段であればこんな訊かれ方をされたら反発心も起こるのだろうが、恭子と亜香里の声を聞いているとそんな気も失《う》せてしまう。優美は短大を卒業した頃からの話を嬉々《きき》として始める。いち派遣社員からNPO法人の事務局長に上り詰めたのは一種のサクセスストーリーなので、話していて気分がいい。それでも柳井の話は禁物という判断力は残っており、注意深く回避しながら話を進める。NPOでボランティアを始めたのは、自分の力を少しでも社会のために役立てたかったから。

事務局長に就任したのも、自分と同じ働く女性に手を差し伸べたかったから。自ら模造した動機だったが、嘘《うそ》も続けていれば真実になる。実際、恭子に語っていると、あたかも自分が篤実な人物のように思えてくる。そこに亜香里が絶妙な合いの手を入れてくるので、頭の芯が痺《しび》れるような快感に襲われる。自分語りというのは、どうしてこうも気持ちいいのだろうか。

協会が設立された後、柳井をはじめとした議員連中からも励ましの言葉をもらって感激したという話をしたところで、亜香里が割り込んできた。

「そろそろ約束の十三時三十分です」

夢から覚めたように優美はディスプレイに視線を移し、そして驚愕《きょうがく》した。

そんな馬鹿な。

現在時刻、十三時二十九分三十秒。

為替レートは1ドル105・529円。

そして十三時三十分ジャスト。

レートの表示は1ドル105・533円となった。

「やったあ！　すごいすごい」

言葉を失った優美の代わりに、亜香里が燥《はしゃ》いだ声を上げる。恭子も少しだけ得意そうな表情を見せた。

「そんな……こんなことって」

優美はまだ舌が上手く回らない。

「いつもはプラスマイナス0・020円の範囲内に収まるんですけど、ドンピシャなのは久しぶり」

恭子は事もなげに言ってのけるが、優美は魔法を見せられたような気分から抜け切れない。

だが為替レートがその後に推移しても、先刻の105・533円は最安値として記録されている。優美たちの目撃した数値は真正なものだったという証拠だ。

どうしてこんなことが、と繰り返していると、亜香里が自慢げに笑ってみせた。

「もちろん、こんなことは野々宮さんにしかできない芸当なんですよ。さっき仰《おっしゃ》っていた国際情勢と各国の政情、そして異常気象を視界に据えた世界市場、それらを分析し、野々宮さんの知見で処理すると、こういうことも可能なんです」

俄《にわか》に恭子と亜香里の言葉が現実味を帯びてくる。

たかが十五分後と言えども、為替レートをコンマ以下三桁まで予想できるのだ。翌日、一週間後、ひと月後ともなれば精度も多少落ちるだろうが、それでも驚異的な的中率であることに違いはない。

先の数字が判明している取引ほど美味《おい》しいものはない。仮にFXがギャンブルの一種であったとしても恐るるに足らず、いや、先の説明によればレバレッジとかで手元《で》資金の二十五倍まで運用できるというのだから却って都合がいい。いずれにしても出目《め》を事前に知っている博打は無敵だ。

優美の中でむくむくと金銭欲が湧き起こる。一攫千金《いっかくせんきん》などという普段は想像もしない単語が頭の中を駆け巡る。

だが一方で制御もかかった。長くもない給与生活で培われた〈常識〉というストッパーだ。恭子の相場師としての勘や実力を目の当たりにしても、ギャンブルには違いないという事実が金銭欲を押し留める。

待て、恭子が指南するFXはギャンブルと言えるのか？

結果の判明している博打はもはや博打とは言わない。単なる打ち出の小槌《こづち》だ。これを振らずして何を振るというのか。そもそも、お前がこの事務所を訪ねてきたのはカネが入り用だったからではないのか。

二つの相反する思いに惑っていると、恭子が柔和な笑みを湛《たた》えてこんなことを言い出した。

「最初に申し上げた通り、ＦＸは元金保証のない金融商品です。ですから最初は優美さんが自由にできる範囲で試してみればいいんですよ。何にでもお試し期間というものがあるのですから」

そのひと言が引き金になった。

「あの、取りあえず二十万円は用意できるんですけど」

「初期投資としては妥当な金額ですね。では、しばらくわたしと一緒にＦＸ運用を勉強しましょうか」

勉強という単語に違和感を覚えた。確認してみると、ひと口に投資アドバイザーといってもコースが分かれているとのことだった。一つは週に数回恭子の許で運用ノウハウを学ぶコースで、こちらは一回につき五千円ほどのレッスン料で済む代わりにオペレーションは全て優美本人がしなくてはならない。もう一つのコースは、そのまま恭子に全て運用を一任し、利益が出たらその二割を報酬として支払うというものだ。

事務局長という立場上、協会の事務所を度々抜ける訳にはいかない。それより何より、たった今恭子の驚異的なパフォーマンスを見せつけられた後では自分で運用する気など毛ほども起きない。報酬が利益の二割ぽっちならちょっと信じられないほどの好条件だ。

「でも、もし運用結果がマイナスになったら報酬額はどうやって算出するんですか」

「運用を一任してもらった上で失敗したのなら、それは全面的にわたしの落ち度なので報酬は一円も発生しません」

比べるまでもない。優美は一切を恭子に託すことに決めた。

優美は今後の取り決めについて充分な説明を受けてから、亜香里とともに退出した。

「すごく魅力的な人」

事務所に戻る道すがら、優美は誰に言うともなく呟《つぶや》いていた。

すぐに亜香里が反応した。

「でしょう？　あたしが野々宮さんに傾倒しちゃった気持ち、理解してもらえましたか」

「理解した。でも素朴な疑問なんだけど、あんなパフォーマンス持っている人がどうして騒がれないの。それこそＦＸのカリスマ扱いされても何の不思議もないし、ビジネス書の一冊でも著せば飛ぶように売れるのに」

「あたしも前に似たようなこと、言ったことがあるんです。でも軽くあしらわれちゃって。そんなことに時間や神経を使っていたら、相場勘が狂うって。それに顔の見えない一万人を相手にするより、目の前にいるクライアント十人に笑ってもらった方が満足できるって」

「……至言ね。でも、それじゃあ、野々宮さんが儲からないじゃない」

「今までの運用で、好きなことをして暮らせるだけは貯《た》めているみたいですね。羨ましいですよね。あたしたちとそんなに歳も違わないのに、もう悠々自適の生活なんですよ」

どこか余裕のある菩薩《ぼさつ》のような笑みはそれが理由か——内心でそう結論づけたが、不思議と嫉妬めいた感情が生じない。それどころか恭子のような人間なら、悠々自適の生活は最低限保障されるのが当然のようにさえ思える。

押しつけがましくもなく威圧的でもなく、それでいて全能感が身体《からだ》中から溢《あふ》れ出ている。そんな人間は柳井を除いて初めてだった。

そして、あることに思い至った。

「ねえ、亜香里さんはずっと前から野々宮さんと知り合いだったんでしょ」

「はい」

「だったらFXも……」

「あ、分かっちゃいましたね」

亜香里はぺろりと舌を出した。自分よりも年上だというのに、そういう仕草はまるでティーンのようだった。

「まあ、あたしの場合は軍資金も少なかったんですけど、何しろあんな具合だから預けたおカネがとんでもない上がり方するんですよ。このまま放っておいたらクルマどころか郊外の一戸建て買えるんじゃないかってくらい。そうなると人間って駄目ですよね。急に毎日会社に行くのが馬鹿馬鹿しくなってしまって……これって分かってもらえますか」

「分かるわ。意に添わない仕事なんて、結局は生活のためだけに働いているんだから。おカネの心配がなくなったら勤労意欲なんて湧くはずがない」

「そうなんです。それで二日ほど無断欠勤したら、どこをどう調べたのか野々宮さんに呼び出されてお叱りを受けました。あなたをロクデナシにするために手助けをしたんじゃないって」

「ロクデナシ？」

「自分で汗も恥も掻《か》かずに楽して暮らそうなんて人は、みんなロクデナシなんだそうです」

「……耳が痛いわね」

「それで半強制的に取引ストップされて……でもいい教訓になりました。今から考えても通帳の残高が勝手に増えていくのを見ていたあたし、ただのロクデナシでしたから。協会に入ったのも、元はといえばそれが動機だったんです」

初耳だった。

「正直、協会のお給料ってそんなに多くないじゃないですか。それでもやり甲斐《がい》のある仕事で汗を掻けば、少しは真人間に戻れるような気がして」

確かに頷ける入会動機だった。しかし協会が実質的には柳井の資金団体であることを勘付いているらしい亜香里は、疑念をどんな気持ちで受け止めているのか。

正面切って訊《たず》ねてしまえば、それっきり縁が切れそうな不安がある。まるで今まで友だちとして付き合っていた異性に告白するような気まずさだ。いったん口を開いてしまえば二度と元の関係には戻れなくなる。

まだ胸襟を開く時機ではなさそうだ――優美はそう判断した。

途中に銀行があったので、優美はATMから教えられた恭子の口座に二十万円を振り込んだ。これで通帳残高は少し寂しくなったが、後悔はない。微《かす》かに不安は残るものの、為替レートなど自分の携帯端末でも随時追い掛けることができる。大きくレートが崩れ出したら、その都度恭子に状況を確認すればいい。いよいよとなったら、取引を中断してもらえばいいだけのことだ。そうすれば損害も最小限で済む。そもそも、これは単なる〈お試し期間〉に過ぎないではないか。

未《いま》だ胸の奥で燻《くすぶ》る不安を押し隠しながら、優美は事務所への帰路を急いだ。

恭子から第一回目の報告がもたらされたのは、それからわずか三日後のことだった。

「208,000円?」

携帯端末に表示された数字を見て、優美は思わず声を上げた。

三日間で八千円の利益。何と4パーセントの利益が出た計算になる。

『詳しい資料は追ってご送付します』との恭子のコメントが付されていた。コメント通り、翌日の昼にはA4用紙三枚で構成された期間損益報告書なるものが、事務所宛てに送付されてきたのだが、各種グラフと数値の羅列で、一分も見ていると目が痛くなった。

細かいところまではとても理解できないが、それでも恭子が複雑な売買を繰り返して利潤を生み出してくれたことだけは、数列の多さから把握できた。

そして、しばらく考えてからぞっとした。A4用紙三枚を埋め尽くす数値と変動の記録、それはあの小さな頭を駆け巡った残滓《ざんし》に過ぎないのだ。

世間には天才を名乗る者、また他人を天才と囃《はや》し立てる有象無象《うぞうむぞう》が氾濫している。ほんのちょっぴりでも秀でた才能を半ば嘲笑するように持ち上げて、自身が凡庸以下であるのを忘れようとしている輩《やから》だ。だが真の天才がそこら中にいるはずもなく、世界は一割の秀才と九割の烏合《うごう》の衆で構成されているに過ぎない。

しかし中には存在しているのだ。何万人かに一人、あるいは何十万人かに一人の割合で天才としか表現しようのない逸材が。

野々宮恭子という人間はその数少ない逸材の一人に相違なかった。本人は例の調子で謙遜するだろうが、他の有象無象が不可能なことをやってしまえる一人は、やはり天才なのだ。

優美の携帯端末には三日置きに成果が報告されてきた。２０８，０００円は２１６，０００円に、２１６，０００円は２２４，０００円に膨れ上がり、運用開始から二週間後には遂に三十万円の大台を突破していた。

やがて運用四週間目に入った時、恭子から次のメッセージが送信されてきた。

『お試し期間は終了しました。これで手仕舞いにされるか、または継続するのかは優美さんのご判断にお任せします』

相変わらず押しつけがましくない言葉だったが、添付されていた報告書の金額はひどく威圧感があった。

『３４６，５２５円』

預けた二十万円は三週間で一・七倍以上に膨れ上がっていた。念のために一日遅れで届けられた報告書とネットで検索した為替レートを照合してみたが、円相場の終値はちゃんと一致している。

再び手品を見せられたような気分だったが、手品でないことは報告書に明記されている。

怖々、『いったん手仕舞いしますので、精算してください』と先方に依頼すると、翌日には利益の二割を差し引いた三十一万七千二百二十円が通帳に振り込まれていた。夢でも手品でもない。

野々宮恭子はＦＸの天才であり、自分は幸運にも彼女の知己を得たのだ。人間のかたちをした打ち出の小槌。

通帳残高を見ているうちに、あの昏《くら》い欲望が以前にも増して勢いよく噴き上がってきた。

3

野望とか欲得というものは喩《たと》えてみれば砒素《ひそ》のようなものだ。身内に巣くえば蓄積し続け、やがて宿主の心身を蝕《むしば》み始める。

恭子の錬金術を目の当たりにしてからというもの、優美の頭からは恭子の顔と声が離れない。今回の取引は一応手仕舞いにしてもらったものの、優美の方はこれで終わりにするつもりなど毛頭なかった。一回の取引で得た利益は恭子への報酬を差し引いても十一万円以上、投資額の五割以上だ。それほど高利回りの金融商品など、そうそうあるものではない。

五割配当なら百万円で五十万円、一千万円で五百万円、一億円なら五千万円にもなる。無論、恭子に言わせればそんな単純なものではないのだろうが、少なくとも紙の上ではそういう計算になる。

五千万円。柳井の政治資金に回すとすれば結構な金額になるはずだ。しかもＮＰＯ法人への寄付金や収入をそのまま流用はせずに、利潤として提供するのだから罪悪感に苛《さいな》まれることもない。

いや五千万円には留まらない。やりようによっては一億だろうが二億だろうが、恭子なら利潤を弾《はじ》き出せそうだ。二億もの資金を供給できれば、自分はただの下部組織の責任者ではなくなる。柳井の信望が厚くなれば私設秘書にも抜擢されるに違いない。

妄想が限りなく膨らんでいくのを押し留めることができない。優美は内心の興奮を押し隠し、事務所の中で亜香里に声を掛ける。

「恭子さんをウチのスタッフに迎え入れることはできないかしら」

予想外の申し出だったらしく亜香里は目を丸くした。

「確かにあの人は女性の自立を体現したような人ですけど、ＮＰＯに関心があるように思えません」

本人に関心があるかどうかなど知ったことではないが、もちろん口には出さない。

「あの人は是非とも欲しい人材なのよ。ウチの経理担当にしたい」

「それも分かりますけど、恭子さんは組織に縛られる人じゃない気がします。だから個人営業みたいなことをしてるんだし」

だったら本人を説得するまでだ。もう一度恭子に会いたい旨を告げると、亜香里は戸惑いを見せながらも先方のスケジュールを確認してみると言う。

亜香里とともに恭子の事務所を再訪したのは、四日後だった。既に亜香里から概要を聞かされていた恭子は、困惑を隠そうとしなかった。

「わたしの能力を買っていただくのは光栄なのですが、どうもわたしは人の下で働くのが苦手なようで……我がままだというのは承知しているんですけど、今のやり方が性に合っているんです」

「そこを曲げてお願いしたいのです」

優美は恥も外聞もなく頭を下げる。求められれば土下座も厭《いと》わないつもりだった。頭を下げただけで恭子を手に入れられるのなら、これほど安上がりなことはない。

だが自分の下げた頭にはそれほどの価値はなかったらしい。恭子は困惑顔のまま首を横に振る。

「優美さんの団体でお仕事をすれば、他のクライアントの仕事が制限されてしまいます。不遜なようですけど、わたしを必要としてくれるクライアントは少なくないのです」

それはそうだろうと思った。何しろたった一度だけ試用した自分がこれほど執着しているのだ。恭子に資産運用を一任しているような顧客なら、彼女を手放そうとするはずがない。

「それからこれは純粋な疑問なのですが、ＮＰＯというのは非営利団体ですよね。そうした団体がわたしを経理に雇うというのは、失礼ですけど何か利潤追求を目的にしていらっしゃるのでしょうか」

いっそのこと法人が柳井の資金団体である内情を打ち明けてしまおうかとも考えたが、すんでのところで思い留まった。しかしある程度の状況は説明しなければならないだろう。

「こうなったら恭子さんにはお話ししようと思います。実は〈女性の活躍推進協会〉は志を持つ国会議員の支援団体でもあります。月々のわずかばかりの収入の中から、いくばくかを政治資金として寄付しているんです」

「その国会議員さんの活動が〈女性の活躍推進協会〉の活動趣旨に沿うものだから、ですか」

恭子は好意的に解釈してくれたらしい。ならば、これを利用しない手はない。

「こんな世の中になっても尚、女性の活躍を阻もうとする勢力があります。旧態依然

の男社会とそれを許す職場環境もさることながら、社会制度にまだまだ不備がありま
す。わたしたちが真に女性の活躍を推進するには、どうしても有力な国会議員の協力
が必要になるんです」
不思議なもので協会の体裁を拵《こしら》えるために捻《ひね》り出した文言も、何度も復唱している
うちに崇高な大義名分に思えてくる。優美はここを先途と、協会の存在意義と議員へ
の献金を正当化してまくし立てる。もちろん政治資金規正法に抵触するが、知ったこ
とではない。
数分も話し続けていると、やがて横から亜香里が口を差し挟んだ。
「事務局長。もうそれだけ説明すれば恭子さんだって理解してくれますよ。ねえ、恭
子さん？」
促されて恭子は緩やかに頷く。菩薩のような笑みに優美は救われたような気持ちに
なる。
「仰ることは分かりました。それでも申し訳ありませんが、やはり協会の職員として
働くのは、わたしには荷が重いように思えます」
駄目か——落胆に頭が落ちそうになる寸前、次の言葉に救われた。
「ただし協会の資金を運用するだけならお引き受けします」
「ありがとうございます！」

思わず声が跳ね上がった。

協会組織に取り込むのには失敗したが、資金運用さえ引き受けてくれるのなら文句はない。

「それじゃあ、外部委託という形にさせていただきましょうか」

「いえ。万が一他のクライアントに知れた場合、同じように法人の資金運用を任されるかも知れません。それでは困ります」

恭子は困ると言いながらも笑みを絶やさない。

「気障《きざ》な言い方になるかも知れませんけど、わたしは顔の見えるクライアントの喜ぶのが嬉《うれ》しいのです。でも、クライアントが企業になってしまうと、いったい誰の笑顔のために働いているのか分からなくなります。ですから協会の、というよりも優美さんの個人的なご依頼とさせてくれませんか。その方がわたしもやりやすいので」

個人的な依頼となれば、タネ銭となる資金を支出する際の計上が面倒になると思ったが、どうせ柳井の事務所に送金する際には色々と偽装しているので今に始まったことではない。優美は恭子の申し出を全面的に受け入れることにした。

「承知しました。それじゃあ早速資金を用意しますのでよろしくお願いします」

改めて頭を下げる。目の前の恭子はまるで優美の頭の後ろを見ているような目をしていた。

「他人のために奮闘している人はいつも美しいですね」

一瞬、何を言い出したのかと思ったが、続く恭子の台詞を聞くうちに身動きができなくなった。

「様々なクライアントを相手にしてきたので分かります。執着する人にはふた通りありましてね。一つは自分のために死にもの狂いになる人。そしてもう一つは他人のために一生懸命になる人です。この二つは目を見ただけで分かります。あなたは後者ですね。運用して得た利益を議員さんなり世間なり、とにかく自分以外のために役立てたいと念じている。そういう人の目はどんな時でもきらきらしています。わたしはそういう目が大好きで、だからこそそういう人の力の一部になりたいと思うのです」

不意に視界がぼやけてきた。

「こういう仕事をしているとおカネが人を狂わせる魔性を持っていることをひしひしと感じます。わたしが運用を成功させる陰で、何人ものトレーダーが昏い思いを溜《た》めているのも実感できます。それでもこの仕事を続けているのは、優美さんのようにおカネを一番有意義で正しいことに使ってくれる人がいるからです」

言葉の一つ一つが熱を帯び、ささくれ立った心の襞《ひだ》に沁みてくる。

そして恭子は差し出した手で優美の手を柔らかく握ってくれた。

「わたしに声を掛けてくれて、ありがとう」

こぼしていた。

目の前が熱くなったと思った時にはもう遅かった。優美は人目も憚《はばか》らず大粒の涙を

こちらこそ、ありがとうございます。

洩《も》らすように言うのが精一杯だった。

その後落ち着いてから、優美は亜香里とともに〈野々宮トレードオフィス〉を後にした。ひとしきり泣いたせいですっかり化粧が崩れてしまったが、心はひどく晴れ晴れとしていた。

「事務局長、何だか憑《つ》き物が落ちたような顔してますね」

亜香里から茶化されても悪い気はせず、却って清々しいのは何故《なぜ》なのだろう。

「恭子さんってトレーダーの前はどんなお仕事していたのかしら。亜香里さん、聞いている？」

「以前は生活プランナーをされていたということですけど、詳しい話は聞いてません」

生活プランナーか。つまりは資産運用の家庭版だ。さっきの恭子の台詞を思い出せば、なるほどと思えてくる。ファイナンシャル・プランナーからFXトレーダー。扱う金額に違いがあっても、顧客に対する目線は変わらないということだ。

わたしに声を掛けてくれてありがとう、と恭子は言った。とんでもない話だ。出会

いに感謝したいのはこちらの方だというのに。

ところが甘く心地いい空気は亜香里の言葉で粉砕された。

「ところで、恭子さんに預ける運用資金はどこから捻出しますか」

亜香里という女は時折こんな風にどきりとする言葉を吐く。今まで思い出すまいとしていたが、実はそれが一番の悩みの種だった。

五割以上の高利回りという数値を考えても元手となる資金は多い方がいい。しかも今度は優美の小遣いではなく、協会のカネを使うことになる。ところが現状、すぐ現金として用意できる留保分は、今年一年の協会運営費の残額三百万そこそこといったところか。仮にこれを恭子に預け、先日と同様に運用したとしても得られる利潤は百五十万円程度ということになる。元金込みの四百五十万円を運用して二百二十五万円。初期投資の金額を考えれば結構な膨らみ方だが、それでも政治献金の金額とすれば小粒な印象は否めない。

「運営費を使うのはもちろんだけど、それだけじゃ不足よね」

「ですよね。日々の寄付金を注《つ》ぎ込んでも焼け石に水みたいなものだし」

所詮、博打だろうが資産運用だろうが、元手の大きなプレイヤーがより大きな勝ちを攫《さら》っていくのがマネーゲームの鉄則だ。

「いいわ。運用資金の件はわたしが何とかするから。亜香里さんは今まで通りにしていて。分かっていると思うけど、このことは協会の他の職員には他言無用だから」

亜香里は無言で頷く。

それでいい。亜香里の美徳は要所要所で注意を喚起してくれる一方で、余分なことは一切口にしないところだ。

協会に戻る道すがら、優美の頭はカネの工面で一杯になる。仮にも事務局長を続けてきたので協会の懐事情は誰よりも知っている。手をつけていいカネとそうでないカネの区別もついている。

しかし恭子の運用成績にもよるが、そうでないカネにも手をつける必要がありそうだった。


二日後、優美は協会の預金に残っていた残高のうちから二百万円だけを引き出し、現金として恭子の許に預けた。職員への給与と月々の公共料金等雑費を考慮すると、どうしても手元に最低百万円は必要だったからだ。

「確かにお預かりしました」

現金を用意した優美自身も意外だったが、百万円の束二つはひどく侘《わび》しい量感だった。銀行の真《ま》っ新《さら》な帯封も何の助けにもならない。案の定、恭子は顔色一つ変えることなく札束を受け取る。おそらく恭子にとって二百万円というのは、はした金なのだろうと思った。

「運用を開始する前に、優美さんにはひと言だけ説明をしておきたいと思います。お預かりした二百万円を運用するに当たって世界経済の大まかな傾向だけは知って欲しいと思うのです」

世界経済と聞いて優美は自然に身構えたが、恭子はいつものように艶然と笑っている。

「そんなに大層な話ではなく、FXで運用する以上は最低限知っていただきたい知識というだけです。まず、今の貨幣価値を大きく揺さぶる要因としてギリシャの経済危機を除外する訳にはいきません」

ギリシャ経済危機の話ならば、優美も連日の報道で聞き知っている。

「元々の歳入が限定されているにも拘《かか》わらず社会保障を異常に厚くしてしまったこと、更に国民の納税意識が低かったことによってギリシャは財政破綻を迎えてしまいました。先月二十九日にはギリシャの銀行預金残高が十年以上ぶりの低水準になったと欧州中央銀行からの発表があったばかりです。ギリシャの経済危機はユーロ圏の経済を巻き込みます。つまりユーロとドルの駆け引きが今後の金融経済を動かしていく柱になる訳です。当然ユーロの不安材料からドル高が予想されますが、これに対して比較的安定と言われる円がどう作用していくのか」

まるで暗記した台詞を読み上げるように、恭子の弁舌は澱《よど》みがない。話の内容はともかく、黙って聞いているとこちらの意識が朦朧《もうろう》としてくるような効果がある。

「EUの金融支援によってギリシャが持ち直すのか、それともデフォルトを迎えるのか。いずれにしても他のユーロ圏に与える影響は小さくありません。仮にギリシャがデフォルト、つまり債務不履行になった場合、ギリシャはEUを離脱してしまいますが、これがイギリスの離脱をも誘発する可能性を秘めています。そんな事態になればEU自体の信頼感が損なわれ、ユーロが暴落する危険がありますからね」

優美は慌てて相槌《あいづち》を打つ。自分が話の内容を理解していることを伝えなければと焦る。

「それならEUは金融支援せざるを得ないということですね」

「ええ。ところがこの金融支援にしてもギリシャの体質が改善されない限りザルで水を掬《すく》うようなものですから、当然EUは支援と引き換えに財政再建を約束させるでしょう。しかし長年沁みついた体質が一朝一夕に変わるとは考えにくいので、ギリシャという爆弾を抱えたEUの通貨はしばらく弱含みが懸念されます。世界のマネーがこれを見過ごすはずはありませんから、ギリシャ問題が抜本的に解決されないうちは弱含みのユーロがドルや円に対してどんな振る舞いを見せるのかが為替相場の一大テーマになるはずです」

やはり聞いていると、途中からぼんやりしてくる。経済通が聞けば興味津々になれる内容なのだろうが、生憎《あいにく》優美にその素養はない。しばらく恭子の弁舌に付き合った後、きりのいいところで腰を上げた。

「難しいことは分かりませんが、恭子さんを信用していれば安泰だというのはわたしにも分かります。運用に関しては一任しますので、どうかよろしくお願いします」

「お待ちください」

深々と頭を下げてオフィスを退出しようとした間際、恭子から呼び止められた。

「これは最初に伺っておくべきでしたけど、わたしの方で失念していました。優美さんは今回の運用で何かしらの目標数値をお持ちですか」

「目標、数値」

「これも失礼ながら人間の欲には限りがありませんからね。勝ち逃げというと言葉は悪いですけれど、運用にしても何にしても一定の目標額を決め、そこに達した時点でさっと手仕舞いをすることが肝要です。ところがそれができない人の方が多くて。逆にここまで損をしたら手を引く、という境界線も必要です。運用で失敗する人というのは、往々にして手仕舞いの時機を見誤ってしまうのが原因なんです」

言わんとしていることは分かる。恭子は言葉は悪いと断ったが、それこそ勝ち逃げのタイミングを見失うなという意味だ。目標数値を決めるのはタイミングの目安にするためだ。

　優美は咄嗟に答えられなかった。

　元より半信半疑で持ちかけた話だし、預けた二百万円が三百万円に膨れ上がれば御の字くらいにしか考えていなかった。

　ところが恭子の口から目標という単語を聞いた刹那、別の思考がめまぐるしく働き出した。三百万と指定すれば、恭子はまず間違いなくその数値まで努力してくれるだろう。逆に二百五十万と指定しても、その金額で手仕舞いしてしまう。

　だったら目標は大きい方がいい。仮に無理だとしても、恭子なら極限まで期待に応えてくれそうではないか。

　わずかに逡巡《しゅんじゅん》した挙句、優美はうわ言のようにその金額を呟いた。

「い、一億」

　口にしてからしまったと思ったが、もう遅かった。

　顔から火が出るような思いがした。一度吐いた言葉には、本人にも抑制できない力がある。たとえ本心ではなかったにせよ、言葉の持つ力に引き摺《ず》られ、容易に撤回できなくなる場合がある。ちょうど今の優美がその状態だった。

　きっと鼻で笑われるか冗談で済まされるに違いない。そう覚悟していると、予想外なほど柔和な返事があったので却って拍子抜けした。

「一億ですね。分かりました」

「……え」

「期待に沿えられるかどうか分かりませんが、やってみましょう。ただし優美さん」

「は、はい」

「資金が二百万円で目標金額が一億というご依頼が、とても困難であることは承知されていますよね」

「あの、一億というのは咄嗟に思いついた金額で」

だが恭子は弁解を聞き入れようとはしない。

「依頼された以上は最善を尽くします。それでも尚困難となった場合にはわたしから連絡させていただきますので、ご容赦ください」

「もちろんです」

腋《わき》から冷や汗が噴き出るのを堪《こら》えながらオフィスから出る。ビルを出た途端、腋ばかりか額からも玉のような汗が出たのは決して陽気のせいではなかった。

一億。

一億。

胸の裡《うち》で何度も復唱してみる。すると恭子に言い放った時にはまるで現実感のなかった言葉が、次第に実体を伴ってきた。二百万円の束を手に取ったので想像も容易だ。

あの束の五十倍。想像の中で積み上げてみればまるで煉瓦《れんが》のようで、カネという感覚が欠落してくる。

　何だ、そんなに怖《おそ》れるようなカネではない。現に恭子は一億という金額をさらりと呑《の》み込んだではないか。あの錬金術師にとって一億というカネはきっと大したものではないのだろう。

　名状しがたい違和感を無理やり拭い取り、優美は協会への帰路を急ぐ。

　三日後、恭子から期間損益報告書が送信されてきた。三日間の利益は二万円、利回りは1パーセントでこれでも高利なのだろうが、何しろ一億という金額が頭にあるのでひと桁程度の利益ではどうしても見劣りがする。人間の欲に限りがないというのは、本当にその通りだと思った。

　更に三日後の報告書では一万円、次の報告書ではまた二万円。そして土日を挟んだ五日後にはやっと十万円超えの利潤をもたらした。ところがさすが恭子だと感心している最中、本人から電話連絡があった。

「順調なんですね」

『ますますギリシャがデフォルトし、ＥＵから離脱する可能性が高まりましたからね。先週末からドル買いの波が押し寄せています。何か画期的な提案がギリシャ政府もしくはＥＵの方から為《な》されなければ、当分この基調は継続するものと思われます。ただし』

恭子は意味ありげに言葉を区切った。

『ギリシャ政府の中でも穏健派が、EUの提案を全面的に受諾するのではないかという観測が強まっています。これはまだ表に出ていない情報ですが、そうなったらユーロは下げ止まり、今度はドルが下がり始めます。従って大きな利ザヤが発生するのは、そこから四、五日の期間と見ておいた方がいいでしょう。そこで優美さんに提案します』

電話の向こう側で恭子の真剣な顔が見えるようだった。

『目標額は一億円でしたね。それならこの四日の間に一億円用意できますか』

「えっ」

「今の相場ならユーロ買いで十割の利潤を得るのも不可能ではありません。一億円の資金が二倍になりますから差し引き一億円の利益です」

一億円を用意できるか。

あまりに突然の要求に、いったん思考回路が停止する。

たかだか二百万円を用意するのを躊躇《ちゅうちょ》していた自分に一億円などという大金が工面できるのか。しかし、もし工面できたとしたら二倍になって返ってくる。ここは無理をしてでも作るべきではないのか。

欲と理性、昂揚《こうよう》と不安がせめぎ合う。せめてしばらく考える時間が欲しいと思ったが、口をついて出たのは自分でも驚く言葉だった。

「何とかしてみます。少し待ってくれませんか」

『四日は待ちます。それ以降は期待しないでください』

通話を終えてから気づいた。

手の平がべっとりと汗を掻いていた。

4

設立時を別として、〈女性の活躍推進協会〉は金融機関から融資を受けたことがない。元よりある程度まとまった収入は柳井の事務所に送金してしまうため、借金をしても返済の目処《めど》が立たないためだ。

だが今はそんな悠長なことを言っている場合ではない。最初に優美が思いついたのは日本政策金融公庫のＮＰＯ法人向け融資だ。しかしこれは融資の上限が有担保で七千二百万円に定められている。優美が申し込んでも審査が通るとは限らない。

次に思いついたのが労金・信用金庫による法人向け貸付だった。だがこちらは上限が五百万円で、法人代表者を含む二名以上の連帯保証人が必要になってくる。

そして両者とも致命的なのが申込みから融資実行まで一週間以上かかることだった。

それでは恭子の要求に間に合わない。

とにかく金額が金額なだけに、頼れるところは限られてくる。恭子が運用に成功してくれればすぐに返済してしまえるので、とりあえず金利は無視できる。しかし期限の問題で真っ当な金融機関は条件に合わない。

散々迷った挙句、優美は柳井の事務所に出向いた。柳井自身から資金を融通してもらうためだった。一億円借りたとしても、すぐに二億円にして返済すれば、そのまま柳井の懐が潤うことになる。

だが応接室に現れた秘書の彩夏は、優美の申し出を聞くなり鼻で笑った。

「アポも取らずにどんな用件かと思えば、そんなことですか。担保も保証もなしにいきなり一億貸せだなんて、頭がどうかしてしまったのですか」

呆《あき》れて物も言えないという態度だったが、怯《ひる》んだりはしていられない。

「わたしや協会の損得ではなく、先生の利益になる話です。お願いですから先生に取り次いでください」

話の中でFX運用をする旨は説明したが、トレーダーが何者かについての言及は避けた。恭子の錬金術は優美の打ち出の小槌であり、みすみす彩夏などに教えるつもりは毛頭ない。

「そんなくだらないことで手を煩わせるつもりなの。先生のスケジュールが分単位なのはあなただって知っているでしょうに」

「ギャンブルや宝くじじゃなくって、確実な投資なんです」

「そんなに確実な投資なら、みんながやるはずでしょ」

「本当に有利な情報は特別な人間にしか与えられません」

優美の言い方が引っ掛かったらしく、彩夏は挑発するように片方の眉を上げる。

「あなたがその特別な人間だと言うのですか」

いちいち嫉妬に付き合ってなどいられない。一番頭を下げたくない相手に、一番したくない頼みごとをしなくてはならない。屈辱で胸が張り裂けそうになるが、必死に堪えて頭《こうべ》を垂れる。

「お願いします」

「どれほど藤沢さんが特別な人間なのかは知りませんけど、その下げた頭に一億円の価値があるとはわたしには思えません。わたしは凡庸な人間ですので」

彩夏は突き放すように言うと、席を立ってドアを開けた。

「さ、もうお帰りなさい。あなたにはあなたの、そしてわたしにはわたしの仕事が待っています」

見下した物言いに、怒りが込み上げる。その時、黒い考えも一緒に浮かんだ。下手をすれば自分の立場をも台無しにする自爆テロのような考えだが、もう優美には自制するという選択肢がなかった。

「お願いを聞いてくれないのなら、今までのことをマスコミにリークします。〈女性の活躍推進協会〉の実体が柳井先生の資金調達団体で、その収入のほとんどがここに流れているって」

彩夏は不愉快な顔をしたまま動きを止める。この女に一矢報いるのがこれほど快感だったとは。優美は思いがけない副産物に、つい笑みを洩らしてしまう。

「柳井先生を恐喝するつもりですか」

「取引と言ってください」

「どちらにしても見下げ果てた行為ですね。先生が知ったら、きっと嘆かわしくお思いになるでしょう。理事長をしているNPO法人を任せている事務局長がとんだ裏切り者だったなんて」

裏切り者とまで言われたのなら、こちらも少しくらいは返礼しても構うまい。

「今回の資金運用が成功裏に終われば、どこかの給料泥棒の秘書よりはずっと有益な人材だと思ってくださるはずです」

彩夏は仕方ないという風に首を振ってから席に戻る。

「不愉快な用件はさっさと済ませましょう。要はおカネの問題なんですね」

話に乗るようでいながら胸を反らせているのは、せめてもの虚勢か。どんな局面でもつくづく癪《しゃく》に障る女だ。自分が秘書に抜擢された暁にはどうにかして陥れてやろう。

「しかしあなたには今まで金銭的な協力をしてもらったという実績がありますが、その点を考慮したとしても一億というのはあまりに無茶な金額です。事務所の財政事情もあります。今すぐ用立てできるのはせいぜい二千万円くらいですね」

まるで話にならない。

「せめて八千万は必要です」

「三千万」

「七千万」

「四千万。あのね、藤沢さん。あなたも月々送金している身なら事務所の台所事情くらい知っているでしょう」

脅されている立場にあっても尚、こちらを見下す姿勢を崩すつもりはないらしい。どこまでも憎たらしいと思うが、彩夏の言うのはもっともなので無理を通すのも憚られる。身内を恐喝するというのは不便なものだと、妙なことを考える。

「それなら六千万。これ以下なら交渉決裂です」

「いいでしょう」

彩夏は小さな溜息《ためいき》を吐《つ》いて承諾する。優美はささやかな勝利感を味わおうとしたが、このいけ好かない女はそれすらも一瞬しか許そうとしなかった。

「それでは借用書を書いていただきます」

「えっ」

「運用資金を先生の事務所から借りるだけと言ったじゃないですか。それならちゃんとした文書にして残しておかないと。何かあった後で一番迷惑をこうむるのは先生なんですから」

前にちらと聞いたことがある。議員が特定の団体に寄付するのは原則として禁止されているらしい。

それにしてもと思う。寄付ではなく貸付ならいいという理屈か。

それにしても、今まで優美が柳井の事務所に流し続けてきたカネも総額で六千万円を下らないはずで、言わば自分のカネのようなものだ。その六千万が今度は事務所のカネになって自分に貸し付けられているというのは、何とも奇妙な感覚だった。

おそらく事務所からの貸付案件というのはそれほど珍しいことではないのだろう。

いったん中座した彩夏は借用書を手にして戻ってきた。

「金利は民法で定められた年利5パーセント、返済期限は二年」

彩夏は記載事項を機械的に読み上げ、優美は優美で聞き流す。どうせすぐ倍にして突き返してやるのだ。金利も期限も知ったことではない。

借用書の署名・押印を確認すると、彩夏は用が済んだとばかりに再び腰を上げる。

「明日、六千万円は協会の口座に送金しておきますから」

慇懃《いんぎん》な物言いだが、今すぐ出ていけと言わんばかりの口調だった。優美にしても長居をするつもりはない。自分が秘書になれば、自ずとここが常駐の場となるのだから。

お邪魔をしましたと、相手を見倣って慇懃な挨拶をしたが、彩夏は更にその上をいく。

「ここに協会の関係者が通っていたら、マスコミに何を嗅ぎつけられるか分かったものじゃありません。今後は慎んでくださいね」

取り澄ました顔に唾を吐きかけたくなったが我慢した。運用で勝ち得たカネを振り込んでからでも遅くない。

優美が事務所を出た途端、ドアは勢いよく閉められた。


翌日逸《はや》る気持ちを抑えて記帳すると、約束通り〈ヤナイコウイチロウジムショ〉から六千万が振り込まれていた。

だが優美は安堵《あんど》などしていられない。恭子と交わした約束の一億にはまだ四千万足りないのだ。

それから三日間、優美は碌《ろく》に協会にも戻らずカネ集めに奔走した。もちろん審査に時間を要する公的な金融機関や信用金庫の類いは論外であり、優美の足は自ずと高利のノンバンクに向かう。ノンバンクの利点は審査が簡便にも拘わらず融資実行が迅速なことだ。受付の翌日には融資金を送金するという。

ただし順調だったのは最初の一軒だけだった。二軒目の業者に行くと申し込みから十分も経《た》たないうちに拒絶された。理由を聞いても詳しいことは教えてくれなかったが、どうやら他のノンバンクと契約していることが既に知られているらしい。おそらくは同業同士のネットワークが存在しているのだろう。

ノンバンクが駄目となれば後は違法なマチ金しかない。ところが怖々入店してみると恐ろしげな先入観とは裏腹に、最近のヤミ金は応対がやけに紳士的で、まるで胡散臭さは感じなかった。そして先のノンバンクも同様だったのだが、優美の肩書と〈女性の活躍推進協会〉のパンフレットを見せれば、どこも一千万円を限度額に融資してくれた。

こうして都内を駆けずり回った結果、優美は合計五社から四千万を借り受けることに成功した。うち四社は洒落《しゃれ》にならないような金融会社であり、利息を考え始めると憂鬱な気分に襲われる。

それでも足りない分の工面は彩夏に頭を下げるより圧倒的に気楽だった。金融機関はカネを貸すのが仕事だから、こちらにしてみれば頭を下げる必要もなければ気後れする必要もないからだ。

こうして約束の期限一日前に一億円を工面し、電話でその旨を伝えると恭子は丁寧にこう言った。

『こちらの無茶な要望を叶《かな》えていただき、百人力です。決して優美さんを失望させることはしませんので、安心していてください』

柔和ながら真摯さを孕《はら》んだ台詞は、優美に付き纏《まと》っていた鬱屈を払拭するに充分だった。彩夏の勿体《もったい》ぶった言い回しもヤミ金の高金利も雲散霧消した。

後は前回に引き続き、恭子の錬金術を見物していればいいのだが、さすがに一億もの運用をしているので、優美もギリシャ経済危機とそれに伴うユーロの為替変動は気になった。普段なら見向きもしないような国際政治と為替のニュースに耳目を属《しょく》してみる。

ギリシャ経済危機については恭子の指摘通り事が運んでいるようだった。七月十四日、EU首脳会議は改革法制化を条件にギリシャ救済に原則で合意、ギリシャ議会も財政改革案を可決し流れはEU離脱回避に傾いている。それと歩調を合わせるように、あれだけ軟調だったユーロ相場はいったん下げ止まり、今や攻勢に転じているという。

これらは恭子に資金を預けた後に発生した事柄だった。恭子はユーロを安く買って高騰時に高く売る算段だったから、当然今頃は利ザヤ稼ぎに集中している頃だろう。

満足のいく、あるいは期待以上の金額が記載された期間損益報告書が届くのだと思うと明日の来るのが待ちきれなかった。

ところが五日経ち、六日経ち、そして一週間が経っても恭子からの連絡はなかった。

少し様子が変なのではないか——そう思い始めた八日目になって、やっと恭子からのメールが届いた。

遂に来た。

恭子のことだ。いつも通り事前の連絡もなく報告書を送信してくるのは、期待通りかそれ以上の成果を出した証左に違いない。ならば利ザヤは一億円か一億二千万円か。期待に胸を躍らせながらメールを開く。添えられた文章はいつもと同様、『損益報告書（最終分）を送信いたします。よろしくご査収くださいませ』と簡潔なものだ。

彩夏の驚愕する顔を思い浮かべて添付されたPDFを開く。

数式の羅列が続くが、そこは読み飛ばす。肝心の最終的な損益は右下に記載されている。

『＋45，268　報酬9，053　差引36，215』

え——。

一瞬、目を疑った。

見るところを間違えたのだろうか。だが目を皿のようにして報告書を読み直してみても、最終的な数値は末尾に記載されている通りだった。運用益45，268円から恭子への報酬9，053円を差し引き、残った金額は36，215円。

36，215円。一億円、いやその前に協会の二百万円も注ぎ込んでいるから合計額は一億二百万円。それが一週間で三万六千二百十五円にまで目減りしてしまっている。

突然、視界が狭まった。

「事務局長？」

いつからいたのか、傍《そば》にいた亜香里が心配げな声を掛けてきた。自分が尋常ではない顔つきをしているからだろう。

何でもないと断ってからスマートフォンで恭子を呼び出す。パネルに触れる指が、まるで他人の肉体のように思える。

一回、二回、三回とコール音が続くが先方の出る気配は一向にない。十五回まで粘って優美は電話を切る。何か別の用事で手が離せないのかも知れない。

それならメールだ。

『損益報告書を拝見しましたが納得できない点が多々あります。特に最終的な金額が五ケタというのは何かの間違いではないのですか。支給お電話ください』

誤字に気づいたのは送信した後だったが、そんな些末《さまつ》なことはどうでもいい。今は一刻も早く恭子と話すのが先決だ。

ところがいくら待っても恭子からは電話もメールの返信もない。

こうなれば直接会うより他にない。優美は取るものも取りあえず恭子のオフィスがある丸の内へと向かう。

しかし現地に到着し件《くだん》のペンシルビルの中に足を踏み入れた途端、優美は激しい不安に襲われた。

案内表示板から〈野々宮トレードオフィス〉の名前が消えているのだ。

そんな馬鹿な。

この時、優美の意識の半分は自分が騙《だま》された事実を受け入れる準備をしていた。だが残りの部分が半狂乱になって否定し続けていた。

七階に上がると、そこに非情な光景が広がっていた。

オフィスの片鱗《へんりん》は何一つなく、ドアには『テナント募集中』の張り紙がされている。外から覗《のぞ》くと、中はもぬけの殻だった。

呆然《ぼうぜん》とした気分と焦燥が綯《な》い交《ま》ぜになって思考を押し潰す。ようやく張り紙に管理会社の連絡先が記載されているのを見つけ、その場で電話をかけてみる。

『ああ、七階の〈野々宮トレードオフィス〉ですね。あそこは一週間前に退去されましたよ』

「どこに移転したのか分かりませんか」

『さあ。そういう伝言は一切ありませんでしたねえ。元々短期の賃貸契約でしたし』

「そう……ですか」

一週間前といえば恭子の口座に一億円を送金した翌日のことだ。

事実を認識した途端、身体中から力が抜け腰から下が砕けた。優美は床の上にへなへなとくずおれてしまう。

恭子は一億円を手にするや否や、さっさと事務所を畳んで行方を晦《くら》ました。つまり最初から一億円を運用するつもりなどなかったのだ。

まだ夢から醒《さ》めきらぬ気持ちでエレベーターに向かう。呆然としていても、すっかり身体が重くなったことは感知できる。一階のエントランスで中年のサラリーマンと擦れ違った際、こちらを見てひどく仰天していた。不思議に思い、ガラスに映った自分の姿を確認して合点する。

死んだような目で、口をだらしなく半開きにしていた。

人間はあまりに衝撃を受けると、こういう呆《ほう》けた顔になるのだと知った。こんな顔のまま協会に戻ったら亜香里をはじめとしたスタッフに何と思われるか。落ち着きを取り戻すために最寄《もよ》りの喫茶店に立ち寄った。

注文したコーヒーを口に近づけてみるが、指先が震えて上手く運べない。砂を噛むような思いという言葉があるが、淹《い》れたてのコーヒーはまるで泥水のような味がした。

警察に行こう、と唐突に思った。

自分はものの見事に騙された。被害総額は一億二百万円、しかもそのうちの一億は他所《よそ》から利息つきで借りたカネだ。こんなところで悠長にコーヒーを啜《すす》っている場合ではない。事件発生は一週間前だ。優美が体裁や協会からの糾弾を怖れて沈黙していては、恭子は易々《やすやす》と逃げ果《おお》せてしまう。たとえ沈黙を守ったにせよ、金利と取り立てが追いかけてくるから結果は似たようなものだ。

カップに残ったコーヒーをそのままテーブルに置くと、優美は所轄である丸の内署へと向かった。


丸の内署で被害の概要を伝えると待たされた挙句、知能犯係を案内された。現れたのは冴《さ》えない風貌の中年男で、富樫《とがし》という刑事だった。

きっと富樫が重大事件と認めれば、もっと上の責任者が担当してくれるに違いない。そんな思いを密《ひそ》かに抱きながら、優美は恭子と初めて会った時のことから一億円余りを持ち逃げされたことまでを切々と訴えた。証拠として過去に送信された期間損益報告書も一枚残らず提出した。

ひと通り被害の状況を聞き終えると、富樫は白髪交じりの髪を掻き毟《むし》り始めた。

「藤沢さん。こりゃあ駄目だね。警察としては立件しづらい。仮にその野々宮という女性の行方が判明したとしても、警察は彼女を逮捕できないし、検察は起訴することもできない」

富樫の言葉が理解できず、優美はただ首を横に振ることしかできない。

「詐欺罪を適用する要件というのがあって、ざっくり言ってしまうと、相手が金品を差し出したくなるように仕向け、錯誤に陥らせ、その金品を巻き上げることです」

「それなら、わたしの場合がまさしくそうじゃないですか」

「いや、詐欺罪が成立するには欺罔《きもう》→錯誤→交付行為→財産の移転という一連の流れを証明しなきゃならない。このうち交付行為と財産の移転は送金記録で確認できますが、最初の欺罔から錯誤の段階、つまり野々宮恭子なる女性が本当にあなたを騙すつもりだったのかどうかは立証しづらいんです」

当事者の気持ちを立証しろということなら確かに困難だろう。だが優美はそんな理屈で退く訳にはいかない。

「彼女は一億が送金されるとすぐに姿を消しました」

「しかしこの報告書を具《つぶさ》に読み込むと、野々宮が為替市場での取引をしているのは事実みたいですなあ。何も彼女が持ち逃げした訳ではなく、あなたの預けた一億二百万円は正当な商行為の上で消費された形になっている。まあ、相場の張り方がいかにも素人臭くて、まるでわざと損失を出しているような印象を受けるけど、それこそトレーダーの手腕の問題なんで、運用が下手だったという理由で罰することはできない。第一、個人トレーダーに資格は求められないし、あなただって個人的に彼女を雇った訳でしょ。つまり第三者から見るとですな、あなたは腕のいいトレーダーという評判を聞き、個人的な立場で彼女に金銭を預け、彼女は運用に失敗したから面目なくて逃走した……と、そういう構図にしかならんのですよ。騙されたというあなたの心情も分かるが、それだって主観的なもので、野々宮が『騙すつもりはなかった』と言えば立証もできない」

思ってもみなかった理屈に、優美の思考回路はショートしそうになる。あれが詐欺でなければ、いったい何が詐欺だというのか。

「この話の導入部は、最初に彼女が十五分後の為替レートをぴたりと言い当てたことになりますが、それだって証拠がなければ欺罔と断じることはできないし、ちょいと常識外れな話になるが彼女が本当にそういう能力の持ち主である可能性もゼロじゃない。その時、偶然に言い当てたという見方もできますしね」

ひどく抵抗があるが、富樫の説明は理路整然として反駁する余地がない。

しかしそうなると為替レートを的中させた件に違和感を覚える。類い稀《まれ》な才能があるのなら素人臭い運用をするはずがないし、逆に素人だとしたらあの出来事は奇跡だとしか思えない。まぐれ当たりにしても確率が低過ぎるからだ。

　優美がその疑問を口にすると、富樫は言い難《にく》そうにまた頭を掻く。

「もう証拠がないので憶測の域を出んのですが、それはトリックの臭いがプンプンしますな」

「トリックって。わたし、ずっとパソコン画面を睨んでいたけど、彼女がキーを操作した素振りは全然ありませんでした」

「ディスプレイが筐体に接続されていたんでしたよね。わたしが考えるに、その筐体はモデムや外づけのハードディスクじゃなくトリックそのものだったかも知れませんな。現実にあるんですよ、ディスプレイの表示を実際より遅らせてしまえる装置というのが。つまり本来はリアルタイムで表示されるべき内容が任意に遅延され、過去の表示になってしまう。おそらくこういう具合だったんじゃないですか。十三時三十分の為替レートを記憶した野々宮は、あなたに別の画面で十五分前の数値を見せた。あたかもそれがリアルタイムの数値と思わせた上でね。予《あらかじ》め正解を知っているなら的中するのは当たり前だ。他人より早く知るというのは、他人に遅く知らせるというのと同義なんです」

「そんな、馬鹿な」

「一昨年でしたか似たようなことをして捕まったノミ屋がいたんですよ。もっともそいつが使ったのはビデオに撮った競馬中継でしたが。ほら、例の追っかけ再生ですよ。あれは視聴時刻より遡った時点で再生できますから」

頭が混乱して説明についていけない。

「あなたはその時、自分の時計を持っていなかった。聞いた限りじゃオフィスに壁時計もなかった。その都度時間を確認したのは常にあなた以外の人間だった。しかも十三時三十分の前後にはFXの専門的な話やあなたの自分語りが延々と続き、時間の感覚が麻痺《まひ》していたとしても決して不思議じゃない。むしろ感覚を麻痺させるためにそういう流れに持っていったとも考えられる」

あの時の状況を思い出し、優美は愕然《がくぜん》としてしばらく口が利けなかった。

十三時三十分の時刻を自分に告げたのは亜香里だったではないか。

「とにかく周辺機器なりの物的証拠がなければ何もかも想像でしかありません。検察としてもそんな案件はまず起訴しようとはせんでしょうなあ。お気の毒ですが」

富樫の勧めで取りあえず被害届は出したものの、優美は覚束《おぼつか》ない足取りで丸の内署を出た。亜香里に電話してみたが、案の定何の応答もなかった。自宅のマンションは引き払われた後だった。

亜香里もグルだった。動機は不明だが間違いなく恭子と共謀して自分を陥れたのだ。

信じていたのに。

信じていたのに。

何者かに導かれるようにして、優美はシャッターの下りた協会のビルに入っていく。築十五年七階建てのビルは屋上が開放され、各フロアの責任者たちに鍵が渡されている。今からしようとしている行為を理解しながら、身体は止まろうとしない。最上階まで上り屋上へのドアを開く。

目の前に夕闇が広がる。

恭子は運用資金の一億二百万円を懐に入れることなく為替相場で散財した。そこに私欲は認められない。いったい何故そんなことをしたのか。見ず知らずの優美を陥れるような理由がどこにあったのか。亜香里も同様だ。彼女に恨まれる筋合いも妬まれる覚えもない。それなのに何故。

いや、そんなことはどうでもいい。本人たちが連絡を絶った今、確かめる術《すべ》は何もない。

確実なのは自分が協会に対して二百万円を横領したという背任行為と、個人名義で一億の負債を拵えたという事実だ。間違いなく自分は解雇される。職を解かれた優美が春を鬻《ひさ》いだとしても到底返済できる金額ではない。

彩夏の軽蔑しきった顔が目に浮かぶ。あんな女に、これから死ぬまで蔑視されなければならない人生など願い下げだ。そして何より柳井の失望が優美を押し潰す。彼に疎まれて自分の未来は有り得ない。

防護柵をよじ登り、天辺《てっぺん》に到達すると風が顔に当たった。

ふと自分の生きた三十数年が頭の中を駆け巡る。

他人のためを思って行動したことは皆無だった。

いつも身の丈に合わないものを望み、合わないことを思い知って落胆し、また別の身の丈に合わないものを追い続けてきた。

つまらない人生だった。

そう結論づけた瞬間、優美は薄闇の虚空に身を躍らせた。

二　伊能典膳

1

「世尊妙相具《せーそんみょうそうぐ》　我今重問彼《がーこんじゅうもんぴー》　佛子何因縁《ぶっしーがーいんねん》」
「名爲観世音《みょういかんぜーおん》　具足妙相尊《ぐーそくみょうそうそん》　偈答無盡意《げーとーむーじんにー》　汝聴観音行《にょーちょうかんのんぎょう》　善應諸方所《ぜんのーしょーほーしょー》　弘誓深如海《ぐーぜーじんにょーかい》
歴劫不思議《りゃくこうふーしーぎー》　侍多千億佛《じーたーせんのくぶつ》　發大清淨願《ほつだいしょうじょうがん》」

経堂と呼ばれる大広間からは、今日も信者たちの読経《どきょう》が流れてくる。内容は妙法蓮華経《みょうほうれんげきょう》からのいただきだが、経文に著作権がある訳でもない。むしろより多くの善男善女に唱えてもらえるのだから、さぞかし日蓮上人《にちれんしょうにん》も本望だろう――伊能典膳《いのうてんぜん》は廊下を歩きながらそんなことを考える。

奨道館《しょうどうかん》本部は目黒《めぐろ》区大橋《おおはし》の一角にある。大小のビルが立ち並ぶ中で広大な敷地を擁しているのは、元の地主が土地を奨道館に寄進してくれたお蔭《かげ》だ。傍《はた》からはどう見られようが、寄進した本人は感謝しているし、土地建物は宗教法人の所有になったために固定資産税も課せられなくなった。何もかもいいことずくめではないか。

そこまで考えて、伊能はいやと自ら打ち消す。決していいことばかりではない。

神農帯刀《じんのうたてわき》を教祖と崇《あが》める宗教法人奨道館が設立されたのは今から十五年も前のこと

だ。二〇〇〇年当時は不景気が常態化し、異常気象からの災害も相次ぎ、世紀末が醸し出す不穏と相俟《あいま》って教団はたちまち多くの信者を獲得していった。今や信者の数は七万人を超え、新興の宗教団体の中でも割に知られた存在となっている。

「能滅諸有苦《のーめつしょーうーくー》　假使興害意《けーしーこうがいいー》　推落大火坑《すいらくだいかきょう》　念彼観音力《ねんぴーかんのんりき》　火坑變成池《かきょうへんじょうちー》　或漂流巨海《わくひょうるーこーかい》　龍《りゅう》魚諸鬼難《ぎょーしょーきーなん》　念彼観音力《ねんぴーかんのんりき》　波浪不能没《はーろーふーのーもつ》　或在須彌峯《わくざいしゅーみーぶー》　為人所推墮《いーにんしょーすいだー》　念彼観音力《ねんぴーかんのんりき》」

伊能はちらと経堂の中を覗き見る。一心に経を唱える信者たちを前に、神農が瞑想《めいそう》に耽っている。もっとも瞑想というのは信者の見方に過ぎず、本当は何を考えているか分かったものではない。少なくとも信者や現世の不幸を憂えていることはあるまい。教団が大きくなった外部要因は社会不安だが、もちろん教祖である神農のカリスマ性によるところが最も大きい。今年で七十五歳になるが肌艶はいささかも衰えず、長身で哲人のような面立ちと低い声はなるほど教祖に相応しいものだった。神農が厳かに講話を始めると、信者たちはあたかも神秘的な体験をしているかのように法悦の表情を浮かべる。中には感激のあまり泣き出す者までいる始末だ。

「各執刀加害《かくしゅうとうかーがい》　念彼観音力《ねんぴーかんのんりき》　咸即起慈心《げんそくきーじーしん》　或遭王難苦《わくそうおうなんくー》　臨刑欲壽終《りんぎょうよくじゅうしゅう》　念彼観音力《ねんぴーかんのんりき》　刀尋段段壞《とうじんだんだんねー》　或囚禁枷鎖《わくしゅうきんかーさー》　手足被杻械《しゅーそくひーちゅうかい》」

だが実を言えば神農自身に信仰心はあまりない。あるとすれば道端の地蔵に小便を引っ掛けない程度のものに違いない。もし神農に神通力でもあれば、もっと信者が増えるだろうに——。

伊能は思わず嘆息する。信者の更なる獲得、それこそが伊能を悩ませている目下の難題だった。

「副館長様」

いきなり背後から呼び止められ、伊能は立ち止まる。振り返ると、侍従官の久津見《くつみ》良平《りょうへい》が立っていた。

「一人、入信したいという者が来ております」

「会いましょう」

入信に特段の資格や条件がある訳ではない。

本来、入信の手続きは総務の人間に任せきりだったが、最近は警察や国税局の人間が入信者を騙《かた》って潜入するという噂《うわさ》もあるので、伊能が面接官の役割を負わされているる。やはり副館長の眼鏡《めがね》に適《かな》った人間でなければなどと命じられて渋々請け負ったのだが、要は入信希望者が一人の担当者で捌《さば》けるほど減少したという当てこすりのようなものだ。

伊能は経堂から玄関の方へと移動する。面談室になっているのは十二畳ほどの小部屋だが、内装は事務的にも貧相にも映らないよう気を遣っている。レプリカではあるが仏像を何体か並べ、教祖と著名人が並んでいる写真を額縁に入れて飾っている。並んでいる著名人が信者とは一行も書いていないが、初めて奨道館の門を叩いた者はまずこの写真を見て信者の幅広さに感心するという案配だ。

面談室には五十代半ばと見える主婦がいた。

「副館長の伊能です」

「む、村山聖子《むらやませいこ》といいます」

一礼した聖子を、伊能は頭の先から爪先まで観察する。

初めての人間に会う場合、または面談の場に赴く場合には身なりを整えるものだ。ところが聖子ときたら普段着に近い服装で、指輪や腕時計も決して高価なものには見えない。このことだけで村山家の懐事情がうっすらと見えてくる。

「入信をご希望ですか」

「はい。是非とも教祖さまの御心におすがりしたいと思いまして、着の身着のままで参りました」

着の身着のままと強調しているのは身なりの平凡さを糊塗《こと》する意図でもあるのだろうか。しかし爪先に光沢がなく、手の甲に艶がないことから日々の生活に潤いが欠乏しているのは隠しようがない。

「どなたからのご紹介ですか」

「目黒商店街の笹島《ささじま》さんから有難い体験をしたと聞きまして……」

目黒商店街の笹島と言えば笹島不動産の女房のことだろう。更年期障害か何かが原因で鬱になり、知り合いの勧めで入信した。そこで若くて見栄えのいい侍従をつけたところ、色恋を思い出したのか快方に向かい、それを神農の奇跡の力と勘違いしてくれた。

「とにかくわたしも教祖さまの力で、悪運不運を断ち切りたいです」

「あなたの不運というのは何ですか」

聖子はしばらく黙っていたが、やがて意を決したように前髪を払って見せた。

額の右側に青痣《あおあざ》ができていた。

「DVですか」

問い掛けに、聖子はただ頷く。だが伊能はこれしきのことで満足しない。

「他には？　服で隠れているところにはありませんか」

聖子は一瞬だけ迷う素振りを見せたが、直《じき》に後ろを向いたかと思うとセーターの裾を捲《めく》って背中を露出させた。

肩甲骨の辺りに打撲痕が三つあった。

「もう結構です。仕舞ってください」

教団に潜入しようとする者の中には自傷して家庭内暴力を装う者もいる。自分の手が届きそうにない箇所に傷がある者は、嫌疑から外してもよさそうだ。加えて聖子の怯《おび》え方は本物のように見える。

夫の暴力に苛まれているうち、ご利益のある宗教団体の話を聞きつける。普段なら笑い飛ばすような話題でも、追い詰められた者には福音に聞こえる。そして矢も楯《たて》も堪《たま》らず宗教団体の戸を叩く。どこにでもある、ありふれた話だ。そして伊能たちはそうしたありふれた話の被害者の寄進で生計を立てている。

伊能は聖子の経済状態を考えてみる。着の身着のままという言葉を疑うにしても、普段着からは日常生活が浮き彫りになる。村山家は戸建てなのか集合住宅なのか。貴金属はどれくらいあるのか。実家は財産家なのか。

「当会は駆け込み寺の役割も担っています。入信するかどうかはともかく、しばらくここに住み込んでみますか。身の振り方はそれから考えても遅くないでしょう」

家族の暴力から逃げてきた者が一夜でも安息の場所を得ると、なかなかそこから抜け出せなくなる。生存本能が世間体を駆逐するからだ。伊能にすればその方が都合がいい。寝食を共にするうちに人は警戒心を解いていく。本部に寝泊まりする信者は全員がそうだった。聖子も数日のうちに家庭環境のみならず財布の中身や夫の収入、更には実家の資産まで話し出すだろう。この女から何をどんな具合に搾り取るかは、それを聞いた上でじっくりと考えればいい。

伊能の目論見《もくろみ》通り、聖子は地獄で仏に巡り合ったかのような顔で何度も頷いてみせた。

「それではケータイやスマホ、そして貴重品の類いはこちらで預かります」

「えっ」

「ケータイを持っているとご主人からの着信をうっかり受けてしまいかねない。それで居所が分かっても面倒でしょう。それから貴重品を預かるのは、他の信者に対する猜疑心《さいぎしん》を消してほしいからです。懐に金銭を抱いたままでは、ぐっすり眠ることもできますまい。もちろん無理にとは申しませんが」

「いえ、はい。出します、出します」

聖子は慌てた様子で持参してきたバッグからスマートフォンと財布を取り出して、伊能の前に差し出した。

「はい。確かにお預かりします。これで一時的ではありますが、あなたは世俗や欲から解放されることになります」

携帯端末は外界への窓だ。長時間、外の情報から遮断されると、最初は不安だが次第に建物の中で得られる情報だけで状況を判断するようになる。財布を取り上げるのも、財産に対する執着を少しずつ希薄にさせる手段だ。この状態が続くと、多くの者が家族や私的財産よりも教団に帰依することが大事と思うようになる。

「それでは事務所の方へ行ってくださ い。あなたが身を寄せる場所を割り当ててくれますから」

「有難うございます、有難うございます」

聖子はコメツキバッタのように頭を下げ続ける。

「いえいえ、これも教祖さまの唱える慈悲心の実践です。あなたも信者の中に飛び込んで奨道館の教えを身に刻むのがよろしい」

「有難うございます、本当に有難うございます」

尚も頭を下げ続ける聖子を置き去りにして面談室を出る。すると部屋の前にまた久津見がいた。

「度々申し訳ありません。館長さまがお呼びです。至急、本殿の方にお出《い》でください」

稲尾《いなお》が自分を呼ぶとすれば、どうせまた信者拡大の話だろう。それを思うとうんざりするが、侍従官にそんな顔を見せる訳にもいかず、伊能は鹿爪らしい顔を作って頷いてみせる。

「すぐに参りましょう」

久津見をその場に残し、伊能は本殿に向かう。自然に足が重くなるが、館長命令を断る理由がすぐには見つからない。

館長室は本殿の隣に設《しつら》えられている。二十畳もある部屋で、高価な壺《つぼ》や漆器に囲まれて紫衣《しえ》の稲尾が座っている。教義の基礎が日蓮宗で幹部が神職の衣を纏っているのはいかにもちぐはぐだが、この方が聖職者らしく見えるという稲尾の意見には逆らえなかった。

稲尾の隣で端女《はしため》よろしくかしずいているのは神崎亜香里だ。一カ月前に入信したばかりの女だが、愛嬌の良さと機転の早さで館長付きの侍女に抜擢された。もう少し化粧が上手ければ見栄えもするのだろうが、宗教団体に奉職する女なら多少野暮ったい方が相応しい。

「大事な話なので下がっていてください」

稲尾の命令で亜香里はすぐに退室するが、ほんの一瞬だけ伊能に視線を投げる。その視線の意味するものを考える前に、稲尾が話し掛けてきた。

「呼ばれた理由は分かっていますよね」

「まあ、大体のところは」

「今年に入って入信者の数が一向に増えていない。いや、それどころか脱会者まで出る始末だ。広報を担当しているあなたはこの事態をどれだけ深刻に受け止めているのですか」

稲尾の口調はもはや詰問に近い。唇も拗《す》ねたように尖り、信者に向ける顔とは全くの別物だ。

「教団の財政事情はあなたもご存じの通りです。既にいる信者には、納得してもらえるような名目がなければ更なる寄進をお願いできません。資金を潤沢にするためには、どうしても新しい信者を獲得しなければ」

資金を潤沢にするのは幹部たちの生計を安定させるためだが、稲尾の示した方針はあながち間違っていない。出家信者はほとんどの財産を拠出した後だし、在家信者にしてもこれ以上寄進を募ったら教団から離れてしまう惧《おそ》れがある。事実、信者の脱会した理由は教団の要求する寄進に財布が耐えられなくなったからだ。

信者の獲得については副館長である伊能の職務だ。伊能一人で背負うにはいささか荷が重いが、館長の稲尾は教団運営と資金運用の一切を取り仕切っているので、これ以上兼任してくれとは言い難い。

「せめて教祖さまが何かの奇跡でも見せてくれれば、信者もどっと増えるんですけどね」

伊能が愚痴っぽくこぼすと、稲尾は鼻で笑った。

「あのデクノボウにそんな気の利いたものがあるなら、わしらも苦労せんよ。もっともらしい教義をでっち上げずに済むし、信者一人一人に折伏《しゃくぶく》のノルマを課さなくていい。それこそ奇跡の動画をネットに上げればいいんだからさ」

教団の成り立ちを知る伊能が相手だからか、稲尾は素顔をちらりと覗かせる。共に普段は白装束など纏っているが、その実体は信心の欠片《かけら》もない詐欺師のようなものだ。本物の詐欺師との違いと言えば、元より実体のないものを売り物にしているから詐欺の立証が困難というくらいか。

「教団の運営費をこれ以上カットすることはできません。是が非でも信者を多く獲得できる方策を練ってください。それができないとなれば、あなたが副館長を務める意味がなくなってしまいます」

婉曲《えんきょく》な言い方ながら、それは最後通牒《つうちょう》のようなものだった。早い話が、このまま信者を獲得できなければ伊能を降格させるという威圧だ。こういう威圧を仕掛けた時の稲尾が取りつく島もないことは、ここ数年の付き合いで嫌というほど思い知らされている。しかも稲尾は自分の声に昂《たかぶ》る性格で、他人を叱責すればするほど舌鋒《ぜっぽう》がより鋭く、かつ執拗《しつよう》になっていく。

「大体ですね、あなたの進言で議員さんの票固めをしていますが、最近ではその議員さんからのリターンが途絶えているではありませんか」

「柳井議員のお仲間や同じ派閥の方には洩れなく入信してもらっています。最大派閥でもないのに、これ以上議員さんを信者にすることは困難です」

国会議員を信者にするという手法は、伊能が二年前から始めた。入信してきた者が与党議員の後援会長だったのを端緒に、政界に勢力を拡大させていく試みだった。議員と同じ数の後援会が存在するのであれば、議員を一人入信させる度に後援会ごと信者を増やせると算段したのだ。

　ただし相手の議員も抜け目がなかった。後援会もろとも入信する交換条件として、教団に組織票を要請してきたのだ。奨道館にしてみれば信者たちの一票がどこに流れようと知ったことではない。二つ返事でこの交換条件を受け入れた。

　最初のうちは上手くいった。議員の方でも纏まった組織票が見込めるとあって派閥内で信者を募り、各後援会の面々も議員のためならばと次々に奨道館へ入信してきた。

　しかし派閥議員の数には限りがある。その限界が入信者の限度でもあった。

「元より国民党の議員を取り込んでも頭打ちになることは分かっていたはずです。いくら単独政権とは言え、現状の国民党が真垣《まがき》総理の人気に依存しているのは周知の通りです。そんな脆弱《ぜいじゃく》な政権が辛うじて命脈を保っているのは、同じ保守の公民党が次の連立政権を視野に入れて閣外協力しているからでしょう。将来を見据えたら、国民党議員を取り込んでもすぐ離反されるのは自明の理ではありませんか」

　稲尾の指摘はもっともだった。公民党の支持母体は日本最大の新興宗教である統価協会であり、国民党が公民党と連立政権を組んだ暁には、国民党は統価協会とも手を結ぶことになる。すると当然のことながら統価協会以外の宗教団体は邪魔者にしかならない。

「わたしは、野に下った民生党議員を取り込んだ方がまだマシだと思いますがね。反国公・反統価としてもその方がずっと理に適っている」

これもまたもっともらしい指摘だが、それが本音かどうかは怪しいものだ。

伊能は密かに奨道館館長の座を狙っている。もっと直截《ちょくせつ》に言えば稲尾が失脚するか、自らが財政面での実権を握りたいと切望している。

稲尾が教団の財政難に苦しんでいるのは、何も入信者の数が頭打ちになっただけに留まらない。教団の拡大を目論んで支部やら設備やらに投資するために借金を拵え、それが返済困難に陥っているのだ。帝都第一銀行というれっきとした都銀からではあるものの、借入額は二十億を超えている。一日の利息だけでも大した金額になるはずだが、この負債の責任の一切は稲尾にある。だから教団の内実を知る他の幹部は、負債の巨《おお》きさから稲尾の経営手腕に疑問を持ち始めている。

この機に伊能が財政面で多大な寄与をすれば、幹部たちの信望は一気にこちらへ傾く。教祖の神農はただの神輿《みこし》だから、館長が伊能であっても簡単に操ることができる。そうなれば稲尾がいつまでも館長の座に君臨し続けることは難しくなってくる。肩書はともかく、実権の委譲に追い込まれることは必至だ。

一方、稲尾も伊能の目論見を読めないほどの馬鹿ではない。あからさまな態度は示さないものの、自分の失脚を待ち望んでいるのを承知しているような素振りを時折見せる。それがどこまで本気なのかも測り切れず、下手に動けば先に粛清されるのは分かっているので伊能も軽率な真似《まね》ができない。そしてまた、稲尾も伊能の失点を炙《あぶ》り出そうと目を光らせているように見える。

つまりは腹に一物持つ同士が互いを牽制《けんせい》し合っているのだ。

「しかし館長。お言葉を返すようですが、民生党が政権を握るのはもう無理でしょう」

「わたしは何も統価協会と張り合おうなどとは考えていません。より多くの信者を得ることこそ重要です。それなら現在公民党と距離を置いている民生党の議員を取り込んだ方がよほど将来性がある。はっきり言ってあなたの方策は配慮に欠ける」

思わず伊能はかっとなる。今のはいったいどの口が言ったのかと思う。与党議員数名とその後援会を取り込んだ際、自分の手柄のように吹聴《ふいちょう》したのは稲尾ではないか。

「とにかく早急に信者獲得の新たな方策を打ち出してください。期限は……そうですね、二週間」

期限を耳にした途端、腰が浮いた。

「二週間。そんな短期間で何をしろって言うんですか」

「早合点しないでください。二週間で何十億を稼げと言っている訳じゃありません。ただ方法を考えろと言っているのです」

同じようなものではないか。

「一日は二十四時間、二週間なら三百三十六時間。それだけあれば妙案の一つや二つは浮かぶでしょう」

現状の上下関係では稲尾に反論できる余地はない。伊能は喉まで出かかった言葉を呑み込み、一礼して部屋を出る。

すると驚いたことに戸の近くで亜香里が座っており、伊能を見た途端に慌てて視線を逸《そ》らした。その仕草に邪気が感じられないので、強く責める気が失せてしまう。

「亜香里さん、お行儀が悪い。こんなところで盗み聞きですか」

「館長さまにお言伝《ことづ》てすることがあったものですから聞くとはなしに……大変粗相をしてしまいました。申し訳ありません」

「まあ、あなたも館長のお傍にいれば口外無用かどうかは察しがつくでしょう。くれぐれも軽々な行動は慎んでください」

そのひと言で萎《しお》れるとばかり思っていたが、亜香里の反応は意外なものだった。

「あの、副館長さま。聞くとはなしに聞いたついでなのですが……ひょっとしたらあたし、副館長さまのお役に立てるかも知れません」

「どういうことでしょうか」

亜香里は伊能の耳元に口を寄せてきた。

「知り合いにすごい人がいます。その人なら副館長さまのお悩みを解決してくれるかも知れません」

その言い方は、伊能が初めての者を奨道館に勧誘する際の決まり文句によく似ていた。先刻の聖子と同様に普段なら笑って取り合おうとはしなかっただろうが、追い詰められた心理が自分でも意外な返事を口にさせた。

「それはどういう御仁なのですか」


翌日伊能が亜香里に連れてこられたのは港区麻布《あざぶ》十番、シンガポール大使館の近くに建つビルの前だった。構えこそ小さいものの真新しいビルで、中に入っているのも歯科医や法律事務所といった堅い職業が多い。亜香里が目指しているのは四階にある〈野々宮プランニングスタジオ〉という場所らしい。

「プランニングスタジオとは聞き慣れない言葉ですね。いったい、どんな仕事なんですか」

「代表者は何でも屋だって言ってました。個人でも企業でも困ったことがあったら助言すると。ただし持ち込む相談は金銭的なことに限ると」

「ライフプランニングみたいなことかな」

「そうかも知れません。代表者は以前そういうお仕事をしていたみたいですから」

つまりはフリーで資産運用を請け負うということか。

「亜香里さんの口ぶりでは大層優秀そうなお人のようですが、どんな経緯でそんな方と知り合われたんですか」

「広告代理店に勤めている友人を介してです。その広告代理店が資金難に陥った時、適切なアドバイスをくれたお蔭で持ち直せたという話です。それで何度かお話をするようになって……もっともあたしではお財布の中身がお粗末なものですから、何かお願いするなんて一度もないんですけどね」

「しかしウチは宗教団体で特殊な事情もあります。果たして適切なアドバイスがいただけるかどうか。それに、まだ報酬やら相談料の件も伺っていません」

「相談するだけなら無料なんです。代表が受け取るのは、あくまで成功報酬と費用の実費だけですから」

エレベーターで四階まで上がると、フロアには六つのオフィスが存在した。外観に比べて内部はいくぶん古めかしい。亜香里が向かうのは、一番奥にあるオフィスだった。

中はひどく素っ気ない内装だった。必要最低限のオフィス家具にアクセント程度の絵画。ごてごてと壁を飾り立てた教団の内装とはまるで真逆の趣きに、伊能は好感を抱く。

「ようこそいらっしゃいました」

迎えてくれた野々宮恭子の第一印象は、〈容姿端麗〉の四文字だった。こちらが思わず警戒心を解いてしまうような柔らかな美貌に加え、一礼する仕草や話し方に洗練さを感じる。

「奨道館の副館長を務める伊能です。ああ、奨道館というのはご存じですか」

「ええ、もちろん存じております。ただし勧誘いただいても入信できないのが残念なのですけれど」

「失礼ですが、宗派はどちらですか」

「いえ、無信心なものでしてね。キリスト様も仏様も神様もお付き合いがなくて」

「ははあ、無神論者でいらっしゃいますか」

「そんなに格好のいいものじゃありません。今までの人生が信心とは縁遠かっただけなのです」

そこに亜香里が割って入る。

「でも縁遠いというよりも、恭子さんは神頼みみたいなところがありませんからね。何に対しても計画的で着実で、運とか奇跡とか信じている風には見えませんから」

恭子に話し掛ける際はくだけた口調になる。なるほど仕事上の付き合いと言うよりは、気の置けない友人同士といった雰囲気だ。

「あら、別に運を否定している訳じゃないんですよ。ただ運を頼る前に、自分でしなければいけないことは全部済ませておきたいのです。困った時の神頼みという言葉がありますけれど、あれは単に自分の準備不足を棚に上げているだけです」

「なかなか厳しいことを仰る。皆が皆、あなたのようでは誰も信仰心など持たなくなってしまう」

「別に信仰も否定していません。少なくともビジネスの上では不要だと考えているんです」

そして恭子は意味ありげにこちらを窺《うかが》い見る。

「少しだけ亜香里さんからお伺いしました。伊能さんのお悩みも信仰心というよりもビジネス展開のお話なのでしょう。不慣れですので信仰のお話はできませんけれど、ビジネスのご相談なら何かのお役に立てるかも知れません」

恭子の冷めたような目を見ているうちに確信した。

下調べをしたのか亜香里から事前に聞いていたのか、この女は奨道館の教祖や教義が紛《まが》い物であることを承知しているが、それを糾弾するつもりは毛ほどもないらしい。新興宗教の存続を単にビジネスの問題と捉えている。

不意に気持ちが軽くなった。恭子が宗教をビジネスと割り切っているのなら、これほど話しやすい相手はない。教祖と教義を持ち上げるのに今更逡巡も羞恥も感じないが、一応の身構えはする。そうせずに済む分、気は楽になる。

改めて対面に座ると、恭子はやんわりと伊能の目を直視してくる。決して射るような視線ではないが、こちらの思惑など全て見通しているような不穏さがある。恭子の摑《つか》みどころのない笑顔もさることながら、ここに来るまでの間、亜香里から散々吹き込まれた恭子の評判が先入観を形成している。

曰《いわ》く、広告代理店の資金難を救った。

曰く、資金運用で何人ものクライアントを富裕層に押し上げた。

曰く、赤字経営だった個人商店を半年で優良企業に変貌させた。

聞いた時には眉唾だと思ったが、こうして本人から話を聞いていると真実味が増してくる。

身も蓋もない話だが、人間は見た目が九割だ。言い換えれば、見た目がそれらしければ大抵の人間を騙すことができる。教祖に祭り上げられている神農などはその典型だ。稲尾に見つけられる前は新宿《しんじゅく》西口でホームレスをしていたのだが、風呂に入らせ、髭《ひげ》を整えさせるとたちまち厳かな風貌になった。

同列に扱う訳ではないが、恭子にも同じことが言える。嫌味にならない美貌と人を惹きつける声が既にカリスマ性を醸し出している。この人物の言葉なら信じてみようかと思わせてしまう。

「とにかく信者を獲得したいのです」

伊能は敢《あ》えて単刀直入に切り出した。

「何と言うか教祖が派手なパフォーマンスをする訳でもなく、教義自体に新しい宗教解釈がある訳でもない。信じる者には幸福を、信じない者には不幸をもたらす。奨道館以外の教えは全て邪教である……そんな呪文を反復するだけでは、これ以上の信者が獲得できないところに来ています」

「それは市場が飽和状態だからです」

いきなり市場ときたか。

意表を突いたアプローチに伊能は内心で快哉《かいさい》を叫ぶ。そうだ、こういう話をしたかったのだ。

「新興宗教を一つのビジネスと捉えた場合、やはり戦略と戦術は無視できません。しかし今伊能さんが仰った通り、どこの教団も似たり寄ったりの展開しかしていません。三大宗教から都合のいい部分だけを抽出した教義、カリスマ性を持った教祖、そして排他性。つまりどこのメーカーも同じ商品しか提供しないので、自ずと消費者は老舗《しにせ》や、既に評価の定まったメーカーに流れるのです。こうした情勢では、後発になればなるほど頭打ちになるのも早くなります。また全体のユーザーが一定であるのも、この業界の特徴だと思います。市場が爆発的に増える訳ではなく、常に購入者数も購入者層も変わらない。それは同じユーザーが乗り換えをしているだけだからです。Aという宗教団体に入信する人間は、Aが消滅すればBという宗教団体に移りますが、最初からAに関心を持たない者はBにも関心を向けません。換言すれば、あるメーカーが隆盛をすれば他のメーカーはそれと同じ分だけ衰退することになります。同じパイの食い合いなのですから、それはむしろ当然の成り行きと言えましょう」

伊能自身が宗教を単なるビジネスと捉えているので、恭子の言葉は殊のほか腑《ふ》に落ちる。指摘されたのは自分が予《かね》てより抱いていた危惧そのものだ。

「しかし、そうかと言って目玉商品である教祖が徒《いたずら》にエキセントリックな振る舞いをしたり、教団全体が思想的にカルトになってしまったりでは排斥感情を生んでしまいます。過激な変化は注目を浴びますが、必ずしもカスタマー増加に結びつくものではありません。むしろ離反を誘発しかねません」

「それでは、我々はいったいどうすればいいのですか」

「改善策を打ち出すためには現状認識が必要となります。奨道館さんの信者数と年代別の年収。そういった資料があれば助かります」

信者一人一人の資産については既にデータがある。教団のホストコンピュータに取り込んであるので、グラフ化も容易にできるはずだった。

「承知しました。すぐにお持ちしましょう」

即答した自分に伊能は驚く。

やれやれ、たったこれだけのやり取りで自分はもう恭子を信頼しかけている。全く大したカリスマ性だと舌を巻く。せめてこの女の十分の一でも神農に魅力が備わっていればと思う。

いや、いっそ恭子を教祖として担ぎ出した方が簡単で且つ効果的かも知れない。

その様を想像して、伊能は一人悦に入っていた。

2

「早まったことをしてくれたな、藤沢さん」

官給のノートパソコン。その画面に映し出された死体写真を見つめながら、富樫はぼそりと呟いた。

死体は地上七階の屋上から飛び降りたもので、頭を下にしてアスファルトに叩きつけられていた。頭頂部が半分がた挫傷し、脳漿《のうしょう》が半径一メートル範囲に飛び散っている。

今でも詐欺被害を訴えてきた優美の顔を覚えている。身の丈以上のものを望み、そして自分の背中に羽が生えていないのを知らない人間特有の顔をしていた。アスファルトとの激突でその顔も潰れてしまったが、唯一の救いは即死だったことくらいか。

優美に説明した通り、FX詐欺の一件はとても立件できるような代物ではなかった。無理に立件したとしても、検察が不起訴にしてしまうだろう。有罪率99・8パーセントという数字は、見方を変えれば敗《ま》ける裁判は起こさないということだ。

だが、何も死を選ぶことはなかった。

一億二百万円を詐取されたと見る影もなく落ち込んでいたが、それでも彼女が死んでカネが返ってくる訳ではない。死をもって償っても、一億二百万円の出資元が優美を免罪するとも思えない。要するにただの犬死にだ。ビルの屋上に立った時、彼女の胸に何が去来したのか今となっては知る由もない。しかし何を思おうと何を願おうと、彼女の死は何ももたらさなかった。得をした者は誰もおらず、溜飲《りゅういん》を下げた者もいない。死体処理に駆り出された警官とビルのオーナーが迷惑をこうむっただけだ。

死を選ばずとも破産宣告や民事再生の手続きを取れば、少なくとも法律上の支払義務は免除ないし軽減される。どうしてその方途を選択しなかったのか。

富樫は詐欺事件が発生した際に覚えるあの憤怒と無力感を反芻《はんすう》する。大抵の詐欺事件は、犯人が逮捕されて解決しても被害者にカネが戻ることはない。世間やマスコミも犯人の素顔や生い立ちに注目するばかりで、被害者のその後に目を向けようとしない。

だが顧みられることのない彼らのその後を、富樫は否応《いやおう》なく知らされる。詐取されたカネは被害者にとって虎の子のカネだ。失えば当然のことながら、その月の生活費にも事欠くようになる。親類縁者に無心できたり援助してもらえたりする者はまだいい。そういった伝手《つて》のない者は借金地獄に落ちるか、最悪の場合は自死の道を選ぶ。そして詐欺事件の張本人は、世間が忘れた頃になって塀の外へ戻り、また同様の悪事を企んで同様の餌食を物色し始める。

駄目だ。

富樫は優美の死体写真をそっと閉じる。職業柄慣れてはいるものの、被害届を出した本人を正面から見た記憶が消えないのは困惑する。まるで黄泉《よみ》の国から富樫に向けて恨み節を唄っているようだ。

そもそもはこいつのせいだ。

富樫はデスクの上のスマートフォンに目を落とす。

ナイロン袋に収められ、液晶部分に罅《ひび》の入った端末。優美の死体を検視する際、鑑識課が別途保管していたものだが、書類上の不手際で遺族に返却し忘れたらしい。

『被害届を受理したよしみで遺族に戻してやってくれ』

鑑識からの依頼を受けたのは軽い気持ちからだった。だが、その直後にひどく後悔した。

被害届を受理し、知能犯係が本気で詐欺犯を追及したら、ひょっとしたら優美は自殺しなかったかも知れない。カネは還《かえ》らずとも、ビルの屋上に追い詰められることはなかったのかも知れない。そう考え始めると、優美の死体を確認せずにはおられなくなったのだ。

誓って興味本位だったのではなく、むしろ自分の瘡蓋《かさぶた》を剥がす感覚に近かった。己の仕出かした罪を確認するために資料を漁《あさ》ったようなものだ。

スマートフォンは液晶部分こそ罅割れていたが、機能まで失った訳ではなかった。戯れにナイロン袋から取り出して起動ボタンを押してみると、バックライトを点灯させて甦《よみがえ》った。

発信記録を調べようとしたのは、ほんの思いつきだった。死を決意した優美が最後に誰と話したのか、あるいは誰と話そうとしたのか興味が湧いた。

発信相手は二人しかいなかった。自殺の直前には〈神崎亜香里〉宛てに三回、そして〈野々宮恭子〉宛てには実に十五回もの発信記録が残っている。無論これだけの回数が続いているのは相手が出なかったせいだ。ずらりと連なる〈野々宮恭子〉の名前が、優美の恨みの深さを物語っているように見える。

そのうち、富樫は妙な気分に襲われ始めた。

記憶の隅をちかちかと淡い火花が散るような感覚。

自分は、この野々宮恭子という名前をどこかで見聞きしているのではないか。

詐欺事件の関係者でないのは明らかだ。過去の重大犯罪の犯人や常習者は頭に叩き込んである。野々宮恭子の名前は詐欺以外の事件で出てきた憶《おぼ》えがある。

詐欺以外で世間を騒がせた、それもここ数年のうちに起きた事件のはずだ。

いったい何の事件だった。

優美から被害状況を聞いた際、一応〈野々宮恭子〉で前歴者を当たってみたがヒットしなかった。

では前歴者以外の関係者か。

富樫は重大事件と呼ばれる案件の事件記録を手当たり次第に検索し始める。強盗、放火、誘拐、殺人――北は北海道から南は沖縄まで、世間の耳目を集めた凶悪事件は多岐に亘《わた》る。被害が大きいもの、犯罪態様がひどく凶悪なもの、連続性があるものと重大である要素も様々だ。

小一時間ほど探し回ってようやく見つけた。世に言う〈蒲生《がもう》事件〉がそれだった。

平成十八年二月二十五日、生活プランナーの看板を掲げる蒲生美智留《みちる》は自身の顧客であった鷺沼紗代《さぎぬまさよ》に銀行のカネ二億三千万円を横領させ、そのうち二億円あまりを詐取した上で紗代を東京メトロ表参道《おもてさんどう》駅のホームから突き落として轢死《れきし》させた。更に平成十九年八月二十日、共犯者の実家に潜り込み、共犯者の実弟である野々宮弘樹《ひろき》を言葉巧みに操り、同家の父親と共犯者を殺害させた。その他にもぞろぞろと余罪が発覚し、蒲生美智留は稀代《きだい》の悪女として世間を騒がすことになる。そして、この共犯者こそが野々宮恭子だった。

ところが検察側絶対有利と思われた公判においてとんでもない事実が判明する。野々宮家の事件が起きた時、野々宮恭子は思慕していた蒲生美智留そっくりに整形しており、危うく弟の手から逃れることができた。つまり本物の蒲生美智留は恭子と間違われて弘樹に殺害されてしまったのだ。

犯人が既に殺害されていたという事実を以《もっ》て検察側の論証はことごとく無効化され、公判は維持できなくなった。結果として誤認逮捕されていた恭子は無罪放免され、裁判は終結した。蒲生美智留の顔を得た恭子が東京拘置所を出所した後、どこへ消えたのか。それを報じるマスコミは一社としてない。

蒲生美智留の手口は類い稀な話術で他人を唆し、つい昨日までは平々凡々だった人間を犯罪者に変貌させてしまうことだった。野々宮恭子が藤沢優美に仕掛けた策謀とまるで同じだ。

富樫の背筋に悪寒が走る。

蒲生事件では共犯者の役割を果たし、同時に被害者にさせられた野々宮恭子。その彼女が今、かつて憧れていた蒲生美智留と同じやり方で他人を陥れている。

驚愕《くや》の中で、富樫はゆっくりとある結論に至った。

口惜しいが、これは丸の内署知能犯係の事件ではない。

＊

丸の内署の知能犯係がいったい何の用だ。

受付から来訪の知らせを受けた麻生《あそう》は、記憶を巡らせながら刑事部屋に向かっていた。警視庁捜査一課はどこの班も捜査員が出払っていて、話をするのに不都合はない。同じ警察官と話をするのに応接室は必要ないように思えた。

それにしても知能犯係とは意外だった。所轄とは何度も合同捜査をしたが、いつも相手は強行犯係で知能犯係とタッグを組んだことはあまりない。どこでどうやって自分が結びつくのか。

刑事部屋に到着すると、既に来訪者が待っていた。富樫と名乗るその刑事は冴えない風貌の中年男で、頭には白いものが交じっていた。階級は巡査部長というからノンキャリア組で出世コースからは外れているのだろう。どことなく諦観の漂う風貌は、麻生に奇妙な親近感を抱かせた。

「丸の内署知能犯係の富樫です」

「捜査一課の麻生です。富樫さんとは以前、どこかでお会いしましたかね」

「いえ、これが初対面です」

「その初対面の富樫さんがわたしに何のご用ですか」

「警部は平成二十四年の〈蒲生事件〉を憶えておいでですか」

それを聞いた途端に麻生は気分を悪くした。

交番勤務から始まってもう二十年以上、凶悪事件と対峙《たいじ》してきた。解決できた事件は数限りないが、解決できなかった事件も少なくない。そして記憶にまざまざと残っているのは圧倒的に未解決の事件だった。

その中でも〈蒲生事件〉は別格だった。犯人を捕らえ、物的証拠を固め、自信満々で送検した。やがて始まった裁判では100パーセント有罪判決が下るものと思い込んでいた。

ところが蓋を開けてみれば捕らえた獲物は顔を変えた他人であり、判決は無罪。送検した麻生とその班は誤認逮捕の汚名を浴び、しばらくは肩身が狭かった。弁護に当たったのが民事で過払い案件を専門に請け負っているチンピラ弁護士だったのも、汚名を更に際立たせる要因だった。

「ええ。憶えたくないが、憶えていますよ。それが何か」

「では野々宮恭子という関係者も」

「無論です。蒲生美智留の顔とペアで記憶に刻まれていますよ。放免された後の音沙汰は聞きませんが」

「その野々宮恭子が詐欺事件に関与しているんです」

「何ですって」

富樫は藤沢優美なる女が丸の内署を訪れたところから説明を始めた。

NPO法人の事務局長を務め、運営資金に苦慮していたこと。職員の紹介で野々宮恭子と巡り合いFX詐欺に遭ったこと。そして彼女が事務所の入っているビルの屋上から身を投げたこと。

聞くだに既視感が津波のように押し寄せてくる。まるで蒲生美智留の再来ではないか。かつて共犯者として犯罪の片棒を担いでいた恭子が、放免されるなり美智留の犯罪を継承したような感がある。

「藤沢優美のスマホに残っていた発信記録は確認しましたか」

「野々宮恭子、神崎亜香里、ともに電話番号は現在使用されておらずでした」

「それは、蒲生美智留の共犯者である野々宮恭子だったんですか」

「確認しようにも藤沢優美は死亡しています」

「同姓同名の異人である可能性もあるのでしょう」

「それにしては犯行態様が酷似しているとはお思いになりませんか」

富樫の指摘はもっともだった。だからこそ胸がざわついている。

咄嗟に麻生は野に咲く花を連想した。花は朽ちても種を飛ばし、また別の地に己と同じ花を咲かせる。蒲生美智留も同様に、悪の種子を放ち、それが野々宮恭子という新しい毒花になったのではないだろうか——。

麻生はぶるりと頭を振る。馬鹿馬鹿しい。少し考え過ぎだ。

「どうしてこの話をわたしに？」

「報告しないままでいたら、何かが起きた時に抗議されそうな気がしましたからね」

それもまた否定できなかった。

「主旨はよく分かりました。ご協力に感謝します。しかし野々宮恭子というのは格別に珍しい名前ではない。同名異人である可能性は依然としてある」

嘘だ。

麻生自身は話を聞いた時から恭子の関与を疑っている。しかしこれだけの証拠で捜査一課が腰を上げる訳にもいかない。その辺りの事情は心得ているのだろう。富樫も納得するように軽く頷いてみせた。

「もちろんです、警部。わたしとしてはこれが大きな事件に繋《つな》がらないことを祈るばかりです。それでは」

長居は無用とばかり、富樫は席を立つ。そしてそのまま退出すると思われたが、不意に足を止めた。

「こうして警部の許を伺ったのは縁を感じた、というのもあるんです」

「ほお、どういう縁ですか」

「彼女のスマートフォンは遺族に返却し忘れていました。要は書類上の手違いからなのですが、通常では有り得ないようなミスです。別に身内を庇《かば》うつもりはありませんが、わたしは何となく彼女の執念みたいなものを感じたんですよ」

富樫の口調には切なさが聞き取れた。

「絶対に野々宮恭子を忘れてくれるな。必ず仇《かたき》を取ってくれ……彼女があの世からそんな風に念じているように思うのですよ。もちろん、しがない刑事の思い過ごしなんでしょうけれど」

そして今度こそ富樫は部屋を出ていった。

後に残された麻生は富樫の言葉を苦々しく反芻してみる。

甦る稀代の悪女と死者の執念。

三文記事の見出しにはうってつけの文句だろう。

だが困ったことに、現実は大抵三文記事に寄り添うようにできている。

3

「伊能さんは出版事業にお詳しいですか」

再び〈野々宮プランニングスタジオ〉に招かれた伊能は、恭子からそう問われて一瞬まごついた。宗教を含めて今まで詐欺紛いのことはいくつもしてきたが、出版だけは未だ手をつけたことがない。

「それはつまり、教団の出版物という趣旨ですか？　もちろん勧誘用のパンフレットとか経本は作っていますが」

「わたしの申し上げているのはハードカバーできちんと製本され、一般の書店で販売されているような、という意味です」

たちどころに恭子の言わんとしていることが理解できた。

「ああ。統価協会のように、教祖が自伝じみたものを著すというものですね」

統価協会の出版物が多岐に亘ることは、同じ業界の人間として知らないはずもない。教祖の自叙伝ともいうべき著書は、発売日に信者が買い漁ることもあって常にベストセラーになっているらしい。その資金力にものを言わせて映画やアニメまで作ってしまったとも聞いている。

奨道館も追随したいのはやまやまだが、生憎前身がホームレスの神農では碌な自叙伝にならない。過去の経歴をでっち上げるという手もあるが、特定少数を相手にする講話ならともかく、不特定多数を対象とする出版物では虚偽や誤謬《ごびゅう》が記録として残り、糾弾されるネタになりかねない。そういう惧れもあって、稲尾と伊能は二の足を踏んだのだ。

「当教団でも類似の企画はあったのですが、様々な事情で頓挫してしまいました。それに、出版物の印税というのはそれほど大きなものでもないと聞いていますので」

「確かに著者に支払われる印税というのは10パーセント前後でしょう。それにちゃんとした刊行物であるなら、定価に見合った内容も兼ね備えていなければならないとお思いでしょう」

恭子の声は耳に心地よい。天性のものなのだろうが歌うようなリズムがあり、この声でなら叱責されるのも悪くないとさえ思える。

「提案するからにはわたしも少々調べました。この件は伊能さんがそれほど心配されるような話ではないようですよ」

「お聞きしましょう」

「最初に申し上げておきますと、わたしが提案するのは教団主体の出版事業です。従って印税10パーセントに留まるような収益性の低い話をするつもりはありません」

恭子は伊能の眼前にA4サイズのファイルを差し出した。手に取ってみると、書籍出版に関しての仕様と各種経費がずらりと書き連ねてある。

「これはあくまでも確認資料ということで作成したものですから、参考程度に捉えていただければ結構です」

「つまり野々宮さんの提案は仕様や経費には、あまり囚《とら》われないということですか」

「比較対象としてうってつけなので、統価協会から出版された最新刊を例に説明させていただきます。因《ちな》みに伊能さん。現時点で奨道館の信者さんは何人でしょうか」

「正確には七万八千五百二十人ですね」

「書店に並んでいるハードカバーの本は所謂《いわゆる》四六判と呼ばれるものですが、三百ページ程度で定価は千六百円、仮に八十万部を売り上げれば十二億八千万円の収入になります」

十二億八千万円。

額を聞いて喉がぐびりと鳴った。伊能にとっては全く見当もつかない数字ではない。相応に実在感のある金額だった。

「しかし野々宮さん。その十二億八千万円をそのまま手に入れられる訳ではないでしょう。製本代とそれに関わる人件費も差し引かれる。書店に置いてもらうとしたら書店側の儲けも考慮しなけりゃいけない」

「出版から取次、取次から書店という流通経路の中ではどうしてもマージンというものが発生します。もちろん書籍に限らず物流というのは得てしてそういうものですが、それなら地産地消という方法を採ればいいだけの話です。印刷はさすがに業者に発注しなければなりませんけど、刷り上がった本をそのまま信者の方に購入していただければいいのです。それも一人十冊」

「信者八万人に十冊ずつ。だから八十万部ですか」

「この場合、返本も考えなくていいのです。合計でも一万六千円。ノベルティのツールとしても有効だと思いませんか」

信者一人につき一万六千円、というのは確かに手頃な金額だ。妙な壺や掛け軸を売りつけるよりは、よっぽど気が利いている。

「一人に十冊を渡して転売させるというのが目的ですが、別に転売できなければできないで構いません。奨道館布教用のツールとして親戚や知人に配るとなっても、信者の方なら喜んでそうするでしょうから。そうですよね、伊能さん」

「ええ、そうですね。もちろんですとも」

本を読む人間は存外に少ない。宗教関係なら尚更だ。信者がどれだけ熱意を持って勧めたとしても良くて斜め読み、大抵はそのまま放置だろう。

だが、それで教団が困ることは一切ない。要は本が売れればいいのだから、その後で本がどんな風に扱われようが知ったことではない。

第一、これは統価協会のみならずどこの宗教法人もやっていることだ。伊能自身、夜の銀座《ぎんざ》を歩いている時、道端で教団の本を無償で配っている他所の信者に出くわしたことがある。売れ残り、あるいは渡し損ねた本は死蔵されるか捨てられるだろうが、それもまた教団の知ったことではない。全てはビジネスだ。

「実質、八十万部を刷るには一億一千万円の費用が必要ですが、これは最低限の費用として拠出していただくことになります。しかし売り上げが十二億八千万円なら純利益は単純計算で十一億七千万円。しかもこの場合には宗教活動としての軽減税率が適用されるので、一般の出版事業に比べても有利です」

一億一千万円。教団の台所事情は決して楽ではないが、それくらいなら何とかできる気がする。いや借金してでも、と伊能は思い始めていた。恭子の言う通り、十一億七千万円のバックがあるのなら一億円少々の出費は確かに最低限必要な経費だろう。

「お聞きする限りは非常に魅力的な提案だと思います。奨道館信者の信仰心を考えれば、充分に実効性もあります。ただ……」

「ただ、何でしょう」

「残念ながら、ウチの教祖が一冊分の原稿を書き上げられるかは不透明ですね。いや、知見とか教義の問題ではなく、文筆というのは教祖とは別の資質でしょうし」

「何も教祖ご本人が執筆する必要はないんじゃないですか」

やはりそうくるか。

「教祖ご本人からの口述を幹部の方が纏める。あるいは教義を知悉《ちしつ》していらっしゃるどなたかが代わって執筆、その内容を教祖がチェックすることでも布教としての目的は達成できるのではないでしょうか」

相変わらず恭子の言葉は、するすると胸に落ちてくる。それもそのはず宗教法人から出版されている書籍の多くがゴーストライターの手によるものだというのは、業界内で知らぬ者のいない話だ。比較対象として挙げられた統価協会もその例に洩れず、教祖の本はずいぶんシリーズを重ねているものの数年前からはずっと代筆だ。それでも売り上げが落ちないのは偏《ひとえ》に教祖のカリスマ性に負うところが大きい。実際に本人自身が執筆していなくても、教祖の名前が謳ってあれば買ってしまう。

「それも否定はしません。何と言っても奨道館の信者たちは、全員がその教義を習熟し諳《そら》んじることもできますから」

手前味噌《てまえみそ》どころか呆れるような粉飾だが、副館長という手前ここまでは発言の許容範囲だろう。

「しかし、いかに身についたことであっても、それを言語化できるかどうかは、信仰心と別のものです。信者に文才のある者がいればいいのですが……」

「そのご心配は不要です」

恭子は艶然と笑いながら横にいた亜香里に視線を移す。

「亜香里さんも教義に忠実な信者なのでしょう？　実は彼女には文才もあるんですよ。一からオリジナルな小説を書く、というのとは違いますけど、教祖さまの言葉や奨道館の教義を分かりやすく解説することはできると思うのですよ」

是非あたしにやらせてください、と亜香里は身を乗り出してきた。

「教祖さまのお言葉を本にさせてもらえる上、奨道館のお役に立てるなんて、こんな光栄なことはありません」

亜香里は目を輝かせて言う。

「一生懸命書きます。副館長さまには原稿の内容についてチェックをお願いしたいです」

束《つか》の間《ま》伊能は逡巡したが、ここは恭子の推薦に従うことにした。原稿を十枚も書かせれば使えるかどうかは判断がつくだろう。もし亜香里に相応の文章力が備わっていれば最後まで執筆させればいい。どうせ原稿料も要らないのだから楽なものだ。

「亜香里さんの原稿ができ次第、わたしが印刷所に発注をかけます。よろしいですね」

亜香里の執筆速度がどれほどのものかは知らないが、まさか三百ページを三日三晩で書き上げられるものでもないだろう。それよりも今一番重要なのはカネの工面だ。

「結構です。ただ、いかに奨道館といえども一億何某《なにがし》の資金は右から左に動かせる金額ではありません。資金が調達できればわたしから連絡しますので、それまで発注は待っていてください」

恭子の承諾で、この日の打ち合わせは終了した。伊能は教団本部に戻り、執筆に必要な教団資料と経本その他の印刷物を亜香里に用意することを約束する。

ただし最も苦心惨憺《さんたん》するであろうことについては触れなかった。


奨道館本部に戻った伊能は、その足で館長室に直行した。カネの話は最優先にするというのが、相手の信頼を勝ち取るコツだ。

だが予想していたこととは言え、稲尾の反応はもう一つだった。

「出版事業、ですか」

そう言ってから、不満げに鼻を鳴らす。

「出版については過去にも何度かあなたと話をしたはずですよね。収入にも広報にも関わることですから。しかしその度に頓挫してきた。理由は言わずもがな、我が神農教祖に語るべき宣託も誇るべき経歴もないからです。そんな人間の自叙伝、信者はともかく一般の人間は手にしないでしょう」

この物言いは、先刻伊能が恭子にしたものとまるで同じだ。だからという訳ではないが、伊能は恭子の語った説得材料をそのまま用いることにした。妙なもので、恭子の提案に従うと決めた時点で彼女の言説を丸々受け売りするのが最も効果的に思えてきたのだ。

自分を説得できた理屈が稲尾を説得できないはずはない――そう念じながら喋っていると、やがて稲尾から制止の手が入った。

「いや、副館長。あなたの言い分はよく理解できます。統価協会の一件と照らし合わせても、その計画が満更見当外れとも思えません。信者一人当たり一万六千円の出費も、お布施と考えれば妥当な金額でしょう」

話の途中から早くも伊能は警戒する。稲尾がこういう前振りをするのは、決まって後から否定材料を提示する時だ。

「しかし」

それきた。

「仮に実効性の高い企画であるにしろ、初期投資はどうするつもりですか。一億一千万円なんて大金が今の教団にないことくらい、あなただって知っているでしょう」

元より稲尾は、伊能が広報面で目覚ましい成果を挙げるのを怖れている。いや、教団の利益に繋がること自体は喜ばしいのだが、その成果によって館長である自分よりも信望が集まっては困るのだ。だからどれほど魅力的な提案でも、ひと言水を差さずにはいられない。

「たとえば八十万部一気にではなく、最初は信者数と同じ八万部からスタートするというのではどうでしょう」

「駄目です」

伊能は言下に否定した。ここで弱気になって唯々諾々と従えば、この計画が見事成功裏に終わったら手柄を横取りされかねない。

「こんなことを言うのはアレですが、最初の一冊が信者の意に添わない出来であった場合、次に増刷してもおそらく手を出しづらくなるでしょう。自分以外の誰かに勧める場合、やはり本の内容がそれなりでないとタダで渡すにしても躊躇しますからね」

「それが十冊なら返品は利かなくなるという理屈ですか」

「少なくとも出来が悪かったからお返ししますという信者はいないでしょうね」

ふむ、と稲尾は考え込むように小首を傾《かし》げる。この期に及んでまだ虚勢を張るつもりなのか。

神農にかしずく信者たちも全員が全員、信仰に目が眩《くら》んでいる訳ではない。教団への布施と現実の交友関係を天秤《てんびん》に掛ける者も一定数存在する。在家信者は尚更そうだろう。だからこそ出費する機会は一度きりにした方が無難であることは、館長である稲尾も察しがついているはずだ。その証拠に稲尾も浅く頷いている。

「それも一理あります。しかしね、副館長。役割分担で言えば、一億一千万円を工面するのはあなたじゃない。経理責任者であるわたしだ」

稲尾はここぞとばかりに胸を反り返らせてみせる。

「まさか副館長がこの金額を用意してくれるとでも言うのですか」

「いえ……」

伊能は抗う術もなく唇を噛む。いくら企画に有効性があっても、最終的にはカネを出す人間の声が一番大きい。

「それは館長のお力に縋《すが》るより他にありません」

「そうでしょう、そうでしょうとも。では工面するのが館長であるわたしの役目として、どこから工面すればいいのか適切なアドバイスはありますか」

どこまでも底意地の悪い男だ。経理に関して実績も知識も乏しい自分にわざわざ伺いを立てているのは、嫌味以外の何物でもない。相手の浅はかさを嗤《わら》うことで、互いの立場を再認識させようとしているのだ。

「……わたし程度の知見では、銀行から融資を受けることくらいしか考えつきません」

「銀行。ふむ、低利でしかも健全性が約束されている。普通に考えれば確かにその選択が無難でしょう。しかしあなたもご存じの通り、既に奨道館は帝都第一銀行に二十億以上の借金があります」

奨道館の負債とはもっぱら土地絡みの事情だった。信者の獲得に血道を上げる幹部たちが行ったのは、出家信者から土地建物を寄進させることだ。不動産は売却すればまとまったカネになる。居場所を失《な》くした信者は自ずと教団に依存せざるを得なくなり、後は労働力として酷使できる。

ところが奨道館の幹部たちは実質的な利益とともに勢力の拡大を図った。つまり寄進された土地を利用し、地方に教団支部を設立したのだ。

土地は信者からの寄進で労せずして手に入れることができた。だが民家をそのまま祈禱所《きとうじょ》や集会場に転用することはできないため、本部と同様の建物を築造する必要があった。宗教法人を企業体と捉えればこれは先行投資の一つなのだが、企業体を名乗るには教団幹部たちの先見性は稚拙に過ぎた。建物築造に数十億という資金を銀行から調達したものの、その直後から信者数が頭打ちになり、布施による収入が伸びないまま負債だけが残ってしまったという次第だ。

現在、奨道館が抱えている帝都第一銀行の借入残高は二十億一千万円余り。この上、更に一億一千万円の追加融資となれば残高は二十一億円に達する。いや、そもそも帝都第一が追加融資に踏み込むかどうかも危ういところだ。追加融資に見合うだけの担保もなく、それどころか洩れ聞く話では月々の支払いまでが滞り気味というではないか。

「帝都第一が果たして追加融資を承諾してくれるかどうか、状況は非常に厳しいと言わざるを得ません。あなたは物事を少し軽率に考えている」

稲尾は伊能をいたぶるように揺さぶりをかけてくる。伊能の提案が至極妥当なものであっても、ケチをつけずにはおられないのだ。

「申し訳ありません、館長。そこを館長の人望とご采配で」

言葉を搾り出すのに苦労したが、こうでも言わない限り稲尾は首を縦に振らない。ひざまずいていた伊能は唇を固く締めながら深々と頭を下げる。はらわたが煮えくり返る思いだが、こうでもしなければ話が進まない。

「まあ、いいでしょう」

伊能の平身低頭ぶりに溜飲を下げたのか、ようやく稲尾は承諾の意を示す。伊能はほっと胸を撫《な》で下ろす。

だが、やはりこの男は一筋縄ではいかなかった。

「ただし条件があります」

「何でしょうか」

「ただでさえ台所事情が火の車の教団に一億円以上もの借金と出費を強いるのです。企画が成功して十一億七千万円の利益が得られれば良し、しかしもし失敗でもしようものなら、その責任はあなたに取ってもらいます」

一瞬、絶句した。

「わたしにどんな責任を取れと言うんですか。経費分の一億一千万円をわたしに返済しろとでも」

「責任の取り方は一つと限りません」

稲尾は意味ありげに表情を綻ばせた。

「おカネがある者はおカネで。労働力のある者は労働力で信仰の厚さを証明する。それが奨道館の基本理念ではありませんか」

稲尾の台詞が丸い刃のように突き刺さる。刃先が丸いのですんなりと切ることはなく、傷口を左右に広げるように押し入ってくる。

どこまでも陰湿で、どこまでも狡猾《こうかつ》な男だ。責任の二文字を背負わせることで伊能を縛り、仮に成功したとしても重責から解放されるという最低限の報酬で満足させようとしている。この局面で伊能が条件を呑まなければ、稲尾は平気で提案を蹴る。そしてほとぼりが冷めた頃、そ知らぬふりをしながら自らの発案として同じことを言い出す。稲尾というのはそういう男だ。

従って伊能はこう言うしかない。

「承知しました。もし失敗した場合には、どんなかたちにせよわたしが責任を負います」

「さすが副館長です。言葉に重みがあります」

稲尾は満足そうに頷いた。言質《げんち》を取ったことで伊能の首根っこを押さえたつもりでいるのだろう。

まあ見ていろ、と伊能は内心で毒づく。いったん出版の全責任を負ってしまえば、こちらに逆転の目がある。

何しろ印刷物というものは出版したら最後、回収しない限り内容を訂正できないようになっているのだ。


意外なことに、稲尾の行動は予想よりはるかに迅速だった。伊能が提案を申し出てから十日後には資金調達の目処をつけていたのだ。

「いったい、どうやって銀行を説得したのですか」

館長室に呼びつけられた伊能は驚きを隠しようもなく尋ねた。

「本当に銀行員という輩は拝金主義者揃《ぞろ》いですね。まるでカネを崇め奉る盲信者のようだ」

稲尾はその時のやり取りを思い出しでもしたのか、この上なく不愉快そうに顔を顰《しか》めた。拝金主義というのなら教団幹部も同じ穴のムジナと思えるのだが、どうやら銀行員という人種は自分たち以上に熱心な信者らしい。

「月々の支払いを滞り気味なのはこちらだって申し訳ないと思っている。ところが彼らの対応ときたら、まるで野良犬に対するそれでした。帝都第一銀行にしてみれば一億などほんの目腐れ金のはずなのに、あれやこれやと理由をつけてこちらの言うことをまともに聞こうともしない」

「追加融資ができないほど取引が悪化しているのですか」

「いやいや、そこまで悪くはなっていません。遅ればせながらも支払いはちゃんと履行していますから、それが阻害要件になっているのではありません。ただ奨道館の収益拡大を信用していないのですよ。融資担当者は言うに事欠いて、『館長さんが教祖さんを信用するように、私どもも奨道館を信用したい。しかし担保があればもっと信用できます』と。言い換えれば、奨道館の信用だけでは一億円の追加融資さえ不可能という言い草なのですよ」

「それは本当にお疲れ様でした」

「話はそれで終わりません。最近の支払いが遅れ気味なのは何故なのか。信者の数が頭打ちになっているのではないか。信者の数が増えないということは事業の先細りを意味しているのではないかなどと、こちらの懐具合を根掘り葉掘り聞いてくるのですよ。本当に失礼と言うか執拗と言うか、カネが出せないのなら情報を出せと言わんばかりの態度でしたね」

「しかし結局、銀行側は追加融資に踏み切ったのですよね」

「ええ、担保があれば信用すると言われましたからね。こちらも新しい担保を用意すると申し出たら、ようやく納得してくれましたよ」

「まだウチの教団に差し出す担保なんてあったのですか」

これもまた伊能には意外な話だった。教団本部に支部、そして信者から寄進させた土地やら建物やら、担保になりそうな物件には全て抵当権がつけられていたはずだ。だが、伊能にも知らされていない寄進物件がまだ存在したというのか。

「差し出す担保は副館長、あなたの住まいですよ」

伊能は二の句が継げずにいた。

「半蔵門《はんぞうもん》に分譲マンションを持っていましたよね。あれは即金で購入したから抵当権の類いは何もついていないはずです。あれを今回の追加担保に差し出してください」

「差し出してください って……あれはわたしの家じゃありませんか。それをどんな理由であれ勝手に担保物件だなんて」

「責任を負う、と言いましたよね」

稲尾は口角を上げていたが、目は笑っていなかった。

「あなたが発案し、あなたが責任を取ると明言した案件です。だったらあなたが資金を引き出すための担保を差し出すのは、むしろ当然の義務でしょう」

「あれはわたしのカネで買ったマンションです」

「しかし奨道館の副館長という立場でなければ、とても即金で買えるような代物ではなかったはずです。違いますか」

伊能はまたしても返事に窮する。悔しいが稲尾の言葉は正鵠《せいこく》を射ている。1LDKの賃貸アパートから4LDKの新築分譲マンションに移ることができたのは、今の地位と収入があってのものだ。

「差し出すといっても抵当権を設定するだけです。帝都第一から融資された一億一千万円をすぐに返済したらいいだけの話ではないですか。それとも、自分の所有物を担保にできないほど、あなたのアイデアは危険なのですか」

「そんなことは……ありません」

「生憎わたしの住まいは既に抵当に入っていますから、これ以上どうすることもできません。契約の上では副館長が奨道館の保証人として名を連ね、担保を提供するかたちになります。既に物件の鑑定は終了しており、あなたの実印と署名があればその一週間後にでも追加融資が実行される手筈《てはず》になっています」

もうそこまで話を進めていたのか——当事者に無断のまま契約寸前になっている事実に震えるような憤りを覚えるが、伊能が話を持ち出した時から描かれていた青写真と思うと今度は自分の迂闊《うかつ》さに吐き気がする。

言質を取られたことは外堀を埋められたに等しい。帝都第一銀行との話を進められたことで内堀も埋められてしまった。やはりこうした駆け引きでは、稲尾に一日の長がある。

こうして伊能は自分の住居に抵当権を設定される羽目になった。

意外なことはもう一つ、亜香里の執筆速度だった。伊能が担保の件を通告された日には、既に第一稿を書き上げていたと言うのだ。伊能が急いで〈野々宮プランニングスタジオ〉に向かうと、亜香里がそこで待ち構えていた。

「あれから十日しか経っていないのに、もう三百ページ書いてしまったのですか」

伊能の驚きに、亜香里は悪戯《いたずら》っぽく舌を出す。

「本当のことを言うと、恭子さんが副館長さまに出版事業の提案をする前から書き始めていたんです。ご用意いただいた資料も大半はあたしも持っていたので、すぐ執筆に取り掛かれたんです」

それでは伊能が恭子の提案を受け入れるのは織り込み済みだったということか。何やら自分の動向を見透かされたようだが、それで事が順調に運ぶのなら致し方ないところだろう。

第一稿はPC用紙に打ち出された二ページ見開きのもので、既に段組みがされている。亜香里の説明によれば製本された際と同様の段組みであり、専門用語でゲラというものらしい。

「データがあれば、印刷所がそういう仕様に作ってくれるんです」

伊能は早速目を通してみたが、素直に感心した。

亜香里を含め、信者に配布している教団印刷物は正直言って胡乱《うろん》なものだ。教義にしても経本にしても様々な宗教、様々な宗派からの寄せ集めだ。神農の経歴に至っては嘘八百、数々の奇跡を起こした云々《うんぬん》のエピソードはもはやファンタジーの領域と言える。

ところが亜香里はそれらを丁寧な筆致で綴《つづ》っている。もちろん素人の手になる文章なので読みにくい箇所もあり、記述のおかしな部分が散見される。しかしもっと精緻な文章で書けと言われたら、伊能にその自信はない。神農本人に書かせたら、おそらく日本語にもならないだろう。

構成も丁寧で分かり易い。第一章を神農の自叙伝としているが、第二章は奨道館の創立から発展までの歴史に当て、第三章では教義内容に踏み込んでいる。神農を神格化してはいるが、決して大袈裟《おおげさ》な比喩はしておらず、教団の存在意義を世界平和と言い切っているところも好感が持てる。混沌《こんとん》とした現世における奨道館の役割を人類救済と位置づけ、しかし大上段に振り翳《かざ》したような書き方はしていない。信者にとっては教本となり、一般読者にとっては入門書となる。変に衒《てら》いがない文章なので押しつけがましくなく、亜香里の性格ゆえか記述に過不足もない。

元より一般書店に配本するのではなく、信者に直接手渡しするものだから凝った文章にする必要もない。いや、変に格調高い文章を望むよりは、却って素人臭い文章の方がとっつきやすいはずだ。

凝らなければならないのはむしろ装丁だろう。信者はもちろん、一般読者が手に取っても荘厳な雰囲気を醸すような表紙が望ましい。

伊能が原稿を読む間、亜香里は緊張の面持ちで正座している。読み終わるのに三時間、彼女はずっとその姿勢のままでいた。

「よくできています」

本心だったので言葉は自然に出た。

「分かり易い文章で構成も秀逸。タイトルもいい。『人類救済の法』。簡潔にして明快、奨道館の基本理念がそのまま表れていますね」

「光栄です！」

亜香里は感極まったような声を上げる。いち信者としては望外の喜びであるのは容易に想像できる。

そして敢えて口にしないが、伊能にとって最も特筆すべきものが奥付に記述されていた。

〈著者　神農帯刀　監修　伊能典膳〉

監修伊能典膳という六文字が、まるで浮き上がって見える。館長稲尾ではなく、伊能の名前がここにあることで『人類救済の法』の責任者が誰であるのかを堂々と宣言している。これは書籍の出版が成功裏に終わった時、その栄誉は全て伊能に与えられるという証文でもある。実際、神農の自叙伝や教義の解説よりも、この六文字が記載されているかどうかの方がはるかに重要だった。言い換えれば、この六文字が記載されたことで、この書籍は伊能の目的を達成している。

「文句のつけようがありません。これは奨道館初の書籍として最高の出来です」

「ありがとうございます！」

「これはすぐ印刷に回せるのですか」

「誤字脱字のチェックさえ済めば、明日にでもＯＫです」

「そうですか。幸い館長のご尽力により、八十万部の費用も捻出できる運びとなりました。わたしからの指示ですぐ印刷に回せるよう、待機していてください」

「畏《かしこ》まりました」

ゲラ原稿を亜香里に返し、伊能は意気揚々と事務所を後にした。

八十万部の行方は既に決定している。奨道館の信者で、この記念すべき福音の書を購入しない者はまずいない。一人十冊一万六千円の出費など屁《へ》でもないだろう。

出目の分かっている丁半賭博ほど愉快なものはない。福音書を手にした信者から掻き集めた十二億八千万円から一億一千万円を帝都第一に返済し、残った札束の海でひと泳ぎするのも面白い。

これを機に稲尾は自分に頭が上がらなくなる。他の幹部たちの意向がまとまりさえすれば、あいつを館長の座から引き摺り下ろすのも満更不可能ではない。もしそんな逆転劇が現実になったら、あいつにどんな悪罵を吐いてやろうか。

伊能は込み上げてくる黒い嗤いを抑えるのに必死だった。

4

翌日、亜香里からゲラチェック終了の知らせを受け、原稿は無事印刷所に回された。

印刷代・製本代の一億一千万円は既に印刷所の口座に振り込み済みだ。亜香里の話では一週間後に八十万部の書籍が教団本部へ送られてくる手筈になっている。

伊能は到着日を指折り数えて待つ。一日千秋の思いとはこういうものか。日付が一日更新される度に勝利が近づいてくる。逆に稲尾には審判が近づいてくる。

奥付に伊能の名前が記載されている事実は、まだ稲尾には伏せてある。事前に知らせたら元の木阿弥《もくあみ》だ。印刷所に回す寸前に自分の名前と差し替えるのは目に見えている。しかし八十万部が刷り上がってしまえば、もう後の祭りだ。返本すれば一億一千万円をドブに捨てることになるから、稲尾は手も足も出ない。信者の手に渡る前に手作業で修正する方法もないではないが、八十万部という数がそれを絶望させる。

しかも当の稲尾は追加融資一億一千万円の回収ばかりか、十一億七千万円の収入増が懸かっているので、伊能と同様に書籍の到着を待ち望んでいる様子だった。教団の経理を預かる立場なら当然の心境だが、逆転の六文字を仕掛けた伊能には、その様が痛快でならない。喩えて言うなら、毒入り饅頭《まんじゅう》の配膳を待つ欠食児童の姿といったところか。

そして焦《じ》れに焦れること一週間、遂に印刷所から書籍が到着した。

まさに壮観だった。

八十万部とひと言で済ませても実際の物量がどれくらいのものであるのか伊能には見当もつかなかったが、教団本部前に十トントラックが横付けされた時、初めてその庞大さに畏縮した。巨大なコンテナの中身が全て同一書籍であることを考えると、軽い眩暈《めまい》さえ覚える。

　十トントラックでさえ、一回に搬送できるのは二万部程度だ。その二万部を配布し終わったら、また次のトラックで配送される手筈になっている。

　ただの書籍ではない。

　書籍の形をしたカネなのだ。

　取り急ぎ信者に荷下ろしをさせ、書籍は本堂に積み重ねることにした。信者がバケツリレーよろしく、次々に福音の書を本堂の床の上へ積み重ねていく。

「これはまた壮観ですね」

　搬入の様子を見守っていた稲尾が感に堪えたように呟いた。伊能も昂揚感に押されて、ついつい声を弾ませる。

「全くです。よく何十万部のベストセラーとか話には聞くのですが、こうして実際に並べてみるととんでもない量ですね」

「ただし、いくら基礎部分を頑丈にしてあると言っても、このひと部屋に二万部を保管するのも無理があります。スペースの問題以前に、床が重量に耐え切れなくなる可能性がある」

「その点はご安心を。荷重計算をしてありますので、過重にならないよう、他の部屋にも分散させます。搬入を完了した時点で、逐次信者たちに分配しますから、この山を眺めていられるのも今のうちです」

「そう言われると、少しもったいないような気もしますね」

稲尾の顔はいつもと違い爽快感に溢れている。この光景を前にして、さすがに平常心ではいられないのだろう。伊能はその横顔を眺めながら内心で舌なめずりをする。

そうやって笑っていられるのも今のうちだ。『人類救済の法』を手に取り、中身を熟読し、ご満悦に浸るがいい。

読書家と呼ばれる者たちでも、奥付まで留意するのはごく少数だと聞いたことがある。当然だろう。本を読む人間は物語に没頭したいはずだ。物語に没頭したい人間が、現実に引き戻されるような出版情報に興味を持つとはあまり考えられない。稲尾も同様だ。中身を読んでも、奥付の六文字を発見する可能性は極めて小さかった。

気づかれないなら気づかれないでいい。これは要するに地雷と一緒だ。知らぬが仏、己の爪先が信管に触れたのを知った瞬間、恐怖に青ざめる。そういう顔を眺めるのも一興というものだ。

「一冊、見本をもらえますか」

稲尾の申し出に、身体がぴくりと反応した。だが、ここで狼狽《うろた》える姿を見せる訳にはいかない。伊能は動揺を押し隠し、山の中からひと包みを取り出した。書籍は十冊毎に纏められているため、一冊取り出すにも手間が掛かる。

「ほう。これはまた豪奢《ごうしゃ》な表紙ですね」

稲尾はまたしても感嘆の声を上げる。伊能はそれが誇らしかった。何と言っても装丁を指示したのは自分だからだ。

表紙いっぱいに曼荼羅《まんだら》をあしらい、中央に神農の近影を嵌《は》め込ませてある。その横には大きなゴシック体でタイトルを表記。ぱっと見には宗教専門書のように映り、細部から覗く金模様が厳かさを演出している。

「この表紙を見ていると、定価千六百円というのがお手頃価格に思えてきます。ゆっくり中身を拝見するとしましょう」

そう言い残して、稲尾は本堂を後にした。館長室で熟読するつもりなのだろう。

一読して、稲尾が奥付に仕掛けられた爆弾に気づくかどうか——そうとは知らずに地雷原を闊歩《かっぽ》する者を観察しているようで、伊能は危うく射精しそうな優越感を味わう。

では自分も勝利の予感に打ち震えるとしようか。

伊能は帯封を解いたうちから更に一冊を取り上げ、ぱらぱらとページを捲り始める。内容は亜香里が見せてくれたゲラと変わらないのだが、やはり書籍という形から受ける印象はまるで別種の趣きがある。

その時、ふと伊能は思い出した。

ゲラを印刷所に回した旨の報告を受けた日から亜香里の姿を見掛けない。通常であれば稲尾の傍から離れないはずなのに、今も不在だった。

まあいい、と思い直した。あれだけの分量の原稿を、おそらくは寝食も忘れて執筆し続けた。『人類救済の法』出版の一番の功労者は紛れもなく彼女だ。一週間や二週間の休暇を与えてもバチは当たるまい。

本堂の隅で胡坐《あぐら》をかき、一ページ目から読み始める。

『第一章　神農帯刀の生涯』

数ページ進んだところで違和感を覚えた。

先に目を通したゲラ原稿と内容が相違していた。見覚えのない記述が並び、代わりに記憶していた文章がどこにも見当たらない。完成稿まで修正を加えたにしても、あまりに違い過ぎる。

妙だ――そう思い始めた時、廊下の向こうからどたどたと慌しい足音が迫ってきた。

「副館長っ」

殺気立った怒号を上げていたのは稲尾だった。

「こ、これはどういうことだあっ」

稲尾は目を剝《む》いて激昂《げっこう》する。先刻持ち出した『人類救済の法』を開き、伊能の眼前に突きつけた。

「何をそんなにお怒りに」

「四の五の言うなあっ。これを読んでも弁解するつもりかあっ」

稲尾の指が突き立てられた箇所に、慌てて目を走らせる。

今度は伊能が目を剝く番だった。

『……テント村でホームレスをしていた神農を拾ったのは、当時金儲けの方法を模索していた稲尾だった。ホームレスと言っても風呂に入らせ、伸びた髭を落とせば、哲人じみた顔だった。黙っていればそれなりに利口にも見える。教祖として崇め奉るには格好の人材だった』

『稲尾という男は生来の詐欺師であり、金儲けのためなら殺人以外は何でもする男だった。そういう男が既存の宗教から都合のいい教義だけを取り出して新興宗教を立ち上げるのは、いとも容易《たやす》いことだった。最初から信仰心など毛頭ないので、善男善女を騙すことに一片の罪悪感もない』

『稲尾という男は物欲が白装束を着ているような人間だった。何も知らぬ信者から詐欺紛いに財産を奪い取り、信者には粗末な食事を与える傍ら、自分は銀座や新宿といった歓楽街で享楽の限りを尽くしていた』

『稲尾という男は悪辣で恥知らずで』

『稲尾は』

『稲尾は』

字面を追っていくうちに思考がついていかなくなる。何だこれは。

「何だこれは。貴様、最初から俺を裏切る計略だったのか」

「いや、そんな、これは、あの、全く」

「福音の書どころか告発の書じゃないか。こんな代物を信者に配って俺を破滅させようっていうのか」

「わ、わたしがゲラを見た時には、こんな文章はどこにも」

「やかましいわ、このクソ野郎おっ」

有無を言わさず拳が飛んできた。直撃を受けた伊能は堪らず後方へもんどり打つ。

「送られてきた本は一冊残らず回収業者に処分させる。お前は明日にでもマンションを売却しろ。その売却金で今回の追加融資分を返済する」

「そんな馬鹿な」

「馬鹿はこっちの台詞だ。いいか、一切逆らわせねえぞ。焼け火箸、目に突っ込んででも売買契約書にサインさせてやる。元々、全責任はお前が取ると豪語したんだ。約束通り履行してもらうぞ。奥付にもちゃんと〈監修　伊能典膳〉と明記してあるものな。今更、間違いでしたと吐《ぬ》かすなよ」

怒りに任せた稲尾はどこまでも本気だった。信者数人に周りを囲ませる中、強引にマンションの売買契約を締結させた。締結とほぼ同時に抵当権は外されるので、追加融資分もその場で帝都第一銀行に返済される流れだった。

稲尾の逆鱗《げきりん》に触れた人間が教団内に留まれるはずもなく、伊能は即日破門された。

そして今、伊能は泊まる宿を求めて目黒天空庭園の近くを彷徨《さまよ》っていた。時刻は午後十時過ぎ。既に天空庭園は閉園し、人通りも途絶えた。大橋ジャンクションを行き来するクルマの走行音だけが耳元を掠《かす》める。

いったい、どうしてこうなったのか。

いや、話の筋はもう読めている。全ては亜香里の、ひょっとしたら恭子との共謀に違いなかった。

あの日、自分に見せたゲラは偽物だった。本物のゲラは別にあり、わざわざ別の原稿を執筆したのだ。そして伊能が油断している隙に、教団の暴露本原稿を印刷所に回した。

しかし何のために。

印刷・製本の費用一億一千万円は印刷所の口座に送金されている。あの二人には一銭のカネも流れていない。二種類の原稿を作る手間暇が掛かっただけで、その意味では利益どころか一方的な損失だ。二人は自分に恨みでもあるのか。

いいや、それも違う。恭子はもちろん、入信するまでは亜香里とも初対面だった。二人に恨まれるような憶えは何一つない。真意を問い質すべく〈野々宮プランニングスタジオ〉に足を運んだが、事務所は閉まった後だった。教えられていた番号に電話しても不通が続く。

とにかく日を改めて再訪するしかない。あの二人から事情を訊き出さないことには何も始まらない。

目下の問題は今晩の宿を探すことだ。財布の中身は万札が二枚に小銭が少々。格安のビジネスホテルなら二日は連泊できるだろう。だがこの近辺に、果たしてそういう条件のホテルがあったかどうか。

しばらく街灯の乏しい道を歩いていると、更に人気《ひとけ》がなくなった。目の前に白装束の男たち数人が現れたのはそんな時だった。

偉丈夫のスキンヘッドを真ん中に五人。スキンヘッドの男とは旧知の仲だ。

「斑井《まだらい》さんじゃないか」

斑井は教化部を取り仕切る幹部の一人だが、その肩書はあくまでも表向きだ。稲尾の命があれば、人の嫌がる汚れ仕事を一身に受け持つ裏の顔がある。

「裏切り者に気安く呼ばれる覚えはない」

およそ抑揚のない言葉が返った時、伊能は一瞬にして身の危険を感じた。踵《きびす》を返して元来た道を戻ろうとしたが、既に遅かった。二人の信者に回り込まれ、たちまち退路を断たれてしまった。

「何をする気だ」

「元幹部なら訊くまでもないだろう。奨道館に災いをもたらす者の末路は神罰と決まっている」

言い終わらないうちに、斑井は目にも留まらぬ蹴りを伊能の鳩尾《みぞおち》に見舞った。瞬間、息が止まる。

伊能は腹を抱えたまま、その場に蹲《うずくま》る。

だがそれで済むはずもなかった。

「天誅《てんちゅう》っ」

「天誅っ」

信者たちの拳が、爪先が次々に伊能を襲う。事前に打ち合わせでもあったのか、それとも日頃から訓練されているのか、彼らの攻撃は的確に急所を捉えてくる。

「助け」

「奨道館に弓を引いた時から、己の運命は定まっている」

「誤解」

「黙れいっ」

脇腹、顔、鎖骨、頸部《けいぶ》、金的を執拗に、そして重点的に攻める。最初のうちこそ呻《うめ》いていた伊能も、次第に声すら上げなくなった。

薄れゆく意識の中で、伊能を嗤う二人の女の顔が浮かぶ。恭子と亜香里だ。二人は同情心の欠片も見せずに、ただ艶然とこちらを見ている。

やがて何の抵抗もできなくなった伊能の首を大きな手が摑み上げた。感覚も朦朧としているが、この手が斑井のものだということだけは辛うじて分かる。

もう勘弁してくれ。

そう言ったつもりだが声にはならなかった。

ずるずると引き摺られ、伊能の身体はどこかに運ばれる。たんたんと爪先を叩く感触で階段を上がっているのは理解できた。

徐々に感覚が戻ってくると、クルマの走行音が自分よりも下方から聞こえてきた。では、ここは陸橋の上かどこかなのか。

「天誅」

斑井の感情のない声とともに身体が持ち上げられ、次の瞬間、伊能は空中に放り出される。

一秒後、恐ろしい衝撃で伊能の意識は断ち切れた。

＊

伊能が奨道館から放逐された翌日、久津見は〈野々宮プランニングスタジオ〉のドアを開けた。

事務所の中には亜香里ともう一人の女がいた。これが事務所の主、野々宮恭子その人だろう。

「久津見さん」

亜香里は怪訝《けげん》な顔で久津見を迎え入れた。

「どうしたんですか、いきなりこんなところへ」

「伊能さんが今朝、死体で発見されましたよ」

亜香里の表情に変化はない。さては朝のニュースでいち早く事件を聞き知ったのか。

「大橋ジャンクション近くの陸橋から飛び降りたらしいですね。アスファルトに激突した直後、直進してきたクルマに撥《は》ね飛ばされて全身を強く打撲。即死だったそうです」

「お気の毒でした」

「奨道館では、覿面《てきめん》に神罰が下ったのだと宣託がなされました。教祖を裏切った奸臣《かんしん》、教団に弓を引いた者の当然の報いだと」

「奨道館も大変ですね。伊能さんは伊能さんで仕事のできる人だったから、あの人の穴をすぐに埋めるのも難しいでしょう。それとも久津見さんが副館長にでも抜擢されればいいんですけど」

「警察は事件と事故の両面から捜査していると報じられていました。アスファルトへの激突、クルマとの衝突以外にも不明瞭な打撲痕が残っていたらしいですね」

「それも神罰だと仰いそうですね。奨道館なら」

「神罰どころか犬死にですよ」

久津見は白けたように言う。

「教団を裏切った廉《かど》で命を落としたにせよ、彼の死で得をした者はいない。逆に損をした者はいますけどね」

「意味深長ですね」

興味を覚えたのか、恭子と思《おぼ》しき女が割って入ってきた。

「教団を裏切った人なのに、誰が損をするんですか」

「伊能さんがいなくなると、柳井議員をはじめ、国民党議員の組織票を固める人間が不在になります。館長の稲尾さんは元々国民党議員よりは民生党議員を取り込んだ方が、統価協会との対抗上有利という考えを持っています。今後、奨道館では柳井議員の組織票は全く当てにならなくなります。つまり伊能さんが死んで、一番痛手をこうむったのは柳井議員ということになる。伊能さんを嵌めたのも、それが目的ではなかったのですか」

「何のことだか、わたしにはさっぱり」

恭子と亜香里の目に警戒の色が浮かぶ。

「生前、伊能さんが度々ここを訪れていたことを知っています。もっとも知っているのはわたしだけでしょうけどね。不審に思って訪ねてみれば、何と館長付きの侍女である亜香里さんがここにいる。確たる証拠はないにせよ、ここで何かしらの企《くわだ》てがあったと考えるのは、それほど的外れでもないでしょう」

「言い掛かりですよ、久津見さん」

今度は亜香里が前に出てきた。

「憶測でものを言わないでください」

「おっと誤解しないで。わたしは何もお二人を糾弾しようと思って、ここを訪れた訳じゃない。逆ですよ。わたしはあなた方の味方、いや同志と言ってもいい」

「同志。どういう意味かしら」

「わたしにも多少なりとも調査能力がありましてね。野々宮恭子さん。あなたは以前、蒲生美智留と組んでいたことがありますよね」

途端に恭子の表情に変化が現れる。いい反応だ。折角の切り札を出したのだから、せめてこれくらいの反応を見せてくれなくては甲斐がない。

「稀代の悪女と謳われた蒲生美智留のかつてのパートナーが、今度は何を計画されているのか」

「わたしは何も後ろ暗いことなど」

「もしあなたの標的が柳井耕一郎なら好都合なのですよ。実はわたしも柳井に敵意を持っているものですから。ここは一つ、共同戦線を張りませんか」

三　倉橋兵衛

1

「いつも柳井がお世話になっております」

後援会事務所に入ってくるなり、咲田彩夏は腰を九十度に曲げた。

いつ見ても惚《ほ》れ惚《ぼ》れするようなお辞儀だ。倉橋兵衛《くらはしひょうえ》は彼女の胸の谷間を盗み見しながら感心する。議員秘書というものは、彩夏に限らず押しなべてこんな風なのだろうか。

「先生は元気かね」

「相変わらず地方遊説に走り回っています。平均的な睡眠時間は四時間少々といったところでしょうか」

議員本人の睡眠時間が四時間少々なら、公設秘書のそれは半分程度だろう。寝る間もないというのに、よくこの美貌を保っていられるものだと思う。

「やっぱりＴＰＰ（環太平洋戦略的経済連携協定）絡みかい」

「何といっても農林部会の副会長ですから。どんな立場であったとしても支援者の方々に政府の方針を説明しなければなりません」

「政策秘書なら先生にぴったりくっついていなけりゃならんだろ。あんたも大変だな」

「秘書は議員の影ですから。影はどこにでもついて回るものでしょう」

受け答えにもそつがない。支援者としては頼もしい限りだが、反面柳井が羨ましくもある。こんな女が四六時中横に居たら、それは頑張ろうという気にもなるだろう。いや、自分だったら彩夏を愛人にして政治活動どころではなくなるかも知れない。

これはつまらないものですが、と彩夏は紙袋を差し出す。袋を見ただけで、中身が倉橋の好物である〈草月《そうげつ》〉のどらやきなのが分かる。

「気が利くね、相変わらず」

「恐れ入ります。でもこれくらいは当然です。いつも柳井を応援していただいているのですから」

柳井耕一郎本人というよりは、先代柳井幸之助《こうのすけ》の後継者として応援しているのだが、もちろん口にすることはない。

倉橋は柳井幸之助と高校の先輩後輩の間柄であったことも手伝い、後援会の会長を務めていた。幸之助という男は国民党最大派閥に属し三度も大臣を経験している。政治家であるにも拘わらず馬鹿正直で人情味があり、庶民から愛された親分肌の男だった。倉橋が後援会を立ち上げたのも、この男のためならと思わせる魅力があったからだ。

その幸之助が六年ほど前に脳溢血《のういっけつ》で急逝してしまう。選《よ》りに選って衆院選公示日の一週間前だった。国民党としても都連としてもみすみす野党に議席を明け渡す訳にはいかない。そこで当時、私設秘書を務めていた長男を後継者に担ぎ出した。選挙は弔い合戦の様相を呈し、次点に圧倒的な差をつけて勝利した。それが柳井耕一郎の初陣となった。かくして幸之助の後援会はそのまま耕一郎の後援会となって現在に至る。

だが正直なところ、耕一郎には先代ほどのカリスマ性がない。下手をすれば同じ選挙区の野党議員よりも資質がないのではないか。

まるっきりの馬鹿ではないし世知もある。人並みの常識もあるし、女受けもいい。ただし、それだけだ。

妙に小さくまとまっていて、先代が備えていた豪放磊落《らいらく》さもなければ老獪《ろうかい》さもない。先見の明もなければリーダーシップもない。選挙に勝ち、未だ議員バッチをつけていられるのも先代の七光のお蔭でしかない。

ふと、興味が湧いたので訊いてみた。

「なあ、咲田さん。あんたは何で柳井先生の秘書をしているんだい」

彩夏はわずかに考え込む素振りを見せてから、口を開く。

「やはり柳井を総理大臣にしたいという気持ちですね」

「総理大臣か。あのボンボンが一国の首相になれるのかね」

「国会議員というのは誰でも総理大臣を目指していると聞きました。そうでなければ議員ではない、とも。初登院の時は皆がこの国をよくしようという思いを抱くのでしょうけど、それには自分が総理になるのが一番ですからね」

「あんたはどう思うのかね。議員の公設秘書は労働時間の割りに実入りは少ないと聞いたことがあるが」

「色々な意見がありますけど、やはり国の制度なり法律なりを作っていくのは国会議員です。それまでは法のセーフティネットがないばかりに困窮していた人、頼る人も相談する人もなくて、部屋の隅で泣き暮らしていた人。わたしたち秘書はそういう人たちの声を議員に届けることができます。その価値は給料以上のものがあると思っています」

「優等生的な発言だなあ」

「いえ。他の議員の秘書さんともお話ししますけど、皆さんそれは共通しているようですよ」

「そんなものかい」

「秘書という人種は、全員議員に惚れ込んでいるんです」

「じゃあ、仮にわしが議員に立候補して当選でもしたら、咲田さんが秘書になってくれるか」

口にしてからしまったと思った。

彩夏が立て板に水のように答えるのでつい調子に乗ってしまったが、この場で彼女に言うことではなかった。

笑われるか、怪訝な顔をされるか――己の迂闊さを後悔していると、彩夏はごく自然に返してきた。

「わたしは柳井専属なのでご期待には添えませんけど、倉橋さんならひと肌脱ごうという人はきっと多いでしょうね」

「……わしは単純な男だから、そんなこと言われたら本気にしちゃうよ」

「そういう人でなければ、柳井やわたしも頼りにしません」

倉橋は今年で六十五になる。容姿端麗という理由だけで女の言葉を信用するほど初心《うぶ》ではない。それでも彩夏の言葉に心が揺らいだのは、聡明《そうめい》な女の判断力に希望を見《み》出《いだ》したかったからだろう。

「あら。また〈草月〉のどらやき」

彩夏と入れ違いにやってきた女房の久恵《ひさえ》は、紙袋を見て鼻を鳴らした。後援会事務所と言っても、選挙期間以外は不動産屋の事務所と兼用になっている。

「こんな菓子折り一つで票が取れると思ってるんだから。ずいぶん安上がりよねえ」

「そんな風に言うなよ。ただの挨拶代わりだ」

「どうだか。誰かさんみたいに鼻の下伸ばしてたら、見えるものも見えなくなるんじゃないの」

「お前な」

「そうそう。さっき、司法書士の国枝《くにえだ》先生から電話あったわよ。物件受け渡しの書類、当日間に合いそうにないから一日延ばしてくれって」

倉橋のように不動産売買を生業《なりわい》にしている者にとって、登記申請を行う司法書士は切っても切れないビジネスパートナーだ。国枝司法書士はそのうちの一人だった。

「間に合いそうにないって……おい、四日も前から受け渡しの予告入れてるんだぞ」

「急な仕事が入ったんだってさ」

おおよその見当はつく。義理より何より実入りを重視するあの男のことだ。どうせ過払い金の取り立てで時間の都合がつかなくなったのだろう。

司法書士法の改正以来、本来は弁護士の仕事であった過払い金請求を、訴額百四十万までなら司法書士が行えるようになった。過払い金請求は計算ソフトさえあれば中学生にもできる仕事である一方、手数料や報酬に厳格な規定がないので仕事として旨《うま》味《み》が大きい。そこで多くの司法書士が申請だけの登記手続きそっちのけで、過払い金請求に特化し出した。司法書士の仕事は書類の作成と、登記または供託に関する手続きの代行であるはずなのだが、過払いに注力している輩は本人代理と称して業者との交渉や違法性のある本人訴訟の支援まで首を突っ込んでいる。それが倉橋の目には弁護士を気取りながら浅ましい金儲けをしているようにしか見えない。そう言えば、先日国枝の事務所を訪れた際、そこの事務員は不動産物件の表記すら碌にできなかった。毎日毎日過払い金請求ばかりしている証拠だ。

「仕方ない。別の先生に頼むしかないな」

倉橋は愚痴りながら他の司法書士に連絡を取る。二人目への連絡でようやく登記手続きを請け負ってもらい、ほっとひと息吐く。

いずれにしても、これで金輪際国枝に仕事を依頼する気はなくなった。本来の仕事を忘れて金儲けに走る輩は信用できない。

あのカネの亡者め。

内心で毒づいているうちに、ふと自分も似たような境遇であることに気づいて自己嫌悪に陥る。

元々、不動産屋は父親の代に始められたものだ。父親が商才に長《た》けていたことと高度成長期の住宅建築ラッシュに乗ったのが幸いし、結構な資産を有するようになった。

だが倉橋に商才は皆無だった。二十代三十代を無職で過ごしているうち、見かねた父親が自分で引き取っただけの話だ。そして父親が死んだ際に漫然と後を引き継いだ。以来、親の作った資産を食い潰すような日々が続いている。

商売に向いていないのは自覚している。いや、そもそも土地を右から左に移すだけで利益を得るなど何と非生産的な仕事だろう。

そして最前彩夏と交わした会話が甦る。雰囲気に流されてつい口走ってしまったが、そういう時にこそ本音が出る。

自分は政治家に向いているのではないか。

倉橋が大学生の頃、この国は革命の季節だった。デモやボイコットのために授業は碌に行われず、倉橋自身も中退のかたちになっているが後悔はしていない。あの時期、まともに卒業したヤツらは全員が日和見《ひよりみ》主義者だという侮蔑がある。なかなか定職に就こうとしなかったのも、泰平を嘯《うそぶ》く世間の歯車にはなりたくなかったからだ。

あれから三十余年、かつて革命戦士と謳われた者たちも、それぞれの肩書を得た。中には墓標を抱いた者もいる。自分に相応しい生き方だったのかは、本人よりも後世が決めることだろう。

翻って己はどうだろうかと倉橋は自問する。このまま不動産屋の親爺《おやじ》として、不景気を呪い、不誠実な司法書士に悪態を吐く人生で満足できるのか。

いや、できる訳がない。

自分にはもっと別の、相応しい舞台があるはずだ。たとえば社会構造を変革し、新しい国を作る仕事が。

柳井幸之助の後援会長を務め始めた頃、往年の政治熱が再燃した。しかし倉橋の願望や理想を体現してくれる男がいてくれたので、自分は神輿を担ぐだけでよかった。ところが、その神輿が消えてしまった。代わりに担ぎ出されたのは、粗悪なハリボテでしかなかった。担いだ時の手応えのなさに、どれだけ失望したことか。

そして思った。

あんなハリボテに国会議員が務まるのなら、自分にできないはずはない。


「先生の『国会活動報告書』、ご覧になりましたか」

事務所に久津見が訪れたのは正午過ぎのことだった。久津見は半年前に入会した男だが、会員の要望を纏め上げたり後援会旅行のスケジュールを立てたりと皆が嫌がる仕事を率先してやってくれるので、倉橋が全幅の信頼を置いている。

「ああ、読んだよ。TPPでどれだけ交渉に難儀しているのか。経済産業省の主張はどこが欺瞞《ぎまん》に満ちているのか。まあ自分がいかに農家の代弁者であるかが行間から滲《にじ》み出るような文章だな」

倉橋は多少の皮肉を交えて講評した。この類いの活動報告書も、今は議員の公式サイトで発表されることが多く、柳井もそれに倣っている。ただし後援者には紙ベースのものを製本して定期刊行物として送り届けている。

「いやあ、厳しい意見ですね。わたしなんかは単純に真面目《まじめ》にやってるんだなあと感心するくらいなんですけれど」

「実際に交渉の窓口に立っているのは笠屋《かさや》農林部会長であって、柳井先生はそのサポートに過ぎない」

「サポートだけでもすごいと思いますよ。表に出ないから、丸々縁の下の力持ちじゃないですか」

「力持ちじゃなく、太鼓持ちだ」

自分よりもひと回りほど年下だが、この男には本音を洩らせるような安心感がある。現にこうして柳井を腐しても、久津見は穏やかに苦笑するだけだ。

「倉橋さん、容赦ないですねえ。まあ、それも先生可愛《かわい》さから出る台詞だとは思うんですけど」

「どうしても先代と比べちまってね。久津見くんは柳井幸之助を知っているのか」

「テレビで見聞きする程度ですね。感覚的には一つ前の世代という気がします」

倉橋にしてみれば幸之助が逝ってからまだ六年だが、そうでない者にはもう六年なのだろう。

「倉橋さんと先代の幸之助さんは高校の先輩後輩の間柄だったんですよね」

「ラグビー部だ。威勢がよくて面倒見もいい。ブルドッグみたいなご面相なんだが人情家でなあ。政治家になっても性格はそのままだった。多少暴言じみたことを言ってもいたが、今のへなちょこ議員のようにいちいち訂正したり謝罪したりはしなかった。言葉よりは行動で評価された政治家だったからな。それに比べたら、あのボンボンはまだまだだ」

「それ、分かる気がします。名店に通い詰めていた常連客が、代が替わった瞬間に文句つけるようなものじゃないんですか」

久津見は両方に花を持たせるような言い方をする。このバランスの取り方も、倉橋には好印象だ。

「贔屓《ひいき》にしていた役者が襲名で代替わりすると、先代のファンはやっぱり前の方がよかったと言う。でも現在しか知らないファンにはぴんとこない。これで充分じゃないかと思っちゃう」

「料理や芸事と一緒にするのはなあ。これは国政の話だからね。料理が不味《まず》い、芸がひどいというのなら、見限ればいいだけの話だ。ところが国の舵《かじ》取《と》りをする人間の質が代替わりの度に落ちていったら、どうしようもない。見限ったところで次の選挙には四年ないし六年もかかる。その間、国民は煮え湯を飲まされる」

「でも倉橋さん。政治家というのは成長していくものじゃないですか。生まれついての政治家なんていないでしょう。柳井先生はまだ六年目。これからどんどん先代に近づいていくかも知れません」

「仕事には資質というものが必要なんだ。誰だって何の商売だって、ひと通り教えられれば大体のことはできるようになる。しかし大部分のヤツは凡庸かそれ以下にしかならん。一頭地を抜くようになるには、その職業なりに求められるものがあるんだ」

これは本音だった。やはり不動産屋にも求められる資質があり、自分にはそれが備わっていないことは身に沁みて知っている。

「でも個人差だって鍛えられ方によっては資質も向上するんじゃないんですか。今、衆議院参議院に在籍している議員の全員が、優れた資質の持ち主だとも思えないし」

「資質は個人差だけじゃない。世代間の差というものもある」

すると久津見は怪訝な顔をした。なるほど聡明なように見えても、そこまでは知見が及ばないらしい。

それなら披露してやるとするか。

「全共闘というのは知っているか」

「名前だけは知ってますよ。学生たちが社会運動していたんですよね。昔のニュースで見たことがあります」

「学生だけじゃなく市民も参加していた。体制に対して志を持った者が反旗を翻した。この国が熱く燃え盛っていた時代だ」

もっともその後、革命家の一部が極端な武力闘争に走り、一般市民と乖離し始め、そして孤立化してしまう。同時に吹き荒れていた熱風は止《や》み、後には白けた気分だけが残った。

「ひと括《くく》りに世代なんて言い方をすると、今の若いモンはすぐ聞く耳を持たなくなるが、当時の学生たちは真剣にこの国の行く末と政治の正しいあり方を模索していた。ところがどうだ。高度経済成長期が終わり、バブル経済が弾けるや否や、人々の関心はカネ集めに傾注した。主義主張より、今の生活がどれだけ向上するかに重きを置いた。選挙行動を見ていたら分かる。選挙民の投票基準は候補者の思想じゃなくて、その候補者が自分にとって得か損かを考えている」

「しかし、困窮している人が生活の向上を願って候補者を選ぶのは、仕方のないことじゃないんですか」

「それが近視眼的だというのさ。掲げる思想が間違っていないのなら、結果は後からついてくる。経済だって持ち直すさ」

「そんなものでしょうか」

「そんなものさ。実際、ここ十年のうち野党だった民生党がいっとき政権を奪取した時はひどかったじゃないか。株価は下がる一方でデフレは長期化し、国民の生活水準は落ちるところまで落ちた。それは民生党の掲げる理念が子供騙しのハリボテだったからだ。ひ弱な理念だけで政治をしようとするからそうなる」

「国民党、いや柳井先生ならそんな轍《てつ》は踏まないでしょう」

「そう思いたいんだけどな。先代に比べると、どうもリーダーシップに欠ける。行儀も良過ぎる」

「行儀のいいのは悪いことですか」

「少なくとも政治家に求められる資質じゃない。政治家ってのは百年の大計を見定め、正しいと信じたことは誰が何と言おうが進める腕力と決意が必要だ。暴言を吐こうが他所に女を作ろうが関係ない。外国から非難されたって構やしない。一本芯の通った信念さえありゃいい。ところがあのボンボンにはそれが見当たらない。派閥の長や支援団体、果てはマスコミにまで右顧左眄《うこさべん》する有様だ。あんな風では百年の大計など望むべくもない。やはり国を動かすには実際に体制と闘い、政治信念が剛《つよ》い人間でなくちゃ駄目だ。あのボンボンでは到底無理だ」

「まだ若い、ということですか」

「幼いんだな。それが証拠に、政権を牛耳っているのは皆、六十代七十代の連中ばかりじゃないか」

しばらく久津見はこちらの顔色を窺っていた様子だが、やがて気軽な口調でこう切り出した。

「いっそ、倉橋さんが議員になっちゃえばいいんじゃないんですか」

心のどこかで期待していた台詞だったが、いざ聞いてみると堪らなく自尊心を刺激してくれる言葉だった。

「体制と闘った世代で一本芯が通っている。不動産を扱っていらっしゃるから実体経済にも明るいし、庶民の気持ちも分かる。うってつけじゃないですか」

「そうかな」

満更でもなさそうに振ると、案の定久津見は食いついてきた。

「そうですよ。倉橋さんの話を聞いたからじゃありませんけど、実はわたしもずっと考えていたんです。どうしてこの人は自分にやれそうなことを、他人に委ねてしまうのかなって。倉橋さんは政治家に向いていますよ」

自分には資質がある——自任していても、他人から言及されれば気分も一入《ひとしお》だ。しかし還暦を過ぎれば、他人のひと言で行動を決めてしまうような浅慮さもない。ここは久津見を窘《たしな》めるふりをして己を自制させる。

「光栄なことを言ってくれるが、君は大事なことを忘れている。政治家になるには信念だけでは足りない。当選に必要な票を掻き集める能力が必要になる。どれだけ政治に向いていようが、不動産屋の親爺がいきなり立候補して当選するほど選挙戦は甘くない。それくらい先代からの選挙を見守ってきたわしに分からんと思うかい」

しかし気落ちするると思えた久津見は、意外な反応を見せる。

「岡目八目という言葉があります」

「何」

「倉橋さんはご自分を過小評価していますよ。そりゃあただのど素人が何の準備もなく国政選挙に打って出たら、目も当てられないような惨敗を喫するでしょう。でも今のお話の通り、倉橋さんは柳井さんの選挙戦を二代に亘って見ている訳ですよね。しかも候補者の間近で。それって、知識や経験は充分にあるってことじゃないですか」

「知識や経験だけでは当選できんだろう」

「地盤（組織）・看板（知名度）・カバン（カネ）のことを仰っているのなら尚更ですよ。先代の頃からずっと後援会長をされているんでしょう。それなら地盤は後援会をそのまま流用してしまえばいいし、会長なら柳井先生の支援者には名が通っているでしょうから、看板も出来上がっている。足りないとすればカバンだけです」

「おいおい、無茶を言うなよ。柳井先生の後援会をわしが乗っ取ろうと言うのかい。いくら何でもそれは」

「違いますよ。最初から国会議員を狙うなんて言ってません」

「どういうことだい」

「ほら、もうすぐ都議会議員選挙の告示日じゃないですか。都議を狙うんだったら、別に柳井先生の地盤を奪う訳じゃない。共存共栄どころか一足す一が二にも三にもなるんじゃないですか」

思ってもみなかった提案に心がぐらりと傾いた。東京六区の有権者数はおよそ四十七万人。国政選挙であれば当選に必要な数は投票率にもよるが少なくても十万票以上だろう。しかし都議会議員なら、それより遥《はる》かにハードルは低いはずだ。

むくむくと胸の底から湧き起こるものがある。これは野望か、それとも不安か。どちらとも取れないが、六十余年生きていて身についた知恵は危険信号を放っている。いずれにしても、この場で判断することではない。

倉橋は動揺を押し隠して平静を装う。

「やっぱり君は面白いな。話していると、こちらまでわくわくしてくる」

「わくわくしているのはわたしも同じです」

「重ね重ね光栄だけどね。さっきの岡目八目じゃないけど選挙を冷静に分析したり戦略を立てられたりできるのは、わしが候補者本人じゃないからだ。あんな風に偉そうなことを言ったが、いざ自分がミカン箱の上に立ったら頭の中は真っ白になって、言葉もしどろもどろになる」

「候補者と選挙参謀を兼任しろなんて言ってませんよ。その場合倉橋さんは候補者に徹すればいいんです」

「ほお。じゃあ選挙参謀を君がしてくれるとでも言うのかい」

「わたしじゃありません」

久津見は意味ありげに人差し指を立てた。

「実は、選挙戦に滅法詳しい人物を知っているんです」

「どこの陣営だ」

「特定の議員や政党に雇われている訳じゃありません。要するにフリーランスの当選請負人ですね」

当選請負人か。そういう人間は確かに存在する。選挙参謀に置けば、余程の悪条件が揃わない限り当選を確実にしてくれるという人材だ。ただし噂に尾鰭《おひれ》がついて都市伝説めいた話になっている場合も多い。本当のところは味方陣営の穴を埋め、当選の確率を高くしているのが実態だろう。

それでも倉橋の興味を惹くには充分だった。

「一応、話半分に名前だけは聞いておこうか」

「野々宮恭子という人です」

2

翌日になっても、久津見の言葉が二日酔いのように頭に残っていた。

そうだ、まさしく二日酔いだ。自分こそ議員に相応しいとする称賛は倉橋を陶酔させ、一夜の甘い夢をもたらした。

もちろん分別はある。久津見のひと言に我を失って、すぐさま都議会議員立候補の準備に取り掛かるほど単細胞でもない。

久津見の称賛が罪作りなのは、今まで夢想でしかなかった可能性に現実味を付加したことだった。選挙に必要な地盤・看板・カバンのうち、現状倉橋にないのはカバンだけだ。言い換えれば選挙資金さえ潤沢なら、都議会議員選挙に勝利する確率は充分高い。

国会議員でなくとも議員という肩書には甘美な響きがある。一般市民とは隔離された特権階級。警察も無闇に手が出せないと思わせる不可触の聖域。実質的な給与収入は現状と大差ないにしろ、不動産屋の親爺よりは遥かに外聞がいい。

一方で、頭の隅の警告音も鳴り響く。後援会会長という立場で地盤と看板を利用した際、柳井の支援者の中には快く思わない人間も出てくるだろう。他人の褌《ふんどし》で相撲《すもう》を取るような行為と論《あげつら》う者が必ず出現する。そうした声が大きくなれば勝算が狂う。まかり間違って落選でもすれば目も当てられない。後援会の連中は倉橋に不信感を覚え、中には公然と非難し嘲笑する者も現れるだろう。

それだけは避けなくてはならない。不動産屋の親爺にも相応のプライドと社会的信用がある。

物事には何によらずタイミングがある。議員立候補は魅力的な囁《ささや》きだが、時期次第では天使のものにも悪魔のものにもなり得る。ここはしばらく事態を静観すべきだ。

そうした理由から、倉橋は静観を決め込むことにした。

ただし正直に言えば焦りもある。次の都議選は解散がなければ四年後、それを過ぎれば八年後。倉橋に残された機会はそれほど多くないのだ。

自制と焦燥、相反する感情に翻弄される。後援会にとっては試練、倉橋にとっては千載一遇のチャンスとなる知らせがもたらされたのは、ちょうどその時だった。

「倉橋さん。ネットニュース、ご覧になりましたか」

久津見がひどく慌てた様子で事務所に飛び込んできた時には何事かと思った。まだ朝のうちで朝刊に目を通している最中だったので、ネット発信の記事は読んでいない。

「柳井先生にスキャンダルです」

「何だって」

久津見に促されるままスマートフォンを開くと、早速トップニュースに柳井の名前が挙がっていた。

〈国民党のサラブレッド柳井耕一郎に不倫疑惑。六本木《ろっぽんぎ》の高級ラブホから女性同伴で出てくるのをキャッチ！〉

馬鹿な。倉橋は息を詰めて記事を読み始める。

〈六本木にはラブホが少ない。場所柄もあるのだろうが、写真の店のようにどこも高級を謳い文句にしており、一般の利用者はあまりない。つまりはセレブの御用達だ。深夜〇時を少し回った頃、その男女は入口から姿を現した。男性の方は一目瞭然、国民党のホープでありＴＰＰ交渉に揺れる農林部会副会長を務める柳井耕一郎議員（三九）である〉

記事の横に掲載された写真は、夜に浮かび上がるモダンなホテルの入口から出てきたばかりと思われる男女だ。女はモザイクで顔が隠れているが、修正のない男の方は紛れもなく柳井本人だ。

〈柳井議員は結婚八年目、子供も二人おり、都内に家族で住んでいる。別居の事実もなく、写真の女性は夫人とは別人。ＴＰＰ交渉が大詰めに迫っている今、こうした議員の軽率な行動に永田町界隈《ながたちょうかいわい》からは早くも責任論が噴出している〉

あのボンボンめ、とうとうやらかしたか。

込み上げる怒りで、ともすれば罵倒が口をついて出そうになる。倉橋は必死に抑えて再び文面に見入る。後援会長である自分が慌てふためいてどうする。こんな時こそ冷静に状況を判断しなければ。

写真を眺めているうち、モザイクで隠れた女に見覚えがあるのに気づいた。顔の造作が分からなくても髪型と体型、全身から漂う色香は隠しようもない。

間違いない、この女は秘書の咲田彩夏だ。

そう判断すると余計に腹立たしくなった。六本木のど真ん中で不倫の密会現場を撮られるなど、脇が甘いにもほどがある。柳井も柳井なら彩夏も彩夏だ。議員の愛人になることの是非はともかく、本来なら柳井の手綱を締めなければならない立場の彩夏が一緒に撮られるとは何事か。

会員への事情説明、今後の対策。講じなければならないことが一挙に増えた。ネットニュースを皮切りに既存のメディアが後追いすれば、新たなスキャンダルが出る可能性も捨て切れない。倉橋は柳井夫人とも顔見知りなので、立場上これも説明しなければならない。スキャンダルが炎上すれば離反者が続出する。それを防止する手立てに何をすればいいのか。

爆発しそうな憤怒を押し留めていると、久津見が自分を心配そうに見ていた。

「大丈夫ですか、倉橋さん。このままスキャンダルが広がりでもしたら……」

「君は心配しなくてよろしい。いや、心配してほしいのは山々だが、それはわしの仕事だからな」

「しかし」

「君の力が必要な時には必ずきてもらう。それまでは下手に動かん方がいい。油火災に水を撒《ま》くような羽目になりかねん」

「承知しました。でも後援会での対応は倉橋さんにお任せするとして、柳井先生の周辺はどんな対応策を採るんですかね」

「そりゃあ向こうから追って知らせが入るだろうさ。後援会に後足で砂を掛けるような真似をしたんだ。これでだんまりを決め込むようだったら、わしの方が尻を捲《まく》ってやる」


倉橋の予想した通り、その日の昼には彩夏が馳《は》せ参じてきた。

「誠に申し訳ございませんでした」

彩夏は九十度以上、腰を曲げた。よく姿勢が保てるものだと感心したのも束の間、彼女の顔を見るなり怒りがぶり返した。

「倉橋さんと後援会の皆さんには何とお詫《わ》びすればいいのか分かりません」

「真剣さが足りん」

倉橋は事務所のソファに腰掛け、彩夏を睨み上げた。

「肝心の柳井先生が顔を見せんというのはどういう了見だ」

「現在、柳井は農林部会ならびに同じ派閥の諸先生方にお詫び行脚《あんぎゃ》の真っ最中です。事情説明も兼ねておりますので、明日一杯は議員会館から抜けられないと存じます」

「つまり後援会の面々は後回しということか。ずいぶん軽く見られたものだな」

「いいえ、決してそのようなことは」

「軽いと言えばあんたの尻も相当軽いな。あの写真、柳井先生と一緒に写っていたのはあんただろ」

彩夏は一瞬言葉を失くしたようだった。彼女が初めて見せる躊躇が、倉橋の嗜虐《しぎゃく》欲を刺激する。

「わしの目を誤魔化せると思うか。いや、わしだけじゃない。あんたの顔を知っとるヤツらは全員気づいているはずだ。男と女のことをくどくど説教するつもりはない。身近な女にしか手をつけんのも甲斐性がないからしょうがない。しかしな、自分と相手の立場を少しは弁《わきま》えろ」

彩夏は唇が白くなるほど噛み締めていたが、やがてまた深々と頭を下げた。

「申し訳ありませんでした」

「柳井先生の公設秘書の頭は、そこまでしか下がらんか。座ったわしより頭を高くしてどうする」

倉橋の言わんとすることを理解し、彩夏は膝を屈して事務所の床に手をついた。

「本当に……申し訳ありませんでした」

「謝るのはわしだけか」

「いいえ、これより支援者の方々のお宅を一軒一軒回って詫びる所存でございます」

「そうか、いい心掛けだ。それなら柳井夫人の許にも当然いくのだろうな」

彩夏は平伏したまま答えようとしない。

「どうした。夫人の許にはいくのか、いかんのか」

「……お詫びしたい気持ちは山々ですが、今わたしが顔を出せば奥様に余分な苛立ちを起こさせてしまいます」

「だから、あんたは顔を出さんというのか」

「申し訳ありません」

「そうなると立場上、わしが夫人に頭を下げにいくことになるな」

「倉橋さんには何から何までご迷惑をおかけします」

「いけしゃあしゃあとっ」

腹立ちと嗜虐欲が綯い交ぜになり、思わず倉橋は机の上にあった湯呑《ゆのみ》の中身を彩夏に向けてぶちまけた。

すっかり温《ぬる》くなった緑茶が、彩夏の髪と額を濡《ぬ》らす。前髪の端からはぽたりぽたりと水滴が落ちる。それでも彩夏はぴくりとも姿勢を崩さない。これ以上やれば、倉橋が自己嫌悪に陥るのが予想できる。

「ふん。さすがに公設秘書を名乗るだけはある。いいだろう、詫びは聞き入れる。立ってよし」

「ありがとうございます」

正座が長かったせいなのか、彩夏は少しふらつきながら立ち上がる。相変わらず雫の垂れ落ちる髪が妙に艶っぽい。

倉橋は、はっきりと自覚した。

自分は柳井に嫉妬しているのだ。この女の肉体を毎晩好きにしていると思うと、黒い心が忠誠心を呑み込んでしまいそうになる。

あんな世間知らずの男が議員というだけで身の程知らずの恩恵に与《あず》かり、あまつさえこんないい女を自由にしている。

議員というだけで。

「それにしてもマスコミ対策はどうする。今朝ネットのニュースに上がったのなら、そろそろテレビや週刊誌が議員会館なり事務所なりに押し掛けてくる頃だろう。それに政治記者が関わってモザイクなしの写真を見たら、相手の女があんただってことはすぐにバレるぞ」

「対応としては完全否定というかたちを採ることになりそうです」

「あんなにはっきりとした証拠写真があるにも拘わらずか」

「柳井が六本木で飲み過ぎたため、近くのホテルに飛び込んだ。連絡を受けた秘書のわたしが着替えを持参して迎えにいった……そういうストーリーで押し通します」

「苦しい言い訳だな」

「相手がわたしなら、決して苦しい言い訳にはなりません。どこからも反論がない以上、貫き通せばどんな言葉も真実になります」

「マスコミはしつこいぞ」

「たかが色恋沙汰です。七十五日も放っておけば、彼らは別の新鮮なスキャンダルに群がります」

「頭を低くして嵐の過ぎ去るのを待つか」

「いちばん労力を必要としない、しかし確実な防御策です」

「ということは、わしが夫人に事情説明する際は口裏を合わせんといかん訳か」

「恐れ入ります」

ふん。少しも恐縮などしていないくせに、よく言えたものだ。あのボンボンよりはこの女の方がよほど肝が据わっている。

「それで国民党のお歴々は納得すると思うか」

「お言葉ですが、これは元々農林部会長からご提案いただいたことです。妙な女に捕まったのでなければ、放っておくのが一番いいと」

なるほどと思った。そう言えば農林部会長も若い時分には何かと下半身の噂があったのに、大した問題に発展したことは一度もなかった。要は矮小《わいしょう》な醜聞を揉《も》み消してしまえるほどの実績と力量があるかどうかなのだろう。その点、柳井については心許ない。

「しかしまだ問題がある。あんたたちの泊まったホテルにビデオなり何なり記録が残っていたら、マスコミが嗅ぎつけた時にアウトだ」

それまで神妙だった彩夏の表情が、初めて和らいだ。

「その件でしたらご安心ください。ホテルの内部に監視カメラが設置されていますが、当日の記録は綺麗《きれい》さっぱり消去されています。消去を証明する記録も確認済みです」

「ほう、えらく手際がいいな。ニュースが報じられていの一番に着手したか」

「すぐに記録の有無を調べさせたのは事実ですが、それほど危急のものではありませんでした」

「何故だ」

「あれが一年も前の出来事だったからです」

彩夏が退出してしばらくすると、今度は入れ替わるように久津見がやってきた。

「奥さんから聞きました。さっきまで秘書の咲田さんがいたんですって」

「ああ。柳井先生も相手の女も知らぬ存ぜぬで押し通すそうだ」

「それで後援会の人たちは納得しますかね。野党第一党の民生党にもこのテのスキャンダルを抱えた議員さんがいるから、わざわざ藪《やぶ》を突《つつ》くような真似はしない。マスコミもＴＰＰ交渉の行方やら他の重大案件が控えているから、いつまでも先生の不倫ごときに付き合っている暇はない。でも、日頃から先生を応援してくれている支援者の方々はきっと忘れませんよ」

「さあ、そこだ」

倉橋は勿体ぶった所作で久津見を見た。

「君の言う通り、人は支援している者の不祥事をなかなか忘れてくれん。可愛さ余って憎さが云々というヤツだ」

「でしょうね。スキャンダルを笑って許してくれるほど、柳井先生は地元に愛されていませんし」

「なかなか許してはくれんさ。しかし怒りをいっとき忘れさせる方法がなくはない。いや、上手くすれば災いを転じて福となすかも知れん」

そして小声で切り出した。

「先日、君が言っていた当選請負人。名は確か野々宮恭子とかだったな。彼女にわしを紹介してくれないか」


〈野々宮プランニングスタジオ〉は新宿三丁目、デパートのひしめく大通りから離れた場所の雑居ビルにあった。

新宿に事務所を構えていても、その事実だけで相手を信用する訳にはいかない。更地や一戸建てとは違い、集合住宅は言わば空間を売っているようなものだ。同じ新宿でも、借りているビルのグレードによって賃料は雲泥の差になる。この雑居ビルの場合、優に築二十年は経過しており、決してバカ高い賃料を徴収できる物件ではない。

だが、逆に倉橋はビルの仕様を眺めて相手を信用した。選挙のアドバイザーを真剣にやるのなら、どうしても現場での仕事が多くなる。書類やデータ類を保管しておくだけの場所に多くの費用を掛けているような請負人などあまり信用できない。

事務所に入ると中は綺麗に整理されており、オフィス家具も必要最低限に抑えられている。能率の悪い会社に限って無駄に資料や備品が転がっている。この点も倉橋には加点だった。

「いらっしゃいませ。倉橋さまですね。お待ちしていました」

応対に出たのは三十代と思しき女が二人、話し掛けてきたのが野々宮恭子で、後ろに控えているのは神崎亜香里というらしい。

それにしても恭子の色香ときたらどうだろう。傾国の美女とまではいかないが、街を歩いたら十人のうち半分は振り返るのではないか。整った目鼻立ちなのに親近感もあるので、倉橋はつい見惚《みと》れてしまった。それに比べ亜香里の存在感のなさも相当だ。ただでさえ恭子に見劣りがするのに、野暮ったい化粧が拍車をかけている。

二人を眺めているうちに思いついた。

これはあれだ。自意識の強い女が、自分より不細工な女を引き立て役に連れ回しているパターンだ。学生の頃、こういう組み合わせに何度も遭遇した。

「久津見さんから大体のお話は伺っておりますが、ご本人から詳しくお聞きしたいと存じます」

いやその前にと、倉橋は勧められた椅子に座るのをやめる。

「わしの事情を打ち明けるとなると、柳井先生の事情を説明しなきゃならなくなる。後援会長として滅多なことは口にはできない。この相談は、あなたが当選請負人だという前提に立ってのものだ。つまり失礼な話だが……」

「ああ、わたしの戦歴を知った上でないと安心できないというのですね。亜香里さん」

言われてすぐに亜香里がキャビネットからファイルを取り出す。ファイルはそのまま倉橋に渡される。

「簡略化されたものですが、それがわたしの戦歴になります」

Ａ４サイズの紙面に記されていたのは日本地図で、各都道府県が選挙区によって区割りされている。選挙区に白丸が記されたものがいくつかあり、その横には選挙年度と候補者の名前に得票数、そして投票率が付記されている。白丸の数は全部で二十ほどもあろうか。黒丸も一つだけある。

「これを見ると首都圏ではなく、地方に分散していますな」

「地方ほどドブ板選挙ですから、仕込み甲斐があります」

「衆参だけでなく市長選に県議会選……ほう、町長選挙まで手掛けておられますな」

「規模が違えば戦略も変わってきます。そうした経験値が当選回数に繋がっていると自負しております」

「この白丸は当選という意味ですか」

「はい」

「すごいな。ほとんど勝っている」

「ええ。だから余計にその一敗が悔しくてなりません」

唯一の黒丸は京都府につけられていた。言わずと知れた革新王国だ。

「二年前の参院選でした。民生党公認候補者の参謀を請け負いましたが僅差で敗れたんです」

「あの時は仕方なかったんじゃないかな。三年に亘る民生党政治の失策で経済も外交もぼろぼろだったからね。国民は怒り心頭で民生党の大物議員が各選挙区で大敗を喫した。あの選挙で民生党議員に票を入れる者は痴呆《ちほう》とまで言われたくらいだ」

「それでも革新王国で保守政党に負けた事実は無視できません。その一敗がわたしを慎重にさせてくれました」

倉橋がファイルを繰ると、次のページには恭子が襷掛《たすきが》けの候補者と固い握手を交わしている写真がずらりと並んでいた。照合すると、襷の名前は前ページにあった当選者のそれと一致している。地方の、しかも市単位町単位の選挙は倉橋も記憶にない。しかしこの写真と当選事実が恭子の戦歴を証明するものと言ってよさそうだ。

ふとこの女に興味が湧いた。

「戦歴を拝見する限り、候補者の所属や主義主張がばらばらのようだが、野々宮さんの政治信念は何なのかね」

「そのようなものは一切ありません」

あっけらかんと言われたので、思わず訊き返そうかと思った。

「しかし、少しは自分の考えというものがあって、それに近い候補者を応援したくなるものだろう」

「参謀の仕事は候補者を当選させることだけです。自分の政治理念や信条は却って邪魔になります」

「そんな風に割り切れるものかね」

「どんな理念が正しいのか、またどんな政治手法が有効なのかは結果でしか判断できません」

「それはそうだが……」

「長らく多くの候補者を見ていますと、正しい資質を持った議員なら政権政党でも結果を出しますし、野党に属していても護《まも》るべきものを護るものです。どの政党に属しているから正しいとか、どんな政治思想だから使い物にならないということはないと思います」

喋る言葉に澱みがない。倉橋を見る目にも迷いがない。

倉橋は心を決めた。

「野々宮さん、柳井耕一郎のスキャンダルはご存じだろうか」

全国を駆け回ったニュースだったので、もちろん恭子は頷いてみせた。これで話は楽になる。

「今回の件で一番怖いのは後援会の結束が弱まることだ。こういう危機を回避する最適の方法を知っているかね」

恭子が黙っていると、後ろに立っていた亜香里が恐る恐るといった体で手を挙げた。

「外部に敵を作る、ですか」

「その通り。そして後援会が敵を作るのは、選挙をおいて他にない」

「それで倉橋さんが都議選に出馬するという訳なんですね」

お話は分かりました、と恭子が後を引き継ぐ。

「しかし、それだけが出馬の理由ですか。ご承知でしょうが都議選の場合、候補者は六十万円の供託金を拠出しなければならず、投票数によっては没収されてしまいます。後援会のためとは言え、六十万円もの自費を負け戦に投入しようというのですか」

この女、いきなり核心を突いてきた。

それならこちらも本音を吐いた方が、話が早い。

「むざむざ負けるつもりはない。だからこそあなたを参謀に雇うんだ」

「意地の悪い訊き方になりますけど、そちらが主目的ではありませんか。久津見さんの話では、倉橋さんの方が柳井先生よりも議員の資質を持っていらっしゃるとか」

「否定はせんよ」

口調が傲慢にならないように留意する。それでも口に出すことで誇らしい気分になるのは抑えようがなかった。

「わしらの世代は誰でも政治家の資質を備えておるよ。それが大きいか小さいかの違いだけさ。あんな世間知らずの二世議員よりは、よっぽど向いてる」

束の間、倉橋を正視していた恭子がやがて小さく頷いてみせた。

「安心しました」

「何が」

「柳井先生や後援会の都合など知ったことではありません。自分の理想を実現するために立候補する。当選のためには柵《しがらみ》もプライドも忘れる。そういう人でなければ、とても選挙戦を闘えません。倉橋さんがそういうお気持ちでいらっしゃるのなら、喜んでお手伝いさせていただきます」

「そうか、有難い。それでは早速報酬の件だが……」

選挙運動に関わる人件費には細かな規則が定められている。ハガキの宛名書きや看板の運搬といった単純作業については制限つきの報酬が認められているが、有権者に接触する者や選挙事務所の幹部・各部署の責任者にはアルバイト料すら払えないのだ。

「その点はお気遣いなく。倉橋さんが当選された後、わたしをゲストにした講演会を開いてくだされば」

「なるほど講演の謝礼として支払うということか。しかし落ちた時はどうする。それでも講演会を開くのか」

「今から落選することは考えないでください」

「そうだったな。失敬」

「それに倉橋さんは、わたしへの報酬などより先に用意しなければならないおカネがあるでしょう」

「……実弾か」

「柳井先生の後援会繋がりで、地盤もあれば看板もある。でもそれだけで通用しないのは、倉橋さんが一番よくご存じでしょう」

「ああ。だが情けない話、供託金の六十万円は出せても、選挙対策の数百万とか数千万円はとても無理だ。傍目には不動産屋がどう映っているか知らないが、都内の個人経営はどこも青息吐息だ。儲かっているのは大手デベロッパーの系列会社だけさ」

「選挙資金が右から左に作れないのは承知しています。そして実弾の乏しさで落選の憂き目を見る候補者が大多数であることも」

倉橋は我知らず眉間に皺を寄せる。選挙の度に違反者が逮捕されるのは、どんな候補者も最後の武器がカネであることを知って実際にばら撒いているからだ。

「でも倉橋さんは幸運です」

「どうして」

「ご存じでしょうけど、不動産というのは単純に売買する以外にも利潤を生む有益な資産ですから」

3

恭子の言葉は続く。

「これは後援会の会長をされている倉橋さんには釈迦《しゃか》に説法ですが、選挙期間以外での選挙運動は禁じられています。投票の依頼も、もちろん金品の授受も犯罪となります。しかし、これらの行為をしても罰せられないケースもあるのですよ」

長らく後援会を運営しているが、そんな話は初耳だった。

「つまり立候補する前、後援会を設立する前に有権者との縁を作ってしまえばいいのですよ。たとえば〈倉橋兵衛くんと都政を考える会〉という任意団体を設立し、告示日に立候補した直後に後援会へ変えてしまう。選挙以前に、利害関係のない人に金品を差し上げるのは別に違法行為でも何でもないのですから」

「そりゃあ理屈はそうだが」

「最近の選挙はどれも投票率が50パーセント程度に留まっています。組織票が趨勢《すうせい》を決めている訳ですが、言い換えれば選挙戦が始まった段階で大方の勝負はついていることになります」

倉橋は頷かざるを得ない。恭子の指摘はその通りであり、告示時の予想と選挙結果が大きく外れることはあまりない。では九日間に及ぶ選挙戦は何なのかと訊ねられれば、取りこぼしの防止と候補者の不安を解消させるためだ。もちろん何かの外部要因で投票率が上がることもあり、そうした場合には浮動票が大きな意味を持ってくるので街頭に出るしかない。

「都議会議員選挙の告示日までは、まだ一カ月近くあります。柳井議員の後援者さんたちを抱き込むにしても、改めて倉橋さんのファンになってもらう必要があります」

「そのための実弾という訳か」

「他の組織票を取り込む必要もあります。一人当たり一万円の寸志に、ちょっとした観劇招待というのも高齢者には好評でしょうね。その場合は足代や食事代も込みになります」

「いったい、いくら必要になるのかね」

急に不安を覚えた倉橋をよそに、恭子は説明役を亜香里に振る。

「現場で動くのはあたしの役目になるので、ここからは代わって説明しますね。前回の選挙を参考にすると、この選挙区では投票率が44・5パーセント、投票者数は二十五万二千七百四十六人。国民党推薦の出羽《でわ》候補が十三万五千二百三十三票で当選しています。前回と同等の投票率と仮定した場合、やはり十三万票は欲しいですね」

「待ってくれ。一人一万円として十三万票分だとざっと計算しても十三億円だぞ」

「十三万人全員に現金を渡す訳じゃありませんよ。でも、いずれにしても億単位のおカネは必要になるでしょうね」

「億、か」

倉橋も伊達《だて》に後援会の会長を務めていた訳ではない。新人や激戦区の候補者が熱意や肩書だけで選挙に勝てるなどとは毛頭考えていない。今までが幸運に恵まれていただけだ。

先代の議員が基盤を作ってくれたお蔭で、柳井も倉橋も選挙で大きな苦労をしたことはない。後援会内の引き締めや街頭演説に忙殺される日もあったが、それでも労力を提供するだけで事足りた。後援会は逆に柳井からの饗応《きょうおう》を受ける立場でもあるので、金銭的な苦労はせずに済んだ。

だが、立候補する立場となれば話は違ってくる。十三万票は厖大な数だ。組織票は言うに及ばず一般有権者も取り込まなければ当選は覚束ない。今まで以上の労力に加えてカバンの中身はどうしても必要になる。

しかし億とは。

恭子に告げた懐具合は決して謙遜や嘘ではない。首都圏の不動産景況は好調であるものの、それはマンション販売に限っての話であり、大手デベロッパー系列の寡占状態が続いている。倉橋のような個人経営の不動産業者は売買ではなく仲介手数料で糊《こ》口《こう》をしのいでいるのがやっとだ。

誰に似たのか長男はもうすぐ三十にもなるというのに未だ定職を持たず、久恵は専業主婦に徹して外に仕事を探そうとしない。贅沢《ぜいたく》さえ望まなければ生活に困るほどではないが、億などという選挙資金を捻出する余裕は到底ない。

「あなたたちの話はよく分かる。こっちも丸っきりの素人じゃないんだしね。しかし億単位のカネを右から左に用意するなんて無茶な話だ」

すると、また恭子が口を開いた。

「だからこそ、不動産は単純に売買する以外にも利潤を生むと申し上げたのです。ご専門でしょうから高く売れる不動産とそうでない不動産の違いはお分かりですよね」

「資産価値が高くなる物件だ。未整地の荒れ野一帯を開発し、区画整理して分譲する。そういうやり方なら二束三文だった土地が数十倍の価値に跳ね上がる。都市計画の一部にでもなれば資産としても活用できる。ただし、だ」

まことしやかに伝わる土地の錬金術だが、術と言うだけあって行使できる者も限られている。

「そんな旨い話はそんじょそこらに転がっているものじゃない。区画整理を含めた都市計画が公になった時点で大手デベロッパーが主要な土地を買い占めている。あいつらは許認可権を持つ首長と繋がっているから、そういう情報を誰よりも早く入手できる。その辺の事情は選挙戦と同じだ。発表と同時に勝敗の行方は決している」

「でも、何にでも見落としというものはあるんですよ」

恭子はそう言うと、机上に立て掛けてあるファイルのうちの一つを取り出した。

「この場所はご存じですか」

開いたファイルには住宅地図があった。新武蔵丘《しんむさしがおか》ゴルフコースが記載されているので、すぐに分かった。

「飯能《はんのう》市の中山《なかやま》だ。これがどうかしたのか」

「市役所から一キロも行けばもう田畑と森林地帯。まだまだ開発の余地がある場所ですよね」

埼玉県飯能市というところは首都圏にも拘わらず、市街地が南東部に集中し、七割方は山野という歪《いびつ》な発展の仕方をしている。要は交通アクセスの都合なのだが、それさえ改善できればまだまだ発展する可能性を秘めている。

恭子の指し示した地図はその可能性を如実に物語っている。ゴルフコース周辺には、最近大規模住宅地造成の計画が持ち上がり、その造成予定地の隣が赤い線で囲まれている。地積は八百坪といったところか。

「わたし、当選請負人というのは仕事の一部で、実は生活アドバイザーというのが本業なんです。企業や個人の方の資産運用を主にしております」

「ふうん。じゃあ、この赤い枠で囲ってある地所もあなたの客の資産という訳か」

「ご明察です。実は三週間ほど前、その土地を相続された方から相談を受けたのです」

恭子の受けた相談とは次のようなものだった。

飯能市の中山地区に五十嵐《いがらし》光春《みつはる》なる農業を営む老人がいた。家族は妻と三十過ぎの子供というから、倉橋の家族構成と同じだ。六十を過ぎてから五十嵐氏は体調が悪くなり、息子が農作業未経験ということも手伝い農地は休耕状態となる。そして先月、五十嵐氏は病死してしまう。

「八百坪もの広大な土地を相続した奥さまとご子息でしたが、農地ではどうしようもありません。ご承知のように農地の固定資産税は低率になっていますが、それでも八百坪となれば馬鹿になりません。そこでご遺族はこの土地をどう処分したらいいのか、わたしに相談されたのです」

「造成計画が進行している地区の隣ならいい値段で売れるだろう」

「地目《ちもく》が農地のままですから。宅地に転用するのに時間がかかります」

土地にはそれぞれ定められた用途があり、その用途に沿った使い方しかできない。それが登記簿に記載された地目という項目だ。地目が農地であれば建物を建築することができないので、農地転用の許可を地元の農業委員会に申請する必要がある。

「幸い市街化調整区域ではないので転用は可能なのですが、大手のデベロッパーが現状は農地であることを理由に二束三文で買い取ろうと画策しているのです。ご遺族は相応の負債も相続してしまったので、その値段で売却しても借金を返済するのが精一杯で余剰金が出ないとお悩みでした」

「そのデベロッパーが提示した買値はいくらなんだ」

「総額で八千万円」

「坪単価十万円か。ずいぶん足元を見られたものだな。付近の公示価格はいくらになっている」

「宅地で坪単価二十四万円ですね」

地名に大字《おおあざ》のつく場所だから公示価格と実勢価格に大きな相違がない。この付近で坪単価十万円というのは確かに捨て値のようなものだ。だが一方、農地だからという理由で買い叩こうとした業者の理屈も間違ってはいない。第一次産業の衰退著しく後継者不足の折、農地や山林はどこも捨て値で取引されているのが現状だ。

「その母子はこの土地をいくらで売りたがっているんだ」

「最低でも二億円」

坪単価で二十五万円。つまり近辺の公示価格水準で売却したいということか。

「この価格、倉橋さんのお目にはどう映りますか」

「わしの、というよりデベロッパーの考え方になるが、かなり魅力的だろうな。隣接する大規模住宅地が完成すれば公示価格より高めの実勢価格になるのは間違いない。八百坪を五十坪ずつ十六筆にでも分けて分譲すれば、坪単価四十万円でも足が速くなる」

足が速いというのは早く成約していくという意味だが、さすがに恭子はこの隠語も知っているのか我が意を得たりという顔で微笑《ほほえ》んでいる。

「……わしが二億円で買い、三億二千万円で売るという趣旨か」

手数料や整地に掛かる費用を考慮すれば成約ラインは三億円前後。それでも差し引き一億円の利益になる。

倉橋の頭が損得勘定に動く。八百坪を十六筆に分けるのもいいが、分譲には時間も掛かるし電気・水道などライフラインの敷設にも手間が要る。現実的なのは八百坪をそのまま三億円で業者に転売することだろう。業者同士だから相場も知っているし落としどころも分かる。つまらない腹の探り合いや駆け引きも必要ない。

これは案外に旨い話だ——しかし算盤《そろばん》を弾いている最中に、倉橋は一番大事なことを思い出した。

「絵に描いた餅だ」

「どうしてですか」

「確かに美味しい話だがな。喩えてみれば高級レストランのディナーみたいなもんだ。わしの財布じゃ牛丼のチェーン店にしか行けん」

「自己資金だけでは難しいでしょう」

恭子はそんな事情など百も承知という風に、また微笑む。

次第に倉橋は気づき始めた。恭子の微笑みには得体のしれない力がある。相対するものから不安や警戒心を解いてしまう力だ。恭子からの返事がなくても、顔を見ているだけで自分の悩みが取るに足らないもののように思えてくる。

「それこそ倉橋さんには柳井議員という強力な後ろ盾があるじゃありませんか」

「あのボンボンから資金を借りるって？　いやあ、無理無理。事務所だってあれ以上野放図な資金提供はできんだろう」

「既に資金提供している案件でもあるんですか」

「奨道館という宗教団体に一億円以上の融資をしたんだが、どうやら回収不能になったらしい。借入れの窓口だった副館長とやらも自殺したみたいでな。柳井の事務所では結構な痛手になっている」

「別に柳井議員から借りろと言っている訳ではありません。後援会と同様、彼を後援している企業も存在しているのでは?」

「ボンボンの口利きでその企業から資金を引き出せと言うのか」

「たとえば柳井議員はTPPで辣腕を振るっていらっしゃいますよね。さしずめJAにとって柳井議員は代弁者みたいな立場ですから、無下に断ることもできないんじゃないでしょうか」

目の付けどころは間違っていないと思った。一般に、銀行と比較して農林系金融機関は審査が緩やかだ。利潤追求よりは第一次産業従事者の生活を安定させるという設立目的があるからだが、だからと言ってその他の事業者に融資を禁じている訳でもない。

心が揺らいでいる時、亜香里の声が背中を押した。

「五十嵐さんのご遺族はウチに一任しているので、後は倉橋さんの決断だけです」

「せめて考える時間をくれないか」

「でも、その八百坪に二億円を出そうという人は少なくありませんよ。それにウチの都合よりもご遺族が焦ってるんです」

「しかし二億円だ。せめて五日はくれ」

恭子は困った顔をしながら、二日だけならと承諾してくれた。

回答期限として与えられた二日間、倉橋は飯能市内の同業者に件の物件が売りに出ているかを確認してみた。

通常、不動産業者を通した売買はレインズという指定流通機構に情報が流れる。倉橋が検索したところ該当の物件は登録されていなかった。つまり五十嵐母子が業者にではなく、恭子に仲立ちを依頼したというのは信憑性《しんぴょうせい》がある。もちろん何らかの理由でレインズにも流さない物件情報があるため同業者に確認してみたのだが、それでも仲介を請け負った業者は皆無だった。

土地の登記事項証明書の写しを取り寄せてみたところ、飯能市中山の八百坪の所有者は五十嵐光春であり、一カ月前の死亡により所有権は妻の房江《ふさえ》と長男二三男《ふみお》に移っていた。地目は〈田〉のままで、恭子の申告はまず信用していいものと思われた。

次に連絡したのは柳井の事務所だ。電話に出た彩夏に、柳井の後援組織である農林系金融機関に口を利いてもらえないかと打診してみた――実際この申し出を拒否されたら、恭子の提案も蹴るしかなくなる。倉橋としては一種の運試しのような気持ちが働いていた。

だが倉橋の切迫とは裏腹に、彩夏の回答は至極あっさりとしたものだった。

『承知しました。それでは近日中に金融機関の担当者から連絡させます』

「……えらく簡単に承諾してくれるんだな」

『支援者の陳情を聞き届けるのも議員の仕事です。斡旋だけなら事務所の懐が痛む訳ではありません。第一、わたしも議員も後援会長に全幅の信頼を寄せていますから』

これこそ外交辞令というものだろう。

話している最中、彩夏の口調から真意が透けて見えるような気がした。要は先の不倫疑惑で倉橋に迷惑をかけた罪ほろぼしの意味を含んでのことだ。金融機関への斡旋程度で後援会長の機嫌が直れば、安上がりとでも思っているに違いない。

「借入れの目的については訊かないのか」

『伺う必要がありませんから』

どこまでも冷徹な女だ。

しかし目的が倉橋本人の都議選出馬のためだと告げたら、いったいどんな反応を示すだろうか。

「柳井先生によろしく伝えておいてくれ」

倉橋が凡庸と評していても、さすが国会議員の霊験はあらたかで、その翌日には農林中央金庫の融資担当者から電話が入った。支店の窓口で正式な融資申し込みをしてほしいとの内容だった。

もちろん二億円という大金を無担保で融資してくれるはずもなく、電話口で資産の概要を訊ねられた。倉橋が担保として差し出せるものと言えば事務所の土地と家屋、そして自社物件として所有する更地だが、全部合わせても評価額は五千万円程度。不足する一億五千万円分の担保をどうするかという問題は残るが、いずれにしても事態は急速に動き出した感がある。

多分、人生の転機というのはこんな風に訪れるものなのだろうと思った。平々凡々な人生にゆっくりと波瀾《はらん》が忍び寄るとは考えにくい。ある日突然、それこそ疾風怒濤《どとう》のように何もかもが目まぐるしく移り変わっていく。そうでなければ倉橋兵衛の人生ではない。

今、倉橋は四十数年ぶりに身体中の血が滾《たぎ》るのを感じていた。己の言葉と行動で周囲が変化していく。世界の見え方が違ってくる。本当はあの時に味わうはずだった恍《こう》惚《こつ》が、時間を越えて到来したのだ。

不動産を右から左に動かすだけで億単位のカネが手に入る。それだけでも恭子に会うまでは夢想だにしなかった。ところがどうだ。今はその一億円を軍資金に、都議選に出馬しようとしている。しがない不動産屋の親爺が、晴れて都政の一翼を担う議員に変貌を遂げるのだ。

所有する不動産の登記事項証明書の写しを懐に、農林中央金庫の窓口に赴いた。柳井の名前を出すなり応接室に招かれ、支店長直々の挨拶まであった。こういう待遇で審査が撥ねられることはまずない。案の定、融資担当者はこぼれんばかりの笑みで対応してくれた。

「なるほど、八百坪の農地を転売するのがそもそものご利用目的ですか。それなら問題ありませんね。不足分の担保は購入予定の農地を差し入れてください」

これは倉橋も手間が省けるから都合がよかった。いったん農地にも抵当権が設定されるが、転売が成約すると同時に農林中央金庫の借入れは完済となり抵当権は解除、所有権は買い手に移る。

「倉橋さまは柳井耕一郎先生の後援会長をされているんですね」

支店長はその言葉に親しみを込めていた。

「先生のご活躍は生産者の励みになります。諸外国の執拗な要求に屈することなく、頑張っていただきたいとお伝えください」

こうまで熱烈な扱いを受けるのも柳井の後ろ盾があるからだと考えると、いささか面映《おもは》ゆいものがある。

これが権力というものだ。

本人がどれだけ凡庸な人間であろうと、纏うものが豪奢なら人々は平伏し、崇め奉る。

やがて自分もその一人になるのだと思うと、自然に気分は昂揚する。申し込みを済ませて支店を出る時など、外の風景が一変して見えたほどだ。

ところがその昂揚に水を差す者がいた。他でもない女房の久恵だった。

帰りがけに支店長から手渡されたノベルティを目にした久恵が、何の目的で馴染《なじ》みのない銀行に行ったのかと訊ねてきた。二億円もの借入れを秘密にしておけるはずもないので問われるままに事の次第を説明してやると、途端に久恵の顔色が変わった。

「何考えてんのよ、この馬鹿っ」

結婚して以来、最悪と思える罵倒に一瞬気色ばんだ。

「もう一度言ってみろ」

「何度だって言ってやるわよ、このロクデナシ。何が都議会議員よ。何が政治の季節よ。何が資質よ。あんた自分がどれだけ子供じみたこと喋ってるのか自覚してるの」

「どこが子供じみている。子供に政治家が務まるか」

「自分の身の程を知らないのは子供っていうのよ。全共闘だか何だか知らないけど、あんたに政治家の資質とかがあると本気で思ってるの」

「本気じゃなきゃ二億なんて大金、工面しようと思わん」

「あんたと所帯持ってから三十年以上経つんだよ。あんたのことはあんた以上にあたしが知ってる。あんたに政治家なんて務まりっこないよ」

「何でそんなことが言い切れる。いいか、あの行儀のいいだけが取り柄のボンボンすら国会議員なんだぞ。それに比べたら俺の方がずっと」

「だから馬鹿だってんだよ。行儀がいいだけのボンボンが国会議員になれたのは先代の七光があったお蔭だろ。あんたにどんな光があるっていうのさ」

「後援会の縁と工面したカネがある。この二つがあれば知名度なんてのは」

「あんた、これだけ後援会の会長していて、まだ投票する側の気持ちも分かんないのかい。見掛けはどんな人間でも、一票入れる時はそれなりに考えるもんさ。それなりの実績もある候補者と、おカネばら撒いて好き勝手な理屈喋るだけの人間と、どっちに自分の将来を託すか、ちょっと考えたら分かりそうなもんじゃないか」

「好き勝手な理屈じゃない。ちゃんと百年の大計を立ててだな……」

「そんな大層な考えを持った人が、どうして街の不動産屋一軒繁盛させられないのよ。お義父さんから代替わりして身上が小さくなる一方じゃないのさ。自分の商売も上手くやれない人間が、どうやったら他人の暮らし楽にできんのよ。ふざけんのもいい加減にして」

「しょ、商売と政治を一緒にするなっ」

「頭絞って、額に汗して、もっと実入りをよくしようっていうんでしょ。だったら商売も政治も一緒じゃないのよ。いい？　あんたは間近に先代やボンボンを見ているから議員が近しい存在に思えているかもしれないけど、それってアイドルのファンが取り巻きにいるうちに、自分も芸能界の関係者だって勘違いするようなものよ。特別な商売には特別な資格が必要なの。気づいてんの？　あんたは酒が入るとこの国がどうとか政府がどうとか、まるで世界を動かしているみたいにクダ巻いてるけど、今あんたがしようとしているのはその延長でしかないんだったら。あんた今、雰囲気に酔っ払ってるだけなん」

最後まで言わせなかった。

考えるよりも先に手が出た。力いっぱいの平手で、久恵は勢い余って床に倒れた。

「女房が亭主のすることにいちいち口出しするなっ。いったい誰のお蔭で飯が食えてると思ってるんだ」

久恵は打たれた頬を押さえながら、こちらを恨みがましく見上げる。

「二億なんて……そんな借金をして……」

「借金の金額はなあ、男の度量なんだよ。銀行だって俺に二億円を返せる甲斐性があると踏んだから貸してくれるんだ」

「銀行はあんたに貸してくれるんじゃないよ」

殴られても久恵の憎まれ口は一向に収まらない。

「銀行は担保にした土地にカネを貸したんだよ。長年この商売やってて、まだそんなことも分からないのかい」

倉橋は久恵の鳩尾目がけて蹴りを見舞ってやる。急所に命中したのか、やっと久恵は沈黙した。

「俺は議員になる。これは初めから決まっていた運命で、今までは仮初の生活だったんだ。お前も議員の妻になるんだから、今のうちに気持ちを切り替える準備をしておけ」

久恵はもう口を開かなかったが、その目は昏く光り続けていた。

翌日、早くも融資担当者から審査の通った旨が通知された。倉橋は即座に恭子へ連絡し、件の物件を購入すると回答した。

4

融資実行の当日、〈野々宮プランニングスタジオ〉からは亜香里が五十嵐母子を連れて銀行にやってきた。

倉橋が母子と対面させられたのは、以前に通された支店の応接室だった。五十嵐房江は七十歳ほどに見える老婆、長男の二三男も四十過ぎに見えるが、本人であることは健康保険証と運転免許証で確認できた。二人とも実年齢より老けて見えるのは色々と心労が祟《たた》ったせいなのかもしれない。

倉橋の側からは登記申請を担当する司法書士として国枝が同行していた。倉橋自身は金輪際国枝に仕事を任せるつもりはなかったのだが、事前に恭子と打ち合わせをした際、恭子の指名で国枝に白羽の矢が立った。何が恭子の琴線に触れたのかは判然としないが、倉橋とすれば融資実行が円滑に済みさえすれば文句はないので渋々同意した。

国枝が五十嵐母子の確認書類と税関連の証明書に目を通している最中、倉橋は手持無沙汰に母子を観察する。話でもすれば間が持つのだろうが、所有する不動産を売却する羽目に陥っている側に楽しい事情があるはずもない。一方、買い手側には何らかのかたちで利潤を得ようとする動機がある。両者が世間話をしても詮無いことなので、倉橋からはあまり話し掛けないことにしている。

母子ともども貧乏くさい。それが倉橋の抱いた第一印象だったが、観察すればするほどその印象は色濃くなっていく。

房江の着ているワンピースは本人に似合ったものではなく、いかにもお仕着せといった感じがする。二三男の背広姿に至っては苦笑もので、サイズさえ合っていない。そういう失カネに縁のない連中が畏まった席に招かれると犯しやすい失態の一つだ。

態をやらかすから、余計に貧乏くささが際立つ。

極めつけは二人の足元だ。房江は合成皮革であるのが明らかなローファー、二三男が履いているのも一足千円程度のスニーカーで生活水準が透けて見える。大慌てで服を揃えても、足元にまで注意が向けられていないせいだった。

「はい。書類関係は全て揃ってます」

国枝の声を合図に銀行の融資担当者が動き出す。

倉橋に差し出されたのは倉橋名義の預金通帳と振込依頼書だ。倉橋に対する二億円の融資は契約書も交わされ、つい今しがた実行された。今度はその二億円をそのまま五十嵐房江名義の口座に振り込むことで売買は成立する。

振込依頼書に自分の名前を記す際、不意に久恵の顔が脳裏に浮かんだ。

二億円の借入れが発覚してからというもの、久恵は性懲りもなく倉橋を詰《なじ》り、今からでも遅くないので融資申し込みを撤回しろと言い続けた。どうも瞬間的にしろ、二億という借金に恐怖があるらしい。

不動産取引で億単位のカネが動くなど日常茶飯事だ。今回の取引はそれが倉橋本人のものだという違いでしかない。それなのにあの馬鹿女は借金という事実だけに怯えている。

いったいどうしてあんな女を女房に選んだのだろうと、自分に腹が立つ。長らく不動産屋の女房を務めるうちにそれだけの人間に成り下がったのか、それとも初めからその程度の器だったのか。

いずれにしても倉橋が見事当選した暁には議員の妻として再教育が必要だ。いや、いっそ思い切って三下り半を叩きつけてやろうか。

「有難うございます」

記入の済んだ振込依頼書を携えて融資担当者が応接室から出ていく。振込依頼書はオペレーターに回され、一瞬だけ倉橋の通帳にあった二億円はすぐ五十嵐房江の通帳に移動する。

融資実行と言っても現金が目の前を行き来する訳ではない。金融機関のオンライン上で数字が移動しているだけだ。億単位の取引に実感が湧かないのも、一つにはこれが原因にある。

振込手続きを待っている間、やっと亜香里が話し掛けてきた。

「倉橋さん。その後、会の設立準備はお進みですか」

会というのは後援会以前の、まだ実体を曖昧にした組織のことだ。一応名前は恭子の提言に従って〈倉橋兵衛くんと都政を考える会〉と仮称している。事務所の所在地は自宅。柳井の後援会事務所と被《かぶ》っているが、これは兼用で構わないだろう。既に柳井の支援者の何人かに声を掛けてある。次の都議会議員選挙に出馬する旨を告げると皆一様に驚いた様子だったが、止めようとする者はいなかった。

不動産取引で得る予定の一億円についても、おおよその使い途《みち》は決めている。選挙参謀である恭子と協議する余地は残っているが、倉橋としては公務員の団体にカネをばら撒きたい所存だ。

不動産取引をしているとカネに余裕のある連中とそうでない連中の相違が、薄ぼんやりと見えてくる。その上で得た結論だが、小役人ほど少額のカネに拘《こだわ》る傾向が強い。役職者かどうかに拘わらず、これは全体的な印象だ。一人当たりに配るのはたかが一万円ぽっちだが、彼らにとってはされど一万円。鼻薬を嗅がせれば、必ず投票用紙にエサをくれた人間の名前を書いてくれる。

「もう何人かに声は掛けてある。告示日までには百人を揃えるつもりだ」

人数を揃えた時点で選挙資金も準備が整っている予定だった。目の前に五十嵐母子がいるので転売について話すことはできないが、こちらも大手デベロッパーに打診して、総額三億円で買い取ってもらえるよう大筋で決着している。物件の所有権が倉橋に移転次第、契約の詳細を詰める算段だった。

全ては動き始めている。円滑に、そして迅速に。

「何だかわくわくしています」

亜香里は胸の高鳴りを抑えるように手を添える。

「当選請負人だったら、こんなのには慣れているんじゃないのか」

「こんなこと言っても怒りませんか」

「内容次第だな」

「恭子さんが手がけた選挙は数限りないんですけど、倉橋さんのように還暦を過ぎた新人候補者の参謀をするのはこれが初めてなんです」

「還暦を過ぎた者では不安か」

「とんでもない。あたしもそうですけど、恭子さんは新しい可能性だと捉えています。これからの日本はどうしても高齢化していきます。打ち出される政策も自然に高齢者重視のものになっていくと思います」

「まあ、そうだろうなあ。全世代に公平で平等な社会保障なんていうのは実現不可能なんだし」

「そういう時代には還暦を過ぎた新人議員が普通になっているかもしれません。さしずめ倉橋さんはそのはしりになるんでしょうね」

持ち上げられると悪い気はしない。

「還暦過ぎといっても体力気力は四十代のままだからな。何と言っても鍛えられ方と生き方が違う。政治・経済・科学・文化、ありとあらゆる分野でこの世代が中心になるだろうさ」

そうだ。今まで団塊の世代だの老害だのと言われ続けた世代に、やっと正当な評価が与えられる時代が到来したのだ。そして、旗振り役として自分が神輿の上に立つ時代が――。

その時、融資担当者が戻ってきた。

「送金手続き、終了しました」

房江は渡された預金通帳を見て一度だけ頷く。亜香里も横から覗き込み、同じように頷く。

「はい。確かに三億円送金されています」

「では、わたしはこれから法務局へ登記申請してきますので」

国枝が皆に一礼して応接室を出ていく。

「皆さま、お疲れ様でございました」

融資担当者の声が全手続き終了の合図だった。五十嵐母子はソファから立ち上がると、倉橋に一礼することもなく部屋を出ていく。彼らの代わりのつもりなのか、亜香里が深々と頭を下げる。

「それではあたしはお二人を送っていきますので。倉橋さん」

亜香里は背筋を伸ばし、改まった口調で言う。

「これから様々な困難が待ち構えていると思いますが、頑張ってくださいね」

思わず倉橋も席を立つ。

「こちらこそ。よろしくお願いする」

亜香里はこぼれるような笑みを残して、その場を立ち去った。

支店長と話し込んだ後、銀行を出た時には清新な気分だった。

物件受け渡しと融資の実行。今まで何度となく手続きに同席したが、やはり自分のこととなるとひと味もふた味も違う。解放感があるのは我知らず緊張していたせいだろう。

自宅までは距離があるが、しばらくは歩いて行こうと思った。見慣れた風景のはずなのに、何故か新鮮に映る。

三十分ほども歩いていると自宅兼店舗が見えてきた。どうせ銀行帰りの自分を見るなり久恵がまたぐずぐずと言い募るだろうが、全て手続きは終了した後だ。今更騒いだところでどうにもならない。馬鹿女め、どんな顔をして報告を聞くのやら。

そんなことを考えていると、胸の携帯端末が着信を告げた。電話を掛けて寄越したのはさっき別れたばかりの国枝だった。

「はい、倉橋。どうしました、先生」

『社長、大変だ』

電話の向こう側で、国枝が呻いていた。

『あんた、騙されたんだよ』

「何だって」

『偽物だったんだよ。税関連の証明書に押されていた首長の印鑑も、印鑑証明書も偽造されたものだ』

一瞬、何を言っているのか判然としなかった。

『もしもし？　聞いているか。確かに飯能市中山に八百坪の農地はあるし、所有者五十嵐光春の死亡によって房江と二三男に相続されている。だが肝心要の印鑑証明書が偽造されていたんじゃ登記申請できん』

「登記申請できないって……」

『物件は五十嵐母子の所有のままで移転できない。だから当然転売もできないよ』

頭の中が真っ白になった。

「で、でも本人確認として未亡人の保険証と息子の免許証を提示してもらったじゃないか」

『あれも偽造だったのかもしれん。税関連書類や印鑑証明書を偽造するんだ。保険証や免許証の偽造なんてもっと簡単にできる』

そんな馬鹿な。

「錯誤だったということで取り消してくれ」

間が空いた。

『無理だよ、社長。これは錯誤じゃなくて、れっきとした詐欺だ。銀行は実在の担保を条件に、社長に二億円を融資した。そして社長自署の振込依頼書に基づいて相手方に二億円を送金した。銀行側には何の落ち度もない。取り消すなんて不可能だ』

嘘だ。

悪い冗談だ。

倉橋は道路に飛び出し、タクシーの姿を探す。

「とにかく銀行に戻ってくれ。わしも行くから一緒に事情を説明してくれ」

向こう側からやってきたタクシーを強引に止め、今来た道を引き返す。国枝との電話を切り、すぐ銀行の融資担当者に掛ける。

コール音が続く中、倉橋の心臓も大きく鳴り響いていた。

倉橋が銀行に到着すると、ほぼ同時に国枝もタクシーで戻ってきた。その顔には失意と疲労の色が見える。融資担当者を捕まえて談判したが、国枝の言及した通り銀行側には何の過失もなく、また他銀行に送金してしまった後では、振替もできないとの冷たい回答だった。

こうなったら五十嵐母子を、いや、五十嵐母子を名乗っていた二人連れを捕まえる以外にない。倉橋は国枝を引き連れ、今度は新宿三丁目に向かった。運がよければ二人はまだ恭子のオフィスにいるかもしれなかった。

畜生。

あいつらがいたらぶん殴ってやる。

だが件の雑居ビルに乗り込み、オフィスの前に来た時、倉橋は立ち尽くした。ガラスドアにはテナント募集の張り紙があるだけだった。ガラスの向こう側はもぬけの殻で、机一脚キャビネット一台とて残されていなかった。

そんな。

悪い夢だ。

未練がましくドアを押すが、施錠されてびくとも動かない。

「社長。警察に行こう」

背後で国枝が哀れな声を発した。

「銀行で送金手続きが完了した後、彼女たちはトンズラした。ずっと前から計画されていた詐欺だったんだよ」

諦めきれず、登録してあった亜香里の連絡先に電話を掛けてみた。

コール音が続くだけで相手の出る気配は全くなかった。

そうだ、久津見なら別の連絡先を知っているかもしれない。逸る気持ちに押されて今度は久津見を呼び出してみると、倉橋は信じられない音声を聞いた。

『お掛けになった番号は、現在使われておりません』

押し間違いかと思い、何度掛け直しても同じだった。

まさか。

あいつまでグルだったのか。

下半身の力が抜け、倉橋は腰をすとんと落とした。

それから数時間の出来事はまるで夢うつつだった。半ば国枝に身体を支えられながら最寄りの警察署に駆け込んだ。捜査二課の刑事が相手をしてくれたが、国枝が持っていた二人の保険証と免許証の写しを一瞥《いちべつ》しただけで偽造だと看破した。

「そんなに精度の高い偽物じゃないが、素人さんを騙すには充分でしょう。確認書類が偽造ということは、銀行に現れた母子というのも偽者でしょう」

刑事は念のため、実在する五十嵐母子に連絡を取ってみた。すると固定電話に五十嵐房江本人が出たようだった。刑事が事情を説明すると、先方はひどく驚いた様子らしかった。

『一応相続はしたんですけどねえ。長いこと手入れもしてない土地なんで放っておたんです。売却の相談に行ったかって？　馬鹿言わんでくださいよ、お巡《まわ》りさん。あたしはずっと以前に足を悪うして、散歩もできんのですよ』

房江は預金通帳を他人に渡した覚えもないと言う。また長男の二三男は近くのスーパーで店員として勤務しており、今日も朝から出勤しているとのことだった。

「そういうことですよ、倉橋さん。これは典型的な地面師の仕業です」

刑事は憐《あわ》れむようにそう告げた。

地面師——話には聞いたことがある。半ば放置状態にある土地を探し出し、偽造文書を作成した上で虚偽の売買を持ち掛ける詐欺グループの総称だ。

しかし、まさか自分が引っ掛かるとは。

「送金先も架空口座でしょう。今頃は引き出された後かもしれません。詐欺事件として受理しますが、このテの犯罪ではカネがそのまま戻ってくる確率はそんなに高くありません。わたしたちも全力で捜査しますが、過度な期待はしないでください」

事情聴取はまるで拷問のようだった。改めて訊かれると、自分の愚かさがより浮き彫りになる。どうしてあんなに易々と騙されてしまったのだろうか。聴取に当たった刑事はひどく憐れんでくれたが、それとても侮蔑と嘲笑の裏返しとしか思えなかった。

帰路の足は尋常でなく重かった。当然だ。背中には二億円分の重みがある。この二億をどう返済していけばいいのか。契約締結時は仏の顔をしていた銀行も、明日からは鬼の顔となる。担保と捉えていた八百坪の物件が露と消え、契約日から担保割れの不良債権に成り果てた。銀行側は当然回収に躍起になる。

二億もの借金を抱えた状態で後援会を設立できるはずもない。新たな選挙資金は捻出できないから立候補しても負け戦確定だ。

家に辿り着いた時にはもう夕刻だった。隠しておけることでもないので、詐欺に遭った経緯を説明すると久恵は顔中を口にして罵り始めた。

「だから言ったじゃないの。あんたに議員なんて無理だって。無理なことをやろうとするからそんな詐欺に引っ掛かるんだ。二億なんて借金どうするんだい。いったい明日からどうやって暮らしていくんだよ。この家だって抵当に入ってるんだろ。支払いが半年も遅れたら取り上げられるんだろ」

「うるさいっ、俺だってちゃんと考えてるんだ」

「考えてるだって？　馬鹿言わないでよ。あんたが考えてるところなんか、あたしは一回だって見ちゃいないよ。あんたは考えてるんじゃなくて、ただああなったらいい、こうなったらいいって妄想してるだけじゃないか」

「うるさいって言ってんだろうっ」

「うるさいのがどうかしたかい。あたしは今、とても後悔してるよ。こんなことになるんだったら、もっともっとうるさくすればよかった。あたしに小言を言われるのが嫌で、そんな話に乗れなくなるくらいうるさく言えばよかったんだ。あんたは自分で気づいてないのよ。あんたは自分の考えで動くような人間じゃない。成功した人を跡追いするか、賢い人の言うことを黙って聞いている人間なんだ。人の上に立つような器量でもない。上に立つ人を下で支える人間なんだ。あんたにはそれだけの分しかない。それを忘れるから」

「黙れえっ」

縋る手を振り払おうとしたら久恵の顔面に命中した。いつもはおとなしくなる久恵も、今日ばかりは違う反応を見せた。

「もう容赦しないからね」

そう言って事務所の机にあったファイルを投げつけてきた。

何て女だ。

亭主が苦境に立たされているのに、蔑むだけ蔑みやがって。こういう時は慰めるか元気づけるのが当然だろう。

予想外の反逆に自制心が吹き飛んだ。倉橋は拳を握り締めると、久恵の鼻づら目がけて正拳突きを見舞ってやった。

久恵は後方に倒れ込んで、動くのをやめた。鼻の形が変わり、血を噴き出していた。

他人の血を見たことで少し落ち着いた。とにかく今は詐欺に遭ったことも二億の借金も忘れよう。このままでは心が絶望に食い尽くされる。台所にはまだ酒が残っていたはずだ。

のそのそと台所まで歩き、棚からウイスキーの瓶を取り出す。グラスを用意するのももどかしく、手近にあったコップに注いでストレートで呷《あお》った。噎《む》せ返るような苦さとともにアルコールが喉を焼きながら通り、ようやく人心地がつき始める。

今日は厄日だ。こんな日は動かないことだ。考えないことだ。悩むのは明日からでいい。

いつもよりピッチが速く、コップの中身はあっという間に空になった。倉橋は二杯目を注ぎ、また一気に呷る。

不意に人の気配を感じた。

振り返ると、久恵がクリスタル製の灰皿を大きく振りかぶっていた。

次の瞬間、倉橋の視界は真っ暗になった。

＊

ビジネスコンビニ店のシュレッダーで保険証と免許証を裁断すると、久津見は店舗の前に停《と》まっていたクルマの助手席に滑り込んだ。

「全て処分しましたよ」

「お疲れ様でした」

そう言って亜香里はクルマを発進させた。

「今しがたテレビのニュースに流れてましたよ。倉橋さん、亡くなりました。自宅で奥さんに撲《なぐ》られて救急搬送。病院で死亡が確認されたらしい」

「へえ。それはお気の毒に」

さして気の毒とは思っていない口調だった。人が一人死んだというのにずいぶん酷薄だと思ったが、自分もその片棒を担いでいるので大口は叩けない。

「偽造した書類は処分しましたけど、あの二人は放っておいていいんですか」

「元々、千葉や埼玉からピックアップしたホームレスさんですよ、計画の全部を説明している訳でもない。あたしたちの素性も知らない。警察が捜そうとしても苦労するだろうし、万が一見つけられたとしても大したことは証言できないでしょうね。恭子さんも放っておいて構わないって言ってるから」

「それにしても、こんなにあっさり事が運ぶとは」

「国枝とかいう司法書士が能無しだったのが勝因ね。書類関係を事前にチェックされていたら危なかったけど、思った通り杜撰《ずさん》だった。過払い金請求ばっかりやっていたから本業の方がすっかり疎《おろそ》かになっていた。彼を選んでおいて大正解。さすが恭子さん」

「さぞかし倉橋さんたちも驚いたでしょうね。法務局で偽造に気づいてオフィスに走ったら、もうもぬけの殻だったんだから」

雑居ビルに構えていたオフィスは短期契約で、数少ないオフィス家具もリースだったので撤収には一時間も掛からなかった。

二億ものカネを騙し取りながら、当事者が気づいた時には足跡さえ残っていない。見事なまでの逃げっぷりだった。

まるでイナゴだと思った。一つの地域を襲撃して穀物を全滅させると、また別の穀倉地帯に移動する。野々宮恭子と亜香里のやり口は、そんなイナゴの大群によく似ていた。

「まだ聞いていませんでしたね。あの二億、いったいどうするんですか」

久津見はちらりと後ろを振り返る。これも偽造した通帳と印鑑で銀行窓口から引き出した現金はトランクの中に眠っていた。

「さあ、それはあたしも聞いていません。次の計画の資金にでもするんじゃないかしら」

「儲けにするんじゃないんですか」

「恭子さんって、あまりおカネには興味ないのよ。派手な生活もしていないし。それより久津見さんはどうなんですか」

「わたしが何か」

「お手伝いいただいたのは嬉しいけれど、まだあなたの動機を聞いてなかったですよね。倉橋兵衛を破滅させたのは柳井耕一郎の後援会を潰すためだったんですけど、久津見さんが柳井を狙う理由は何なんですか」

「逆に恭子さんが柳井を追い込む理由は何ですか」

「さあ。あたしも仕事としか説明されていませんから」

「それだけの理由でこんな犯罪に手を染めてるんですか」

「あたし、恭子さんにぞっこんだから。あの人の指示に従っていたら失敗もしないし。で、久津見さんの大義名分は？」

「……これからも仲間として参加するための確認事項という訳ですか」

「そう思ってもらって差し支えありません」

どうせいつかは明らかにしなければならないことだ。隠し続けておく必要もないので、久津見は打ち明けることにした。

「娘のためです」

「あら、娘さんがいらっしゃるんですか」

「もう過去形になってしまいましたけどね。もうこの世にはおりません。柳井耕一郎にオモチャにされ、挙句の果てに殺されたんですよ」

四　咲田彩夏

1

部屋の中は獣じみた喘《あえ》ぎ声と臭いが充満していた。

今まで単調だった抽送が荒い息遣いとともに転調すると、彩夏も相手の腰に両足を絡めて快楽の頂点を共有しようと試みる。

子宮から切ない快感がじわじわとせり上がる。耳をくすぐる息は牡《おす》の吐く息そのものだ。

抽送が一層激しくなり、男は頂きに達しようとしていた。彩夏は追いつこうとするが間に合わない。

男はひと声呻く、同時に彩夏の秘壁が噴出液に叩かれ、肉棒の痙攣《けいれん》が伝わる。

柳井耕一郎はぐったりと体重を彩夏に預け、しばらく余韻に浸った後、身体を彩夏から引き剝がした。使用済みのゴムを外して我先にとバスルームへ駆け込む。誰に会うとも知れないのに女の移り香を残していては恥晒《はじさら》しという理由だが、そこに移り香をさせた女への思慕や未練は毛ほどもない。

体の奥に未だ燻る余燼《よじん》を抱えながら、彩夏はシーツに身を包む。行為が終わった後、弛みかけた肉体を見られることに抵抗があった。

バスルームからはシャワーを浴びる粗野な音が聞こえてくる。もう少し音を小さくしてもよさそうに思うが、柳井にその類いの気遣いはない。柳井という男は万事にそういうところがあり、初対面の人間や打算の絡む相手にはきめ細かな対応をする一方、身内や気心の知れた相手には無遠慮で時には傍若無人でさえある。彩夏が相手の時は特にその傾向が強い。

そろそろ時間だ。

彩夏は起き上がると脱ぎ散らかしていた服を纏い、バスルームの柳井に向かって話し掛ける。

「わたし、議員会館に戻っています」

「ああ。よろしく」

ドアを開けて顔だけを覗かせる。ホテルの廊下に人影は見当たらない。

部屋から出ると、素早く後手でドアを閉める。素知らぬ顔で歩き出す。都内の高級ホテル。どこにマスコミの目が光っているか分かったものではないが、少なくとも六本木のラブホテルよりはマシだ。

実際、一年も前の話だというのに、最近になっていきなり週刊誌のネタにされた時は柳井ともども面食らった。あまりに過去の話でビデオやら目撃者やらの証拠がなかったから誤報であると強弁して乗り切ったものの、改めてラブホテルを利用する危険性を思い知った次第だ。

最近では柳井から要求されたら都内のホテルに彩夏が通うという方法を採っている。これなら宿泊客を一人ずつチェックすることも困難で、万が一彩夏の姿が目撃されたとしても、柳井の指示で資料を届けに行ったと弁解ができるからだ。世の男どもから見ればずいぶんと都合のいい女なのだろうが、議員秘書という立場では日陰の身に甘んじるしかない。

午後十一時過ぎ、永田町の新衆議院第一議員会館に戻る。柳井の政策秘書である彩夏は議院記章を持っているのでセキュリティチェックなしで入館できる。

柳井に割り当てられた事務所に入ると、明日に予定されている勉強会の資料が二十センチほど山積みになっている。ほとんどはTPPに関連した農作物の出荷量と価格についての資料で、輸入作物との競争力がいかに脆弱であるかを明示している。明示といっても農水省の霞《かすみ》が関《せき》文体であるため、これを柳井が理解するには一度彩夏が内容を熟読した上で嚙み砕いてやらなければならない。

勉強会の開始は午前九時。それまでの九時間少々で全ての資料を読み込む必要がある。正直に言えば本当は半日欲しいところだが、柳井の急な呼び出しを受けて予定外の三時間を費やしてしまった。

柳井の欲望を満たすだけの三時間。彩夏の情愛や性感には何の思慮もない、ただ肉体を提供するだけの三時間。その間、自分はまるで人形扱いされているような錯覚に陥ることがある。ダッチワイフの代用品。笑うに笑えない冗談だが、それでも柳井の欲望を処理できるのは自分だけだという自負が、自己嫌悪と自己憐憫《れんびん》を中和させている。

数字と専門用語の羅列を平明な文章に翻訳して、エクセルに落とし込んでいく。どういう書式なら柳井が理解し、また自分の言葉で語れるかは頭より指が憶えている。四時間ほど作業を進めていると眠気が襲ってきたので、彩夏は部屋の片隅に置いてあるコーヒーサーバーでエスプレッソを淹れる。

ひと息入れていると、先刻の情事が甦ってきた。碌な愛撫《あいぶ》もなく、一方的な性行為。まるで性処理の道具として扱われたが、避妊だけは怠らないという中途半端さ。

柳井には初美《はつみ》という妻がいる。結婚して八年目だったはずだ。だから柳井が避妊に神経質であるのは理解できる。いや、仮に彼が独身であったとしても、政策秘書を孕ませるなどご免こうむりたいのだろう。

それなら女である自分の立場はどうなるのだ、と彩夏は久しぶりに我が身を顧みる。

今年で三十四歳。周囲の人間は容姿端麗と持ち上げるが、年齢も着実に上がっている。「女は三十五歳を過ぎると羊水が腐る」などとラジオで放言して炎上した女性タレントはどこの誰だったか。あの時非難の声を上げたのは大抵がその年代の女性だったが、何故非難したかと言えば冗談では済ませられなかったからだ。

羊水が云々という非科学的な話ではなく、高齢になればなるほど出産リスクは高くなる。そうした恐怖があのタレント叩きになっていたのだと彩夏は思っている。彩夏自身が加齢による恐怖を抱いているので尚更だ。

自分から望んで柳井の公設秘書になった。関係を迫られた時も二つ返事で承諾した。柳井に対しては盲目的な思慕も尊敬もあったから唯々諾々と従ってきた。

しかし自分はもう三十四歳なのだ。この先、伴侶を得る可能性も、出産する可能性もますます小さくなる。

このままでいいのかと自問するが、秘書の業務に忙殺されてじっくり考えることができない。いや、じっくり考えると絶望しそうになるので、敢えて思考停止させているようなところがある。

柳井と契りたい。

柳井の子供を産みたい。

以前には抑えていた想いが、最近では不意に頭を擡《もた》げてくる。これは加齢への怯えからくるものなのか、それとも柳井への思慕がいよいよのっぴきならないところまできているのか。

彩夏が国会議員政策担当秘書資格を取得したのは二十二歳、大学在学中の頃だった。

卒業後、与党中堅議員の公設秘書に雇われてこの世界に入った。

秘書は議員の影だ。従って議員が落選してタダの人になれば、給料が税金で賄われる公設秘書も当然失職の憂き目に遭う。政界は狭い社会だ。どこの秘書が優秀かそうでないかは、人伝《ひとづて》で広がる。一例を挙げれば目立つ者、雇い主の議員のことを吹聴する秘書は敬遠される。その辺りの事情は家政婦と同様だ。

彩夏は着実に仕事を熟《こな》す一方で口が堅かったので、雇い主の議員には困らなかった。政権交代があった時はさすがに仕事にあぶれたが、それでも半年も経てば再就職できた。

柳井は四人目の雇い主で、且つ最長の雇用主でもある。柳井が二度目の当選を果たしてからの付き合いであり、彼が新人から中堅へ、農林部会の中枢へと駆け上っていくのをこの目で見てきた。

まだ三十代であるにも拘わらず長期展望に立った行動を取れる男。大同の前には小異を捨て、それでも政治家としての矜持《きょうじ》だけは捨てない男。

彼こそが次代の担い手、将来の総理候補だと確信した。いつの日か柳井総理の誕生を目撃したいと思うようになった。

初登院の時、大抵の国会議員は総理を夢見る。しかし実際その席に座れる者は一人だけだ。大臣一回は努力すればなれる。大臣複数回には更に努力が必要、党三役にはよほど努力しないとなれない。そして総理には努力以外に強運がなければならない。

そして、そんな強運の持ち主はそんじょそこらにいるものではない。だが柳井耕一郎にはそれがある、と彩夏は直感した。理屈ではない。過去三人の議員に仕え、政界の何たるかを知った肌がそう告げたのだ。

以来、彩夏はずっと柳井の影になった。陳情を聞き、有用なものだけを耳に届ける。情報を整理し、必要な時に必要な分を伝える。柳井の手足に、時には頭脳の一部になる。柳井の一挙手一投足に注意を払い、国会中継の際にはテレビ映りに配慮し、不祥事が発覚すれば本人より先に詫びる。そして性衝動が執務の妨げにならぬよう処理係に甘んじる。

あれから五年の月日が経った。柳井は党内での地位を順調に上がっていく。自分はそれを喜ばしく思わなければならないはずだった。それなのに、自分の年齢とゴミ箱に打ち棄《す》てられた使用済みのコンドームを見る度に寂寥感《せきりょうかん》が湧いてくる。

己の夢見たものは柳井総理ではなかったのか。

己の欲したものは柳井の成功ではなかったのか。

政策秘書という肩書に空《むな》しさを覚え始めた今、他に何を拠《よ》り所《どころ》とすればいいのだろうか。

駄目だ――彩夏は雑念を振り払うようにしてパソコンに向かう。余計なことを考えている暇はない。窓の外では空が白みかけている。女の感情に蓋をしたまま、彩夏は政策秘書の作業を再開する。

午前八時を少し過ぎた頃、事務所に柳井が姿を見せた。

「おはようございます」

「ああ、おはよう」

まるで昨夜のことなどなかったかのような態度に、ちくりと胸が痛む。

「資料、目を通せた？」

「今からご説明します」

ソファに深く腰を沈めた柳井に、資料の概要を説明する。要点を纏めて話すだけなので十五分もあれば事足りる。

一方の柳井も頭はよく回る方で、彩夏の説明を受ければ資料の中身をほぼ理解してしまえる。長い付き合いでもあり、時には肌を合わせることもある。以心伝心とまでは言わないが、一を聞いて三を知る程度には分かり合えている。

「内容は把握できた……が、把握すればするほど大義名分から乖離していく気がするな」

「何の大義名分でしょうか」

「農林部会の大義名分は日本の農林業を護れ、だ。しかしこういう資料や各組合からの陳情を聞いていると、果たして彼らの願いと大義名分が一致するかどうか疑問に思えてくるのも事実だ」

柳井は彩夏の作成したメモをひらひらと振ってみせる。

「ＴＰＰ締結で海外から安価なコメや野菜が入ってくれば、零細農家が煽《あお》りを食う上に食料自給率が悪くなる。だから農作物を重要品目にして関税をかけろ、という主張は分からなくもない。しかしそれは、零細農家を保護する一方で消費者の利益を損なうことでもある。仮に農作物を重要品目に指定したところで、その零細農家が持ち直してくれればいいが、結局は収益低下と後継者不足でジリ貧になっていくだけだ。だったらＴＰＰに反対する以前に、利益追求型の集落営農組織を構築する方が先決じゃないのかね。そうすれば組織力が上がって、逆に日本産の農作物を海外へ輸出するという視野も広がる。改正された労働法で安価な外国人労働者を雇えるようになれば人件費も削減でき、成長産業にすることも可能だ」

「でも議員。それでは零細農家と集落営農組織の格差が大きくなるばかりです」

「わたしはね、産業発展のためならある程度の犠牲も必要だと思っている。いつまでも補助金頼りの零細農家を保護しているだけでは、〈攻めの農業〉に転換できない。第一彼らは窮状を訴えるだけで、少しも自己変革をしようとしない。それでは時代に取り残されるのも当然じゃないか」

ああ、これだと思った。

大同の前には小異を捨てる。為政者としてそういう部分は必要だが、一方で社会的弱者や競争力を持たない者への配慮がなければ人心を摑めない。

頭脳明晰《めいせき》で如才なし、同僚議員からの信望も厚い柳井に足りない部分がこれだ。二世として生まれ育ったせいなのか、挫折の苦さも忍従の辛さも知らない。

これは古参の議員や前後援会長の倉橋から聞いたことだが、先代の柳井幸之助には徳も情けもあった。国会議員でありながら庶民から愛されたのはそれゆえだ。その幸之助が生前残した言葉にこんなものがある。

『政治家には情けがなければ駄目だ。時には強きを助けることがあっても、弱きを挫《くじ》くような真似だけは絶対にしてはいかん。ところが息子ときたら頭はいいかも知れんが、肝心の情けがない。頭がよくても情けがないのなら官僚と同じだ』

耕一郎本人の耳に入っているかどうかは不明だが、さすがに父親の観察眼は確かだと思った。耕一郎には弱者への配慮が足りない。

そして日陰者である彩夏に対しても。

「でも議員。議員の支持団体の中には、その零細農家が含まれています。TPP交渉の結果如何《いかん》で次の選挙の趨勢が決まる確率も高いのですから、ここは小異を拾うかたちで進めていただかないと」

「ああ、それは分かっている。支持者あってのわたしなんだからね。ただ、この先百年の展望を見据えた場合、いつまでも零細農家の保護に汲々《きゅうきゅう》とするのは誤りだと思っている」

農林部会会長の座が見えてきた今、柳井の目は上を向いている。上を向いてばかりだから足元に目がいっていない。

「議員のお考えももっともだと思いますが、しばらくは党の方針に沿うのがよろしいのではないでしょうか。国民党が政権を奪還しましたが、これも前政権の不甲斐なさと真垣総理の人気にあやかっての勝利と揶揄《やゆ》する者が多いと聞いています」

「それは揶揄ではなくて、正確な分析だよ」

柳井は自嘲気味に呟く。

「真垣総理のカリスマ人気。だが先の在アルジェリア日本大使館人質事件では超法規的措置ながら国防の意志を国民に示し、直後の疑似国民投票でも一応の信任を得た。基盤は徐々に堅牢《けんろう》になっている。そろそろ国民党が長期政権を見据えて、農業政策の抜本的改革に着手してもいい頃だよ」

彩夏は喉元まで出かかった言葉を呑み込む。

「議員がその改革に辣腕を振るう日を楽しみにお待ちしております」

午後一時からは予算委員会だった。いくら政策秘書でも議場にまでは立ち入ることはできない。その代わりに議事の進行は全て各事務所のモニターに中継される。

議場の外にいても秘書の仕事は続く。モニターを注視して雇用主である議員のテレビ映りをチェックするだけではなく、居眠りでもしていようものなら携帯電話のバイブ機能で本人を叩き起こすこともする。

『このように、今まさに国難と言える刻《とき》でありますけれど、国会議員として籍を置いているわたしたちは、与野党問わず、国民の願いでありますます復興、ならびに経済再生というテーマに真摯に取り組まねばならないと思っているところであります。真垣総理の提唱するデフレ脱却という命題は』

昨夜の徹夜が響き、モニターに見入っていると猛烈な睡魔が襲ってきた。彩夏はコーヒーサーバーでエスプレッソを淹れて喉に流し込む。国会会期が始まると、普段でも過密気味のスケジュールが更に厳しくなる。議員の影となる秘書はもっと時間を拘束される。以前エナジードリンクが売り出された際に試したことがあったが、どうも彩夏の体質には合わなかったらしく程なくして体調を崩した。今は前に戻ってエスプレッソで眠気を誤魔化しているが、どちらにしても身体にいい飲み物ではない。多忙さとともにゆっくりと身体が削られている実感がある。骨身を削るとはまさにこのことだ。

それでもうつらうつらしていると、スマートフォンが午後一時五十分を告げた。彩夏は二、三度頭を振って眠気を弾き飛ばす。二時からは面談の約束がある。彩夏が相手をしても用件の済むような相手だが、だからといって寝惚《ねぼ》けた顔を見せる訳にはいかない。

「失礼します」

面談相手は二時きっかりにやってきた。時間に正確なのは彩夏も嫌いではない。

「やあ、ちょうど予算委員会の真っ最中でしたか」

後援会の久津見は参観日にきた父兄のような目でモニターを見る。後援会長の倉橋がいない今、久津見が臨時の代表者のような扱いになっているので、いきおい柳井を見る目もそんな風になるのだろうか。

倉橋が妻の久恵に撲殺されたのが一週間前のことだ。一報を聞かされた彩夏は柳井ともども驚いたが、倉橋が都議選立候補に絡んで二億もの借金を抱え込んだのを知ってからは、それもむべなるかなと思えた。家父長制の生き残りのような振る舞いをする一方で、吐き出す弁舌はどこか幼く、現実と理想の乖離に焦燥していたような印象がある。何が撲殺の原因になったのかは犯人の久恵のみぞ知るところだが、いずれにしても倉橋を失った後援会が上を下への大騒動となったのは紛れもない事実だった。

その混乱を着実に収めたのが、同じ後援会に籍を置く久津見だった。彼は後援会の会員全員に倉橋の死亡を知らせ、主だったメンバーを招集すると、すぐに中心となって善後策を協議したらしい。面倒見がよく、どんな相手の話でも真摯に聞き入れる態度は様々な調整を必要とする後援会長にはうってつけのように思える。

後援会の人事やこれからのことについて意見を訊きたくて面会の時間を作ったのだが、どうやら倉橋の後継は久津見に決まりそうな雰囲気だった。

「早速ですが久津見さん。後援会の様子はいかがですか」

話を切り出されると、久津見は途端に渋い顔になった。

「正直、よろしくありません。倉橋さんが先代から後援会長をされていたこともあり、いわば後援会の顔のような存在でしたからね。その人をなくした欠落感は意外に大きいですよ。なかなか後を継いでやろうという人がいません」

続いて久津見は、何人か古参の会員たちの名前を挙げてみせた。

「皆さん一人一人に当たってみたんですけど、後援会は会員の掌握やら選挙活動の動員やら細々とした仕事が多くて、その上会長となったらいくらかの持ち出しも覚悟しなけりゃならない。それも新人議員なら気安いところもあるけれど、何しろ柳井先生の後援会だから下手なことはできないって、皆さん腰が引けているのが現状です。誰も手を挙げたがりません」

彩夏は報告を聞きながら意外な感に打たれる。話の流れでは、てっきり久津見が会長の後を継いでくれるものだとばかり思っていたからだ。

「失礼ですが、久津見さんにそのおつもりはないんですか」

「わたしが後援会長に、ですか」

久津見も心底意外そうな顔をする。

「すみません。そんな大それたことは考えたこともありませんでした」

「でもここ一週間、あなたが見せてくれた動きは後援会長の働きそのものでしたよ。会員への連絡と統率、善後策の協議。柳井もわたしも感心しきりだったんです」

折角見つけた人材だ。これをみすみす見逃す訳にはいかない。それにもまして、一刻も早く後援会の機能を回復させないと、このまま後援会自体が立ち消えになってしまう危険すらある。

「私《わたくし》どもは是非とも久津見さんに、次の後援会長をお願いしたいと思っているのですが」

久津見はうーんと悩ましげに唸《うな》ってから、首を斜めに傾げた。

「お気持ちは有難いのですが、わたしにはちょっと荷が重いように思います」

「そういえば、まだ久津見さんのお仕事を伺っていませんでしたね」

「ああ、わたしはシステムエンジニアの仕事をしていますが、在宅勤務なので割に時間が自由に使えるというだけです。会社からの発注に応えて納品していますから、まあ自営業みたいなものです」

時間が自由に使えると聞いて、また心が動いた。後援会として機能してもらうには責任者が自由に動いてくれた方が都合がいい。彩夏は深々と頭を下げる。

「何とか柳井を助けていただけませんでしょうか」

「頭を上げてくださいよ、咲田さん。あなたに頼まれたら断れないじゃないですか」

「久津見さんが引き受けてくださるのなら、土下座も厭いません」

そして言葉通り彩夏が膝を屈すると、慌てた様子で久津見がその肩を押さえた。

「勘弁してください。楚々《そそ》としているように見えて、ホントに強引なんだから」

こんなものは、議員秘書の世界では強引のうちに入らない。頭を下げただけで人を動かせるのならいくらでも下げてやる。

「分かりましたよ、咲田さん」

「お引き受けいただけるんですね」

「いえ、なにぶん責任の重い仕事なので、この場の勢いで即決してしまうのは却って失礼でしょう。わたしにも考える時間をください」

返事を聞いて、彩夏は内心でほくそ笑む。自分が頭を下げた相手で、こういう回答をしてきた男で断った者はまだ一人もいない。久津見の言う考える時間というのは、自分の背中を押すまでの猶予期間のようなものだ。

「久津見さんなら、必ず良いお返事をいただけるものと信じています」

「よくノイローゼにならないものだ」

「申し訳ありません。それほど重荷に感じていらっしゃるなんて」

「わたしがじゃなくて、咲田さんがですよ」

「えっ」

「いくら柳井先生のためとはいえ、いとも簡単に土下座までしようとする。あなたのような人なら、自尊心も人一倍あるでしょうに」

久津見はこちらを覗き込むような素振りを見せる。滅多なことではたじろがない彩夏も、最前のひと言が胸に刺さって防壁が脆《もろ》くなっていた。

「わたしは、別に」

「システムエンジニアなんてプログラムだけ弄《いじく》っている商売だと思われがちですけど、実際は人間相手の泥臭い営業が主体になることが多いんです。お蔭で人間観察だけは得意になりましてね。咲田さん。あなたが色々と無理をしていることくらい分かりますよ」

「……無理をしているという自覚はありません」

「そうでしょうか。人間とコンピューターというのは似たところがありましてね。どんなに容量があっても、過度な処理を強要するとフリーズしてしまう。ひょっとしたら今の咲田さんがそうじゃありませんか」

「ご心配なく。わたしはいたって平常運転です」

「先ほどの後援会長の件、前向きに考えさせていただきます。でも、それを頼むあなたがフリーズ寸前では、わたしもおちおち柳井先生をサポートしきれなくなる。わたしに無理な依頼をされるのなら、せめてわたしにだけは本音を晒してくださいよ」

そして久津見はひどく心配げな表情を見せた。まるで父親が娘を案じるような顔だった。

「わたしはあなたの味方です。柳井先生の秘書を長年務めてきたあなただからこそ、わたしは不安でならない」

「心配されるようなことなんて、わたしには」

「咲田さん。間違っていたのなら謝りますが、あなたは秘書としてではなく、未だに柳井先生を慕っておられるのではありませんか」


久津見の帰った後、彩夏は考え込まざるを得なかった。

久津見が発したひと言がずっと心に引っ掛かっている。洞察力に長けた男ではないかと推察していたが、まさか己の心を見透かされるとは想像もしていなかった。それとも自分の懸想は、付き合いの浅い久津見にすら看破されるほどあからさまだったのだろうか。

柳井との六本木での密会が写真週刊誌にすっぱ抜かれた際、後援会の面々には、泥酔した柳井の着替えを持っていっただけという弁解で押し通した。信じる者もいたし信じなかった者もいるだろう。それでも倉橋や何人かの支援者は柳井と彩夏の関係を見抜いたはずだった。久津見は支援者の誰かから話を聞いたのだろうか。

秘めていた想いが、他人に口にされることで一層高まっていく。

密会がスクープされた時、初美への事情説明は倉橋に依頼した。自分が顔を合わせればひと悶着《もんちゃく》起きるだろうと予想されたからだが、意外にも初美は激することもなく淡々と説明を聞いていたのだという。

心底から柳井を信じているのか、それとも怒りを面に出さないほど夫婦仲が冷え切っているのか。彩夏としては後者の方だと思いたいが、それでも初美が国会議員の妻の座に倦《う》んでいるとも考えられない。

彩夏の中の女がささやかに存在を主張し始めていた。

2

「それで久津見さんから図星を指されて、咲田さんはどんな反応をしたんですか」

開口一番、亜香里はそう訊いてきた。夕刻の〈野々宮プランニングスタジオ〉は恭子が外出中で、話し相手は亜香里だけだった。

「とても分かりやすい反応でしたね」

久津見はその時の彩夏を思い浮かべて言う。

「冷徹な印象があって、しかもご本人は議員の影を自負している人です。本音や素は出ていないと思っているんでしょうけど、色恋沙汰は別のようですね。あんなに容易く女の顔になるとは予想外でした」

「政策秘書咲田彩夏唯一のウイーク・ポイントといったところですか」

「ですね。秘書としては完璧というのが後援会の評価でしたから。亡くなった倉橋さんもその点は絶賛していました」

久津見としては含むところがあるので諸手《もろて》を挙げて賛同できない。ところが亜香里は、早くもそれを読み取ったようだった。

「久津見さんは皆さんと違う意見みたいですね」

「まあ……」

「では久津見さんによる咲田評はどういう具合なんですか」

「画竜点睛《がりょうてんせい》を欠くと言いますか、あれほどの才媛が、どうして柳井耕一郎のような男の愛人などに甘んじているのか理解に苦しみます」

「国民的人気を誇った議員の二世、というだけではないんでしょうね。人伝に聞く限り、咲田さんがそれだけの理由で足を開くような女性には思えませんし」

「亜香里さんの目から見ても、あの男は魅力的に見えますか」

「そこらに転がっている男よりは甲斐性があるように見えますよ。もちろん付き合うかどうかは別として」

「亜香里さんも、あの男の肩書や見てくれに騙されているんですよ。あれは男どころか人間の風上にもおけない」

つい言葉が荒くなる。第三者の前では控えようと思うのだが、柳井のことではどうしても憎らしさが顔を覗かせてしまう。

「ああ、久津見さんは娘さんを酷《ひど》い目に遭わされたんでしたよね。ごめんなさい、気が利かなくて」

「いえ。あくまでも私憤です。亜香里さんや恭子さんには関わりのない話ですからね」

「うーん。全く関わりがないと言ったら嘘になるかな」

「何故ですか」

「柳井耕一郎を失脚させるために手を組んだんですもの。個人的な恨みであったとしても、知っておいて損はないでしょ」

「娘をオモチャにされた挙句に殺された、だけでは不充分ですか」

「間接的に殺されたのか、それとも直接手を下されたのか。それだけでもずいぶんな違いだと思うのだけれど」

束の間、久津見は逡巡する。事件から十年以上経過したものの、胸の傷は癒えていない。他人に話したところで痛みが安らぐ訳でもない。

「詳しく言わなければいけませんか」

「そういうことじゃないです。別に恭子さんがそれを望んでいる訳でもないし。でも、その娘さんがどんな非業の死を遂げたかで柳井の悪辣さを知ることができるなら、恭子さんも同情してくれるかもしれない」

「恭子さんの同情を得られたら、何かメリットがあるんですか」

「少なくとも本気度が加速するでしょうね。恭子さん、ああ見えても女性の敵には尚更厳しいところがあるから。それに久津見さんの苦悩を共有することで、あたしたちの協力関係をより強固なものにできると思いませんか」

久津見は黙考する。過去を開陳するには痛みを伴うが、一度は新聞で報道された内容だから秘匿しておくことでもない。亜香里の言う通り、悲憤を共有することで恭子たちの協力が今よりも得られるのなら、それに越したことはない。

「わたしと話したことは、当然恭子さんの耳にも入るんですよね」

「そう考えてもらって結構です。あたしと恭子さんは一心同体ですから」

相変わらず忠義なことだ——久津見は亜香里の心酔しきった目を見て、半ば感心し半ばひやりとする。

倉橋を陥れる計画から恭子たちと手を組んだが、亜香里の恭子に対する忠誠心の強さには未だに驚かされる。恭子の手足となり、汚れ仕事も厭わない。彼女について話す際は、まるで信者が教祖を崇め奉るような目をしている。

つくづく思うのは恭子の弁舌の鮮やかさと人の心に付け入る巧みさだ。

倉橋より前、奨道館副館長の伊能典膳を失脚させた手立ても訊いているが、聞くだに恭子という女が怖ろしくなる。伊能を騙した方法は単純で、普通ならそうそう引っ掛かるはずもないやり方だった。大金を出資させた上で校了間際に別の原稿とすり替え、配本不可能な教団本を出版する——およそ誰も儲からない詐欺なので、却って怪しまれにくい。

しかし計画が成功したのはその有り得なさではなく、恭子の話術にあった。伊能の上昇志向を巧みに操り、計画の実行こそが唯一の妙案と信じて疑わせなかった。

続く倉橋の場合は更に秀逸だった。

まず恭子を当選請負人と思わせる手口だが、これもまた単純で効果的な方法が選択された。各選挙で当選した候補者とのツーショット写真。これはネットから拾った画像との合成だった。専門家が見れば一目瞭然の合成写真だが、なまじ選挙とその結果を知っている半可通には尚更信憑性がある。会長という立場で後援会の取り決めだけを熟してきた倉橋には、一番効果的な撒き餌だった。

生活には困らなかった倉橋が地位を欲しがっていることを見抜いたのは久津見だったが、選挙資金の捻出に地面師の手口を応用しようと提案された時にはさすがに仰天した。

『でも恭子さん。相手は痩《や》せても枯れても不動産屋ですよ。そんな見え透いた詐欺に騙されるものでしょうかね』

不安に駆られた久津見が訊くと、恭子は艶然と笑いながらこう答えたものだ。

『不動産詐欺だから好都合なんですよ。誰も自分の得意としていること生業としていることで騙されるなんて思いもしませんから。それに不動産の正当性を担保しているのは居住事実と登記簿ですけど、ほとんどの不動産屋と司法書士は登記簿上の手続きに重点を置いているので、地面師の手法というのは単純でありながら盲点でもあるんです』

昔から不動産屋は〈千三ツ屋《せんみつや》〉と揶揄されてきた。千に三つしか本当のことを言わないという意味だが、その伝で言えば千三ツ屋だからこそ自分が騙されるとは思いにくいのだろう。実際、倉橋は自分の商売の領域で呆気《あっけ》ないほど簡単に騙された。

相手に応じた最良の陥れ方。その選択こそが恭子の悪魔的な部分だった。まるで赤子の手を捻るように騙されるので、プライドの高い人間ほど辛酸を嘗《な》めることになる。失うのはカネだけでなく自信と矜持もなので、打撃の大きさは二倍三倍だ。

『自己評価の高い人間ほど騙しやすい人種はありません。そして自己評価が無意味に高いから、自分の無能さを思い知った時の絶望はより大きくなるのです』

高く飛んでいる者ほど落下した時の衝撃が大きいということか。それもまた悪魔的な発想だ。

つらつら考えて、久津見は打ち明けることにした。

「では、亜香里さんから恭子さんに伝えてもらって構わないという前提でお話しします」

「望むところです」

「もう十年以上も前のことですが、〈ウルトラフリー事件〉というのを憶えていらっしゃいますか」

「〈ウルトラフリー〉……ああ、確か大学のサークルで起きた集団暴行事件、でしたか」

「ええ。名門大学で発生した一大スキャンダルです」

〈ウルトラフリー〉は某大学公認サークルの一つで、イベントやパーティーを主催する集団だった。女性はタダ同然で入会できるという特典もあって女性会員が引きも切らずだったが、サークルの実態は集団暴行の場でありその被害総数は四年間で四百人を超えていた。

組織は狡猾な役割分担が為されており、中でも特筆すべきは実行班と懐柔班に分かれていたことだ。大抵の場合はイベント中、もしくはイベント終了後に女性会員を泥酔させた上で実行班が輪姦《りんかん》し、事後は被害女性が笑顔でいる写真を見せたりと因果を含めて被害届を出させないように懐柔班が動いていた。そういう事情もあり、事件が表面化するのに四年の歳月を要したのだ。

「加害者も被害者も膨大に上る事件で一躍耳目を集めました。重大事件だったので警察も必死だったのでしょう。主犯格の学生を有罪に持ち込めるよう司法取引めいた手法まで使いましたからね。結局は主犯格を含めた十四名が集団強姦罪で実刑判決を受けました」

「すっかり思い出しましたよ。エリートと呼ばれる大学生が、裏に回ればこんな非道で悪辣なことをしているんだと、あたしもずいぶん腹が立ったものです」

「その四百人の犠牲者の中にわたしの娘がいました。麻理香《まりか》といいまして、当時まだ十八歳でした。親元を離れて暮らしていたんですが、あの時ほど手放したことを悔やんだことはありません」

「でも、殺されたというのは」

「あいつらに性的暴力を振るわれ、事件が表面化してからはマスコミに追われたんです。騒ぎのさ中記者から追いかけ回されたら、周辺の人間も思い当たるし、何より本人に忌まわしい記憶が甦ってくる。実際、暴行を受けた直後は精神的にも限界寸前だったのに、この取材合戦では匿名ながら被害の一部始終を書かれ、それを苦に電車に飛び込んでしまった。娘はね、二度も殺されたんですよ」

正面にいた亜香里が微かに眉を顰《ひそ》める。どうやら我知らず声が大きくなっていたらしい。

「……お気の毒でした」

「いや。胸糞《むなくそ》の悪いことに、この話は続きがまたひどいのですよ。実は主犯格を含めた十四人が実刑判決を受けたとなっていますが、この主犯格というのは懐柔班を束ねていた副リーダーと言うべき存在でしてね。実行班を束ねていた実質的なリーダーは別にいました」

「まさか」

「ええ、そのまさかです。その隠れた真の主犯、四百人の女性をことごとく毒牙にかけた張本人こそ柳井耕一郎だったんですよ」

「そんな役割を果たした彼が何故実刑を免れたんですか」

「ふん。実刑どころか起訴もされませんでした。さっき言った検察側の司法取引めいた手法というのがそれです。柳井は実行班と懐柔班全員の氏名と役割の情報を検察側に流す見返りとして、不起訴処分を勝ち得ました。もちろんその条件だけで検察が起訴を見送るはずもなかったんですけどね」

「当時、閣僚にいた柳井幸之助の存在ですね」

「ご名答。その際、柳井幸之助の意思が検察側に働いたのかどうかは不明ですが、現職大臣の嫡男が相手では、司法の矛先が鈍るのも当然でしょう」

　そこまで話して久津見はひと息吐く。いったん心を鎮めなければ、亜香里相手に激昂してしまいそうな予感があった。

「こうして柳井耕一郎は不起訴処分となりましたが、逮捕の事実を受けて大学側は退学処分にしました。大学としては最大限の罰則を与えることで司法での甘い処分とバランスを取ったつもりだったのかもしれません。しかし学校を追われた耕一郎は、すぐさま父親の私設秘書として迎え入れられたので、結局は何の咎《とが》めにもなりませんでした。逆に、彼が司法の網から逃れたことに絶望した別の女性がいました。わたしの妻です。麻理香の自殺でいい加減精神を脆くしていた妻は柳井の不起訴を知るなり鬱状態となり、わたしがちょっと目を離した隙に、娘の飛び込んだのと同じ場所で電車に身を投げました」

　亜香里は言葉を失ったのか、口を半開きにしたままこちらを見つめている。不幸自慢をするつもりはさらさらないが、久津見は何となく一矢報いたような自虐的な優越感を味わう。

今まであまり家族の顛末《てんまつ》を他人に話したことはない。妻が娘の後追い自殺をした直後は久津見も腑抜けのようになり、思い出す度に叫び出したくなる衝動に駆られた。

元来、久津見は執着心の薄い男で、物欲にも金銭欲にも、そして名誉欲にもあまり興味がなかった。ただし妻と娘の存在は別格だった。二人がいるから仕事を続けられた。二人の笑顔があるから、久津見も笑っていられた。掌中の珠《たま》のように、大事に大事に護ってきた。

それを一瞬にして奪われた。

考え得る限り最悪の人間に、最悪のかたちで。

しかもその張本人は罰せられることも石を擲《なげう》たれることも蔑まれることもなく、権力を持つ庇護者《ひごしゃ》の下でのうのうと暮らしている。こんな馬鹿な話があるものか。

何百の、いや何千の夜を呪ったことだろう。具体的にどんな復讐《ふくしゅう》をするのかを決められないまま、柳井耕一郎の住まいを探った。父親のいる実家に寝泊まりしているかと探ってみたがどうやら別居している様子で、一般人の久津見にはその先を調べる術などなかった。元より閣僚だった柳井幸之助の自宅周辺にはＳＰが張りついており、容易に近づけるものではなかったのだ。

柳井耕一郎への憎悪は日増しに募っていく。身中に毒を溜めているようなもので、吐き出さなければ久津見自身を腐らせてしまう。それで他人に打ち明けることを始めた。信頼の置ける者だけに、想いではなく事実のみを淡々と告げる。大したガス抜きにはならなかったが、人前で取り乱すことは回避できるようにまでなった。

「そんな訳で、柳井耕一郎は妻と娘の仇敵《きゅうてき》になりました。もっとも耕一郎が父親の私設秘書になったのを知ったのは、それからずいぶん後になります。それまでは彼の行方を血眼になって探していましたね。だから柳井幸之助の逝去に伴って嫡男の彼が後継者として祭り上げられた時は狂喜しましたよ。何しろ向こうから大々的に職業と住所を教えてくれたのですから」

話を聞き終わると、亜香里はこちらの真意を窺うような目を向けてきた。

「お話はよく分かりました。その上で確かめさせてもらいますけど、久津見さんの最終目的はいったい何なんですか。柳井耕一郎への復讐なのでしょうけれど、具体的には彼をどうしたいのですか」

「抹殺したいのですよ。彼を政界から、そして可能ならばこの世からも」

それでずっと気になっていたことを訊き返してみた。

「逆にお伺いしますけど、恭子さんの狙いはいったい何なんですか。柳井を困らせることで、あの人にどんな利益があるというんですか」

「さあ、それはあたしにもはっきりとは分かりません」

亜香里は悪びれもせずに、そう答えた。

「久津見さんとベクトルは一緒であっても、到達する目的地は違うような気がしますね。でも、お話が聞けてよかったです。恭子さんも女ですからね。柳井耕一郎があの〈ウルトラフリー事件〉の隠れた主犯だと知ればテンションも上がるんじゃないでしょうか」

「亜香里さんにして疑問形なんですね」

「恭子さんって底知れないところがあって。あたしなんかじゃとても読み切れないんですよ」

*

議員会館の事務所に再び久津見がやってきたのは、二日後のことだった。しかも今回は用件をはっきりとは告げず、且つ柳井が不在の時に会いたいと申し入れがあった。

「わたしに個人的な申し入れ、ということなのでしょうか」

『それはその通りですが、柳井先生に関わりのあることなんです』

何やら不穏な申し出だったが、面談場所が議員会館の中なら妙な振る舞いもできないので承諾した。それに久津見の口調にはどこか切迫したものが感じられたのだ。

　果たして現れた久津見は、最初から沈痛な面持ちだった。

「いきなり、これはどういうことなのでしょうか」

「本当にすみません。しかしこんなことは咲田さんにしか相談できなくて」

「電話では済ませられなかったのですか」

「盗聴されていないとも限りませんので……あの、この部屋に盗撮用のカメラとか盗聴用のマイクが隠されている惧れとかないでしょうね」

「こういう場所ですから、定期的に調べてもらっています。その類いの装置はないはずですよ」

　久津見の不安と疑心がこちらにまで伝わる。それで彩夏もぴんときた。後援会の人間が、これほど狼狽《ろうばい》している理由は一つしか考えられない。

「議員のスキャンダルに関わることですね」

「いいえ、違います」

　意外な返答だった。

「議員自身のスキャンダルであれば、議員も交えてお話しします。スキャンダルは彼の奥さんに関わる問題なんです」

「初美さんの？」

「百聞は一見に如かず。まず、これを見てください」

久津見はポケットからスマートフォンを取り出し、一つの画像を表示してみせる。

「後援会の一人が偶然撮ったものを転送してくれました」

その画像は暗がりの中で撮影されたものらしかったが、背景の毒々しいネオン看板でホテル街であることが推測できる。

「場所は円山町《まるやまちょう》ですよ。その会員は円山町に新規オープンしたラーメン屋を訪ねたんですが、道中でその光景に出くわしたらしいです。画面中央を見てください」

言われるまま画像の真ん中に視線を落とす。煌《きら》びやかなラブホテルの玄関へ、今まさに一組の男女が入っていこうとする瞬間だ。玄関のネオンが逆光になり、男女は後ろ姿しか見えない。

男は短髪で背が高く、女は長髪で背は男の肩までしかない。

「画面では後ろ姿だけですが、目撃した会員の話によれば男は民生党の中堅、畑田寛治《はただかんじ》議員だったらしい。そして隣の女性……咲田さんなら見覚えあるでしょう」

聞かれるまでもない。畑田と腕を組んでいる女性は、初美に体型から佇《たたず》まいまで酷似しているのだ。

しかしあの初美が選りにも選って野党の議員と逢瀬《おうせ》を愉《たの》しんでいるだなどと、あってはならないことだった。

「男性の方はともかく、女性は見間違いでしょう」

「ウチの後援会にいる者が初美夫人を見間違えると思いますか」

反論されると彩夏は返事に窮する。選挙戦のみならず後援会の催事があれば、柳井は必ず夫人同伴で参加する。夫婦仲のよさをアピールして柳井の人望を保持するためだが、だからこそ後援会の人間は初美を身近で見て、時には握手する距離まで接近している。他人と見間違う可能性は甚だ低い。

「確認したいのですが、柳井先生と畑田先生、もしくは畑田先生と初美夫人の接点はありますか」

「奥さまはともかく、柳井と畑田先生は〈みんなで靖国《やすくに》神社に参拝する国会議員の会〉のメンバーです」

「それだけですか」

「後は地域コミュニティ再生議員連盟のメンバーですね」

「その接点に初美夫人が関与してくる可能性はありませんか」

彩夏は黙して考え込む。柳井は可能な限り初美夫人を同行させる。超党派での集まりで二次会にでもなれば、初美夫人と畑田が知り合ったとしても何の不思議もない。

「でも久津見さん。そこはわたしも柳井先生のおしどりぶりを見ていますからね」

「だから咲田さんに注進にきたんです。柳井と夫人のおしどりぶりを見ている咲田さんに。

最近、ご夫婦の間に隙間風を感じる時はありませんか。柳井先生が奥さんの不貞を疑っているような素振りは見せませんでしたか」

心当たりはなくもない。柳井と彩夏の密会が報じられた際も、初美は至極冷静だったという。それは取りも直さず、夫婦の間が冷えていることを意味するのではないか。

「もし、これが事実だとしても柳井先生自身のスキャンダルではない。しかしおしどり夫婦として有名だったから、イメージの悪化に繋がる惧れがあります」

確かにその可能性も否めない。だが、彩夏は頭の中で別の可能性も模索していた。

柳井と初美の仲が本当に冷え切っていて、この写真の主が初美本人だったとしたら破局も充分に有り得る。そうなれば久津見の指摘した通り、イメージの悪化は避けられないだろう。

しかし、それは彩夏が初美の後釜に収まる可能性をも含んでいるのではないか。

彩夏の中の女が、俄に頭を擡げてきた。

3

夫婦間の揉め事に口出し無用というのは一般人の常識であり、公人には通用しない。

国会議員なら尚更で、腰から下の話で地位や職を失うことも珍しくない。公設秘書である彩夏は、初美の不倫疑惑について柳井に報告する義務がある。普通なら気の進まない仕事だ。

だが、彩夏には二重の意味で使命感がある。一つは柳井の議員生命を護ること、そしてもう一つは個人としての柳井耕一郎が妻の不貞をどう扱うのかを確認したい。その対処いかんで彩夏の処遇が変わる可能性があるからだ。

翌日、事務所で待機していると柳井が顔を出した。彩夏は挨拶もそこそこに、口調を改める。

「先生。お見せしたいものがあります」

口調からただならぬ内容を感じ取ったのだろう。柳井はすぐ険しい顔になった。

「パブリックなことか、それともプライベートなことか」

「両方になると思います」

彩夏は久津見から渡された、初美と畑田の密会写真を差し出す。

「後援会の方が円山町で偶然撮ったとのことです」

写真に見入るうち、柳井の顔は険しさを増していく。

「初美と……これは民生党の畑田先生に見えるな」

「わたしにもそう見えます」

「いつ撮った写真だ」

「先週の月曜と聞いています」

「わたしはその時、どこにいたかな」

柳井のスケジュールならメモを見なくても分かる。

「国民党名古屋支部の講演会に出席されて、その日は一泊しています」

つまり柳井が留守中の情事だったことになる。

写真を見ていた柳井にゆっくりと変化が生じる。頬が弛緩《しかん》し、口角がわずかに上がる。自嘲しているような顔だが、しかし目は決して笑っていなかった。

「他にこの写真を見た者は？」

「撮影した人と、後援会長代理です」

まだ後援会長代理に決まった訳ではないが、現在の役割や能力を考慮すればそう紹介してもいいだろう。

くそ、と柳井が小声で呟く。

「選りにも選って民生党の優男か。もう少し、男の趣味はマシだと思っていたんだがな……見たのは本当にその二人だけなんだな」

「撮影者には厳しく口止めをしたそうですから」

「つまり写真を見ているのはわたしと君を含めても四人ということか。それならいい」

　柳井は写真を胸のポケットに収める。

「これはわたしの預かりにしておく」

「先生、差し出がましいようですけど、どうなさるおつもりですか」

「本当に差し出がましいな。しかし公設秘書、いや、君の立場では気になるだろうな」

　柳井は意味ありげに笑う。

「どうもせんよ」

「えっ」

「女房を問い詰めたりはせんし、畑田先生に女房の味はどうだったと聞いたりもせん。ただ証拠は固めておきたいな。まだ会ったことはないが、その後援会長代理は信頼の置ける人物かい」

「驕《おご》らず、目立たずをモットーとしている方のようです」

「そりゃあいい。ついでに裏付け調査の打診をしてくれないか。どこのホテルで何時から何時まで彼らは一緒にいたのか。隠しビデオでもあれば御の字なんだが……さすがにそれは無理か」

「はっきりとした証拠をお望みなのですか」

「できれば二人の睦《むつ》まじいショットがあれば言うことなしなんだが」

柳井の真意が理解できず、彩夏は困惑する。

「不思議そうな顔をしているな」

「理由をお聞かせいただければ有難いです」

「簡単なことだ。向こうに不利な証拠を揃えておけば、離婚の際に有利だからな」

「離婚をお考えですか」

「今じゃない」

柳井は念を押すように言う。

「今は会期中でもあるし、身内のスキャンダルはプラス要素にはならん。女房の不貞であったとしても、わたしが甲斐性なしだなんて話になったらマイナスだ。こういうのはタイミングの問題でね」

「それはどんなタイミングなのでしょうか」

「君にそんな説明が要るか？　無論、民生党もしくは畑田先生が何か仕掛けてきた時だよ。仮にウチに不都合な材料で糾弾された時、このテのスキャンダルはカウンターとして有効だ。そしてカウンターとして使用する場合、わたしには同情票こそ集まれ非難中傷する声は出てこない」

自分の妻の不貞を敵陣営への攻撃材料にする——一般人には理解できない考え方だ

が、柳井なら言い出しそうなことだった。

「世間ではおしどり夫婦と言われているが、実際は長らく夫婦生活をしていない。していれば君とこんな風にはなるまい」

柳井の視線が、一瞬好色そうに彩夏の腰の辺りを舐《な》める。

「仮面夫婦だから、今更未練もクソもない。ただ、別れるにしても最良のかたち最高の条件を選びたい。でなきゃ折角結婚した意味がない」

柳井の物言いは冷徹そのものだ。本来なら彩夏がほくそ笑んでもいいはずだが、表情筋が引き攣《つ》ったようでうまく動かない。

その場に立ち尽くしている彩夏を見て、柳井は薄く笑いながら言う。

「ひょっとして初美の後釜を考えていたのかな」

「いえ」

「君のことを考えないこともない。女房よりは色んな点で相性もいいしな。だが、少なくとも今は駄目だ」

それならいつなのか——喉元まで出かかった言葉を、すんでのところで呑み込む。この場で口にするには、いくら何でも彩夏の自尊心が許さない。

「密会ではなく、それ以上の証拠が欲しい。それは必ず後援会長代理に伝えておいてくれ。もし入手できたら、相応の礼はさせてもらうとも」

ならなかった。

頭を下げながら彩夏は下唇を嚙む。まるで自分がお預けをくった犬のように思えて

「畏まりました」

柳井が予算委員会に出席している間、彩夏は他の二人の秘書とは別室で資料を読み込んでいた。

「失礼します」

もう何度も訪れているというのに、久津見は未だに遠慮がちに入ってくる。彩夏は歓待の意を示すために自ら立って席を勧める。

「お呼び立てして申し訳ありません、久津見さん」

「いや、後援会に関して何かご依頼があると伺ったのですけど……」

「実は先日拝見した写真の件なんです」

初美と畑田の密会写真を見せたところ、柳井からはそれ以上の証拠を入手するよう言付かった――そう説明されると、久津見はいかにも腑に落ちないという顔をした。

「咲田さん。この写真一枚では何とも言えないから、もっと確信の持てる証拠を持ってこい。それなら分かりますが、どうも柳井先生はこれを交渉材料にされるおつもりのようですね」

「そういう側面はあると思います。何しろ敵味方のはっきりしている世界ですからね。将来の禍根と目されるものには、前もって手を打っておくのが先生のやり方です」

「先生はそれでいいとしても、咲田さんはそれでいいんですか」

久津見はどこかじれったそうだった。

「わたしがどうかしましたか」

「あなたと柳井先生が六本木のホテルから出てきた写真のことを言っているんです」

「前後援会長の倉橋さんにも釈明した通り、あれは先生の指示でホテルに着替えを届けただけです」

しばらく彩夏の目を覗き込んでから、久津見は溜息交じりに言う。

「ねえ、咲田さん。わたしは政治の世界については全くの門外漢で、正直公設秘書と私設秘書の違いだってよく分からない。でもね、男女の機微くらいなら少しは分かる。いくら秘書だからと言って、妻帯者の待つラブホにその気もないような女がのこのこ出掛けるとは思えない」

「だからあれは誤報だと」

「咲田さんはこの仕事を始めて何年になりますか」

「もう十二年ほどになりますが、それが何か」

「秘書というのは議員の影だから、言われたことには唯々諾々と従い、決して逆らわないそうですね」

「そういう仕事なんです」

「あなたのような人は、議員に対して思うことも望むこともあるでしょう。ただ、あなたはそれをひた隠しにして十二年を過ごしてきた。ここらでそろそろ、自分の考えを表明してみてはどうですか」

返す言葉が見つからなかった。押しつけがましくもなく、親身に心配してくれているのが分かる喋り方だった。

そうだ。

秘書に登用されてからこの方、彩夏は常に自分を殺してきた。常に議員第一優先で女どころか人間性まで捨ててきた。たまには、自分のことを少しばかり考えてもバチは当たらないのではないか。

いや、と彩夏の職業意識が甘えを拒絶する。お前はバチが当たるとか当たらないとかの理由で仕事を遂行してきたのか。お前にとって政策秘書というのは、そんなにも卑俗な仕事だったのか。

「咲田さん」

久津見の呼び掛けに、彩夏はようやく反応する。

「ああ、失礼しました。ちょっと考え事をしていたもので」

「ひょっとして、咲田さんの心を乱してしまいましたかね」

「そんなことはありませんよ」

抗弁したものの、彩夏は心の隅を突かれたようで穏やかではない。からかわれるのではないかと警戒したところ、久津見は妙なことを言い出した。

「柳井先生や咲田さんは何か特定の宗教に入信しておられますか」

久津見の質問はかならずしも奇天烈《きてれつ》なものではない。芸能界にスポーツ界に政界、実力以外に運も必要とされる世界では、宗教に身を委ねる者は少なくない。

しかし柳井も咲田もどちらかと言えば不信心な部類に入り、知り合ってから今日まで、あえて数えれば奨道館に名前を貸したぐらいだが、言い換えればそれだけだ。

「お互いに罰当たりな人間なのか、そういうものには興味がありませんね。どことどこの先生が同じ信者同士だとか、ご存じの通り宗教団体を母体とした政党も存在しますから無視はしていませんけれど」

「では、占いの類いはどうですか」

「選挙の時にはゲン担ぎみたいなことはしますよ。カツを食べたりとか、必ず最初の街頭演説はいつも決まった場所でしたりとかですね。それにわたしも一応女ですから、朝の番組で星占いのコーナーくらいは目に留めますけど、その程度です。でも、それが何か」

「実は、わたしの知人に不思議な魅力を持つ女性がいまして……」

「今の話の流れからすると、占い師のような方ですか」

「いえいえ、そういうオカルトめいた話じゃなくてですね、何と言うか心の探偵みたいな人なんです」

「心の探偵？」

「その人と話しているうちに、自分の本当の姿、自分が本当にしたいことは何なのかが分かってくるんです」

「セラピストですか」

「いいえ。肩書は生活プランナーで、ファイナンシャル・プランナーの資格を持った人です。でも、彼女を知る人は生活のあれこれを語っていくうちに、一番有効な目的を見つけてしまうんです」

「お聞きする限りは精神科のお医者さんみたいですね」

「それでもないんです。精神治療のお医者さんというのは、どことなく押しつけがましい印象がありますけど、その人のやり方は自然に引き出す感じですね。彼女に相談して人生の転機を迎えた人も少なくないって話です」

「その人に会えと言うんですか」

「会え、なんて命令形じゃないです。どちらかと言えば、会ってみてくださいという懇願ですかね」

「どうして久津見さんが、わたしのために懇願してくれるんですか」

「悩んでいる人に助言をしたり、素晴らしい人を紹介したりするのに理由が必要ですか」

久津見は、また心配そうな顔をこちらに向ける。

「柳井先生をサポートするという一点で、咲田さんとわたしは同胞ですよ。先生の右腕である咲田さんに十全の能力を発揮してもらえなかったら、わたしも困る」

「でも久津見さん。わたし、本当に大丈夫ですから」

「会うだけでも会ったらどうですか」

穏やかな物腰とは裏腹に、久津見は意外な強情さを見せる。

会わない理由は特に見当たらない。不思議な魅力とやらには彩夏も関心があるし、その女性が多くの信者なりシンパなりを持っているというのなら、新たな票を獲得するため知己となっても損はない。

結局、久津見に押し切られるかたちで彩夏はその女性と会うことになった。

「野々宮恭子と申します」

差し出された名刺には〈野々宮プランニングスタジオ〉とあった。

野々宮恭子という女は、ひと言で表すなら捉えどころのない人物だった。ふわふわとした笑顔は相対する者の警戒心を解いてしまうようで、事実彼女の顔を見た瞬間に彩夏は十年来の友人に逢《あ》ったような親しみを覚えた。

彼女の背後で影のように従っている女は神崎亜香里と名乗った。どうやら恭子の秘書のような役割らしく、自分と似た立場であるため彼女にも親近感が芽生える。

「久津見さんからお話は伺っています。柳井耕一郎議員の政策秘書をされているとか。政界にお勤めの方を何人か存じていますけど、生き馬の目を抜くというのはああいう世界のことを言うのだと、いつも感心しています」

「それはビジネスの世界でも同様に思えるのですけど」

「いえいえ、ビジネスというのは煎じ詰めればおカネだけの問題ですが、権謀術数渦巻く政界は権勢の奪い合いです。おカネと権勢では、やはり後者を巡る闘いがより激烈になります」

それは予てより彩夏自身の認識でもあった。初登院の時は誰しもが総理を夢見るような世界だ。色やカネよりはどうしても権勢欲の方が強い。時折、色やカネで物議を醸す議員もいるが、あれも付録のようなもので、彼らにしても最大の行動原理はやはり権勢欲だ。

「女だてらに、と言うと同性から不評を買ってしまうかもしれませんが、そんな中でずっと政策秘書をされている咲田さんは、やはり大したものだと思うのですよ」

女だてらという言葉も彩夏の耳にはしっくりと馴染む。男女雇用平等やら女性の地位向上やらを叫ぶ割りに、全国会議員に対する女性議員の割合は悲しいどころか笑えるレベルであり、数の論理が支配する永田町で男尊女卑がまかり通っているのはそういう事情によるものだ。

「政界の重鎮と呼ばれる方が揃って高齢者ですからね。女だてらという言葉がこれほど似合っている職業は他に相撲くらいのものでしょうか」

しばらくはとりとめのない世間話が続く。恭子は聞き上手らしく、こちらが言いたいことを言わせてくれ、欲しい時に欲しい相槌を打ってくれる。話しているのが気持ちいい。彩夏が当たり障りのない世間話から、秘書業のあれこれについてまで喋り出すのに、それほど時間を要しなかった。

もちろん初対面の人間に話せる内容など限られている。それでも彩夏の口をこれほど滑らかにする相手は久しぶりのことで、野々宮恭子は天然の人たらしかもしれないと思わされた。

「鬱陶しい話でしょうけど、柳井先生と撮られた写真、わたしも週刊誌で拝見しました」

「お恥ずかしい限りです。わたしにもっと注意力とリスクマネジメントの能力がありさえすれば、先生や奥さま、後援会の皆さんにご迷惑をかけずに済んだと思うと赤面の至りです」

「お仕事がそれを要求しているせいかもしれませんが、咲田さんはご自分以外の人に迷惑が及ぶのを極力避けていらっしゃるようですね」

「秘書は議員の影ですから。影は本体に付き添いますが、本体が影に引っ張られることはないでしょう。影である秘書が本体よりも目立つこと、本体に迷惑をかけることは絶対にあってはなりません」

大袈裟に驚かれるか、さもなければ顰め面をされるか。彩夏がこの話をすると大抵は二つのうちのどちらかだった。

ところが恭子は違った。正邪全てを肯定するような笑みを浮かべ、納得するようにゆっくりと頷いてみせた。

「この国の政治と政治家は、きっとあなたたちのような人の支えで成り立っているのでしょうね」

そんな風に言われたのは初めてだったので、彩夏はひどく戸惑った。

「政界、芸能界、スポーツ界。いずれも国民の関心が高く、それゆえに活躍している人には眩《まばゆ》いばかりのスポットライトが当たります。だけど明かりが強ければ強いほど、影は濃くなるものです。光の当たらない場所の仕事だから、当然他人には見せられない情けなさや憤りもあるでしょう。でも、それを外に曝け出すことはご法度。縁の下の力持ちとか内助の功とか綺麗ごとを言う人は大勢いますけど、きっと事情を知らない者は気安く喋っているのを、気づきもしないのです」

　倉橋の前で土下座したのはまだマシな方だった。地方遊説に出掛ければ相手陣営から心無い野次を飛ばされたことは数知れず、選挙中、不埒《ふらち》な支援者からセクハラ紛いの扱いを受けたのも一度や二度ではない。

　秘書を辞めようとしたことは何度もある。それでも政策秘書を続けたのは、偏に柳井総理の晴れ姿を思い描いていたからだ。女に対する扱いに多少の難があっても、やはりあの男には政治家としての資質がある。倉橋は先代とあれこれ比較して不満を募らせていたようだが、育った環境も世代も異なる者に昔気質《むかしかたぎ》を望むのは酷というものだ。同世代の議員に比較すれば、血筋といい現在の地位といい、柳井が将来の総理候補というのは政策秘書としての欲目ではない。

「輝く人の分まで心身を汚し、踏み台にされ、それでも凛《りん》としている人たちを誰も見ようとしない。わたしはそういう人たちを無条件で尊敬するものです」

　柔らかだが芯のある言葉が胸に突き刺さる。己が隠し、隠していたから脆弱な部分に突き刺さる。

「友情に親子愛に兄弟愛、そして恋愛。世の中に愛情と名のつくものは多くありますけど、およそ見返りを求めない無償の愛ほど尊いものは他にありません。咲田さん、あなたは素晴らしい女性です」

不意に目頭が熱くなった。

今までどんな議員の演説を聞いても揺れなかった心が、がくりと大きく傾いた。どんな支援者に祝福され感謝されても流れなかった涙が、今は溢れ出ようとしていた。

この人は自分という存在を認め、そして褒めてくれた。

今の今まで承認欲求というのは、未成熟な大人の退行だとしか思えなかった。他人に認めてもらうのが、こんなにも嬉しいことだとはついぞ気がつかなかった。

「咲田さん。わたしはこれといって特技のない人間ですけど、一つだけ人より秀でた才能があるんです。それは目の前に座った人が満足しているかそうでないかを見極める力です」

きっとそうなのだろう、と彩夏は漠然と思う。そういう恭子に認められたからこそ、自分は嬉しいのだ。

「失礼ですけど、あなたは今の自分と生活に満足していないように見えます。政策秘書という肩書、誰もが羨むような高給。いくら影に徹していようと、政権の中核にいるような議員の秘書であれば、女性なら憧れの存在でしょう。でも、あなたは全然満足していない。それはあなたが本当に欲しているのは、肩書や高給ではないからです」

その時、彩夏は久津見の言葉を鮮明に思い出した。

『話しているうちに、自分の本当の姿、自分が本当にしたいことは何なのかが分かってくるんです』

彼の言ったことは本当だった。今、やっとわたしにはわたしが見えた。わたしの望んでいるものがはっきりと分かった。

「あなたは一番近くにいる人の心が欲しいんです。それ以外のものは全て代償行為に過ぎません。だからどれほど成功しても、どんなに感謝されても心が満たされないのです」

「でも」

自分の声を聞いた瞬間、堅牢だった堤が決壊した。

「秘書の分際で、それは望んではならないことなんです。それは相手にも、亡くなった先代にも、それから後援会の皆さんにも迷惑のかかることです」

すると、今まで沈黙を守っていた亜香里が思い出したように口を差し挟んだ。

「迷惑をかける人たちの中に奥さんは入っていないんですね」

指摘されて初めて気がつき、彩夏は反射的に自分の口を押さえた。

「奥さんのことが眼中にないって、それ、ほとんど臨戦態勢じゃないですか」

「いえ、それは言葉のあやで」

「思ってないことは咄嗟に口から出ませんよ」

恭子といい、亜香里といい、どうしてこの事務所にいる人間は他人の心を見透かすのだろうか。

亜香里から引き継ぐように、恭子が言葉を続ける。

「亜香里さんが言った通り、あなたは色々と自分を誤魔化してはいませんか。もし議員やその他の方に迷惑がかかると思っているのなら、迷惑のかからない人間になればいいだけのことです」

彩夏はまたしても恭子の言葉で、心の薄皮を剝かれる。秘書が離婚した議員の後妻に収まるのではなく、再婚相手がたまたま元秘書だった――そういう認識にさせれば何の問題もない。いや、今まで議員を陰で支えていた秘書が名実ともにパートナーとなれば、政界での受け止め方もずいぶん好意的になるのではないか。秘書を重宝している議員や、密かに己の立場に悲観している秘書たちからも祝福されるのではないか。

「こんな言い方は冷酷に聞こえるかもしれませんけどね。仕事のできる男、世界を変える男には、相応の配偶者が不可欠です。もし現在の奥さんに相応の資格が備わっていなければ、男性の運命もいずれ破綻するでしょう。愛する人の将来を真剣に考えたら、多少道徳に問われる行為をしても仕方がない。何と言っても道徳に優先する大義名分というものはいくつも存在するのですから」

そして恭子は決定的となるひと言を告げた。

「政治家にとって一番必要なものは道徳などではないのでしょう?」

矢庭に昏い情熱が湧き上がってくるのを感じた。

4

所用があるということで恭子は中座し、後を引き継いだのは亜香里だった。恭子に比べるといくぶん気安いところはあるものの、決して軽薄な印象ではなく、むしろ実務をてきぱきとこなすタイプに見える。

「言ってみれば、恭子さんの手足となる実働部隊ですよ」

亜香里はそんな風に自己紹介した。

「同席していて気づいたのは、初美夫人の浮気が週刊誌とかにすっぱ抜かれでもしたら、もう言い訳できないレベルになっちゃうと思うんですよね」

ここまで事情を知られてしまえば全部知られるのと同じだ。加えて恭子に全幅の信頼を置きたい気持ちも手伝い、彩夏は柳井の反応も打ち明けた。

「それってつまり、奥さんとの間は冷え切っていて、もう政治的な利用価値しか見出していないってことですよね」

「そういうことです」

「それなら、いっそ畑田議員と初美夫人との密会写真をマスコミにばら撒くというのは……駄目か。もう柳井先生の目に触れているから、リーク元が分かっちゃいますものね」

「柳井に不本意なかたちで騒がれるのは避けたいです」

しばらく亜香里は考え込んでいる様子だったが、やがて何かを思いついたように指を立てた。

「後援会の人が撮ったのとは別の写真があればいいんですよね」

「どういう意味ですか」

「もう一度、畑田議員と初美夫人が密会している現場を撮って、マスコミに流す。柳井先生にしてみれば手許に預かった写真とは別物だから、彩夏さんに文句は言えない。しかもこれで二度目の証拠写真だから、いよいよ奥さんに愛想が尽きる」

心なしか言葉が弾んでいるように聞こえた。

「柳井先生は時期尚早だと考えるでしょうけど、世間は圧倒的に不倫のカップルを非難し、逆に柳井先生には二重の意味で同情が寄せられます。奥さんに裏切られ、敵方の同業者に奪われるんですから。確かに面目は失われるかもしれませんけど、それ以上に同情が得られます。それは選挙の際、あるいは国会論戦の際、とても有利になるんじゃないですか」

亜香里の言うことには一理も二理もある。政治は論理ではなく感情で動くことがまある。一例を挙げれば不人気極まりなかった政権政党が総選挙に突入し、誰の目にも不利と見えた闘いだったが、そのさ中総裁が病魔に冒されて急逝、俄に選挙戦は弔い合戦の様相を呈し結果として政権政党の圧勝に終わった。

同じことはこのスキャンダルにも当て嵌《は》まる。妻の不貞は夫の不名誉だが、相手との関係性によって黒が白に変わる。

「日本人は判官びいきみたいなところがあるから、裏切られた方に分があるのは確かですね。でもあの写真は後援会の人が偶然に捉えた一枚です。写真週刊誌の記者でもないのに、もう一度あんな写真が撮れるとはとても思えません」

「本当にその現場を撮ろうとしたら、そうなるでしょうね」

亜香里は含みを持たせたような言い方をする。察するに真っ当な方法ではなさそうだが、ひどく興味をそそられる。

「別に本物の初美を撮らなくてもいいじゃないですか」

「えっ」

いったい何を言い出した。

「民生党の畑田議員が、国民党柳井耕一郎議員の妻を寝取った。これが真実ですよね。その真実を伝えるためなら、どんな事実を積み重ねたって結果的には間違いじゃないでしょ。要は、畑田寛治という議員がそれらしき女性と性懲りもなく密会を続けていたという事実があればいい」

「まさか、ヤラセ写真を撮ろうっていうの」

「撮るだけじゃなく雑誌に送るべきです。そうでなければ撮る意味もありません」

「それは不正です」

「でも彩夏さん。言葉を返すようですけど、あなたのいる世界は一片の不正も存在しない清らかな世界なんですか」

「だからと言って」

「不貞は許されても不正は許されないんですか」

カリスマ性のある人物の下にいる人間は、その影響をもろに受けるのだろうか。亜香里の口調は、恭子のそれに酷似していた。

「彩夏さん。あなたは政策秘書を長年務めている人だから、常識を弁え、理知的で、自制心のある方なんでしょうね。さっき恭子さんと話している時、そう思いました。政治の世界では、秘書としてきっと不可欠な資質なんでしょうね。でも彩夏さんが当面ぶち当たっているのは政治の話じゃなくって男と女の話なんでしょ。そんなものに常識や理知や自制心なんて要るの」

亜香里の言葉は挑発的だ。挑発的だと相手に知れるくらいに露骨だ。言い換えれば、挑発に乗ってこないようなクライアントは相手にしないということだ。

「……〈水清ければ大魚なし〉という諺《ことわざ》もあります。あなたが言った通り、政界は綺麗ごとだけでは生きていけない世界です。だからと言って、自分が汚れていいという理屈にはなりません」

「男と女の話を理屈で解決しようとしているから、行き詰っているんでしょ。さっきも恭子さんが言ったけど、世界を変えるような男には、それに釣り合った相手が必要。今の尻軽な奥さんがそういう器だと信じているんですか」

そう訊ねられると言葉を返せなくなる。そもそも事の起こりは初美の不倫だ。いや、それがなくても柳井にあの女は不似合だった。

柳井耕一郎の妻になるには澱んだ政界の海をもしなやかに泳ぎ、どんな誘惑にもどんな突発事にも対処できる鉄の意志が必要だ。

そう、たとえば自分のような。

「初美夫人ばかりを論うのは気の毒だから、彩夏さんについてもひどいことを言いますね」

「えっ」

「他人様《ひとさま》の旦那さんをどうこうしようと考えた時点で、あなたも泥濘《ぬかるみ》にずっぽり首まで浸《つ》かってるんです。今更カッコつけても白々しいだけです。いっそ柳井先生を寝取ると宣言しちゃった方が潔いくらいです」

「寝取るって……」

「どんな綺麗な言い方したって、結局はそういうことなんだし、道徳や常識で割り切れる恋愛なんて所詮その程度ということです」

「残酷な言い方」

「恋愛が残酷なのは、彩夏さんだってとうの昔に承知しているんでしょう」

尖ってはいるが、端々に熱を持った言葉だった。だから胸に刺さっても、痛みだけではなく熱が伝わる。良識と規範で塗り固められていた壁がゆっくりと融《と》かされていく。

「残酷ついでに言わせてもらえれば、あなたは既に汚れている。だからこの先、汚れ仕事に手を着けたとしても同じですよ」

宣言通りの残酷極まりない言葉。

だが真理はいつでも残酷な一面を持つ。彩夏に涙を流させた恭子も、容赦ない責めで胸を締めつける亜香里も根は一緒だ。二人とも真実しか話さない。結果しか重視しない。

分かっている。二人の発言が正しいのは彩夏自身が承知している。それにも拘わらず抵抗を示しているのは体裁に縋りついているだけだ。

彩夏は敢えて訊くことにした。

「この先の汚れ仕事と言いましたよね。じゃあ、わたしにできる仕事って何なんですか。雑誌記者の真似事はできないとはっきり申しましたよ」

「雑誌記者の真似事はできなくても、初美夫人の真似事はできるんじゃないんですか」

あっと思った。

「わたしも初美夫人の姿はテレビで見ただけですけど、体型は彩夏さんに似ていますよね。もしウィッグを着けて後ろ姿だけ見せられたら、初美夫人に見間違われるんじゃないんですか」

お膳立てさえしてくれれば、密会場面の撮影は自分たちが引き受ける——亜香里はそう約束した。役割分担という観点ではもっともな提案なのだが、言い換えれば彩夏に覚悟を迫っているのも同様だった。

覚悟ならできていた。恭子と亜香里から発破をかけられ、柳井を手に入れるためには手の一つや二つ汚すことなど造作もないと自分に言い聞かせた。

密会の演出に関しても、亜香里が示唆してくれた方法を真剣に検討してみた。姿見で確認すると、確かに自分と初美は後ろ姿が酷似している。暗い場所で背後から撮影すれば、まず見分けはつかないだろう。

目下の問題は、いかにして畑田とそれらしき場面を演出できるかだった。

畑田寛治には離婚歴があった。本人は公にしていないが、原因は本人の女好きだろうというのが政界スズメのもっぱらの噂だ。実際、超党派の集まりで何度か畑田と顔を合わせたことがあるが、あの男は彩夏にも好色そうな視線を投げた。それこそ胸の辺りから爪先まで舐め回すような目だった。

三十路《みそじ》女であっても、男の目を惹きつける程度の容色を備えているのは自覚している。おそらく彩夏の方から接近すれば、苦労せずとも罠《わな》に掛かってくれるだろう。政治家としてはともかく、男としての畑田はそういう風にしか見えなかった。

幸い、議員会館の中には畑田の事務所もある。政策秘書という立場を利用すれば、本人と直接話をするのはさほど困難ではない。

アポイントを取ってから、敵地へ乗り込む。もっとも最初は超党派議連の件でと伝えてあるので、向こうも警戒心を抱かなかったのだろう。

彩夏を事務所に迎え入れた畑田はまず意外そうな顔をした。

「おや。柳井先生はどうされたんですか。靖国参拝の件でアポを取っていたと思ったんだが」

「申し訳ありませんが、違う用件で参りました。しかも柳井本人には内密です」

ほう、と畑田はすぐさま関心を示した。柳井には内密というのが効いたらしい。

「これを知っているのは柳井とわたしを含めてもまだ四人しかおりません」

そう前置きしてから、円山町のラブホテル前で畑田と初美が撮られていた事実を打ち明けた。案の定、畑田は驚愕の表情を浮かべる。

「馬鹿な。わたしと柳井先生の奥さんが？　誰かとの見間違いに決まっている」

畑田の反応は事前に予測できた。不倫の事実を即座に認めるような潔さはこの男にない。だからこそ与《くみ》しやすいはずだった。

「ええ。写真一枚のことですから見間違いというのは大いにあると思います」

「咲田さんも秘書の仕事が長いからご存じでしょう。政界は伏魔殿だ。隙あらば他人の足を引っ張ろうとする有象無象どもが、いつも目を光らせている」

第一、と畑田はこうも付け加えた。

「わたしにも趣味というものがある」

つまり初美は自分好みではないというのか。ラブホテルに連れ込んだ男の台詞とは信じられなかったが、それも畑田の人間性なのだろう。好みでなくてもなびいた女は試食するのがモットーらしい。

相手の厚顔さに呆れながらも、彩夏は用意していた台詞を口にする。

「密会写真は他人の空似かもしれませんけど、見間違えるほどの内容なら必ずそれを悪用しようとする者も出てきます。伏魔殿なら火のないところにでも煙が立ちますから。畑田先生の失脚を狙っている人たちは、何とかしてその写真を入手するか、それ以上の証拠を探し出そうとするでしょうね」

「しかし写真の現物は柳井先生が手元に持っていると言ったじゃないですか」

「ええ。しかし今回の件では、柳井も更なる証拠を探し出そうとしている一人です。何しろ当事者ですから」

それはそうだろう、と畑田は合点顔で頷く。

「自分の女房のことだからな。愛妻家でなくとも知りたくなるだろう」

「写真を手放そうとしません」

「それも当然だ。身内どころか自分の恥だ」

「このままでは証拠もなく、畑田先生がスキャンダルに塗《まみ》れてしまいます」

「……いったい、あなたは何を企んでいるんですか」

「畑田先生と柳井の奥さまの密会が事実なのかどうかは、興味がありません。重要なのはスキャンダルが報じられた際の対処。つまりホテル前の写真以外に証拠は存在するのかしないのか。そしてあるとすれば、誰が押さえているのか」

「そこまで言ったのなら、あなたの目論見を全部教えてください」

畑田は身を乗り出してきた。こちらの誘いに乗ってくるのか、それとも乗ったふりをするのか。いずれにしてもこの男を連れ出さなければ話にならない。

「柳井の奥さまが誰と連れ立っていたかはともかく、そういう関係であったのならホテル内に設置されたビデオに映っているはずです」

「タチの悪いラブホなら室内にも備えられているかも」

こんな時でも好色さを忘れない。ここまで徹すれば逆に大したものだと思う。

「ただ、この件を警察に捜査させる訳にいきませんし、柳井の名前を出すのも憚られるのです」

「なるほど、当事者と目されるわたしが疑いを晴らすという名目なら、ラブホにビデオの開示を迫るのにも正当性がある」

「その通りです。それで、こうして尽力を賜りたいと参った次第です」

「事情は分かりました」

畑田は訳知り顔で頷くと、さも当然のように訊いてきた。

「もちろんあなたも同行しますよね。何しろ柳井先生を護るためですから」

この男とラブホテルの前まで同行したら、そのまま中に連れ込まれそうだと怯えたが、断る訳にはいかない。その気でいてくれた方が、密会写真を撮られても違和感がないだろう。

「ええ、話を持ち掛けたのはこちらですから。でも素性が分かるとまずいのでウィッグくらいは着けさせてもらいます」


畑田との約束は午後八時。夜の帳《とばり》が下りた時刻で、円山町のラブホテル街は暗い輝きに浮かび上がっている。

タクシーに徒歩、手段は様々ながらホテルを訪れるカップルには罪悪感など微塵も見受けられない。まるで遊園地に来た客のように屈託がない。明らかに真っ当な関係とは思えない歳の離れたカップルでさえそうだった。

それに比べ、同衾《どうきん》する気もない自分はひどく後ろめたい気持ちでいる。元より女癖が悪く、不倫をゲームか何かのように考えている畑田には生理的な嫌悪感しかないが、それでも己の目的達成の駒にすることには申し訳なさがある。

後援者の一人が撮ったという件のラブホテルはすぐに分かった。約束したよりも一時間早く来たのはロケーションを再確認するためだ。どの位置からどう撮れば、畑田と初美のカップルに見えるのか。何度もテストをしてようやく撮影位置が決まった次第だ。

彩夏のスマートフォンがＬＩＮＥの着信を告げる。発信元は久津見だった。

『準備オーケー。いつでもどうぞ』

今回、久津見は撮影役を買って出てくれた。ホテルのほぼ正面にあるドラッグストアの客に紛れ込み、こちらをデジタルカメラで狙っている。事前に撮ったショットを見る限り、ウィッグを着けた後ろ姿は初美と見紛《みまが》うばかりだった。

約束の八時まであと五分を切り、彩夏は焦れ始める。畑田は何の疑いもなさそうだったが、ポーカーフェイスが得意な議員も少なくない。事務所では乗り気を見せながら、その実裏をかこうとしていないとも言い切れない。

早く来い。

柳井を待つのとは別の気持ちで待ち続けていると、八時きっかりに畑田が姿を現した。女癖が悪い男は時間に正確なのかもしれない。

「お待たせしました」

畑田の服装はグレイのジャケットとパンツ。闇に溶け込む色だが、顔は隠していないので撮影に支障はない。

「こちらこそご協力いただいて」

「いや、何。しかし咲田さん。ホテル内の監視ビデオに映っていない場合は、使用した部屋に入る局面も考えられる。その辺は覚悟しておいてくださいよ」

この期に及んで、やはり自分を連れ込もうという肚《はら》か。あまりに明け透けなので笑いだしそうになった。

「こちらからお願いしたことですから、元よりそのつもりです」

返事を聞いた途端、畑田は淫靡《いんび》に目を光らせた。

背中を悪寒が走る。とっとと写真を撮ってこんな仕事は終えてしまおう。ちらとドラッグストアを盗み見すれば、久津見がこちらにカメラを向けているのが分かった。

よし、撮影スタート。

「こういう場所に入るのですから、せめてカップルを装いませんか」

こちらから言い出そうとしていたことだが、畑田の方で切り出してくれた。親しそうにしていなければ、ツーショットを写真に収めても訴求力は半減する。

「しょうがないですね」

渋々といった体裁を取りながら、彩夏は突き出された腕に手を回し、ホテルの入口に向かって一歩を踏み出す。

その時だった。

眩い閃光《せんこう》が二人の姿を闇の中に浮かび上がらせた。

最近のデジタルカメラのフラッシュは光量が多いのだと妙なところに感心し、彩夏は慌てた素振りを演じる。

「畑田先生。今のはカメラのフラッシュじゃないでしょうか」

「それっぽかったようですな」

さすがに畑田も警戒心を露《あら》わにした。

「このままわたしたちがホテルに入ったら……」

「分かっている。変に誤解されかねない恰好《かっこう》だ」

「申し訳ありませんが、調査は延期ということで」

「承知した」

その返事を合図に、彩夏は畑田の許から脱兎《だっと》のごとく駆け出した。これでお役御免、来週になれば畑田寛治の新たな醜聞がマスコミを騒がせることになるだろう。

事務所に向かう途中で久津見と合流した。

「よく撮れてますよ」

久津見が見せてくれた画像を確認すると、暗がりの中、畑田の横顔と彩夏の後頭部が鮮明に写っている。知る者が見て初美と見間違っても、これなら責められないだろう。

「早速、匿名でマスコミ各社に送っておきます」

お願いしますと返した刹那、全身を気怠《けだる》い快感が襲った。悪巧みというのは危険で反道徳的だが、それゆえに快楽をもたらすのだと知らされた。

後は熟した果実が自然に落ちてくるのを待てばいい——彩夏はそうとばかり思っていた。

だが、落ちたのは果実ではなく爆弾だった。

「どういうことか説明してくれないか」

その日、事務所で柳井が広げた写真週刊誌にはとんでもない見出しが躍っていた。

『民生党畑田寛治議員、今度の不倫は超党派？　お相手は国民党柳井耕一郎議員の政策秘書！』

思わず週刊誌を取り落としそうになる。個人名を伏せて目線を入れているものの、畑田の隣に写っているのは彩夏の横顔だった。柳井の政策秘書というだけで名前は明記されたも同然、横顔のアップは駄目押しのようなものだ。

写真の構図を考えると二人をほぼ真横から撮影したものであり、明らかに久津見の撮ったものではない。あの場に別の撮影者が待機していたことになる。

それが何者なのかを推理する余裕はなかった。顔から血の気の引く音が聞こえた。

「わたしが不倫を責められる立場でないのは承知しているが、選りにも選って相手が彼とはな」

「これは誤解です」

「誤解させようとしたのはそっちだろう」

柳井の物言いは辛辣だった。

「この記事が出た直後、初美に確認してみた。彼女が畑田と逢引《あいび》きをした事実は一切ないそうだ。この写真を見れば一目瞭然だな。君が女房に変装していたのだから」

「違います。これは」

「何が違う。この写真が何よりの証拠だ」

彩夏に向かって唾でも吐きかけそうな勢いだった。

「政策秘書の立場では物足らなくなって、女房を陥れようとしたのか」

その部分は真実なので返す言葉がない。

「これならまだ女房が不倫相手の方がマシだ。この記事を見た議員たちの嘲笑が聞こえるよ。飼い犬に手を噛まれたばかりか、反目する相手に懐かれてしまったアホ面の男。男を下げるどころか、秘書の管理能力皆無の抜作《ぬけさく》と見られるだろう。大恥掻いた上に信用も人望も失う」

そう言って胸倉を摑み上げた。

「答えろ。女房を陥れようとしたのは畑田の指図か、それとも君の発案か」

まるで路上の糞便《ふんべん》を見るような目だった。

不意に亜香里の声が甦る。

『真実を伝えるためなら、どんな事実を積み重ねたって結果的には間違いじゃない』

まさか、あの言葉が自分に牙を剝いてくるとは。

「長らく政策秘書を担当してくれてご苦労だった」

柳井の声は電子音声のように感情がなかった。

「不愉快になるだけだから弁解は一切聞かん。私物をまとめてさっさと出ていってくれ」

最後通牒がいつまでも耳に残った。


私物をまとめて議員会館を出たが、どこをどう歩いているか意識が定かではない。足が憶えている道を辿っているだけのような気がする。

柳井の弁によれば、初美が畑田と不倫関係を結んだことは一度もないと言う。では、久津見が注進とともに持参した写真はいったい何だったのだろう。後ろ姿が初美にそっくりな別人が相手をしたのだろうか。

いや、もうそんなことはどうでもいい。

彩夏は失業した。秘書をしていた議員が落選したからではなく、自身の不祥事のために辞めさせられた。

議員秘書の力量と才覚は常に議員同士の口コミで喧伝《けんでん》される。口の軽い者と尻の軽い者はどこでも忌み嫌われる。選りにも選って対立政党の議員と情を通じてしまった秘書を、いったいどこの誰が雇ってくれるというのか。

再雇用までの道程はあまりに遠く、失業保険でどこまで生活していけるのかも不安だった。三十四歳、独身。およそ政治の世界しか知らなかった女が、他の世界で生きていけるのだろうか。

後悔と不信、焦燥と狼狽で頭の中が真っ白になる。

もう何も考えられない。

足元がふらつき、そこが歩道なのか車道なのかも判然としない。

次の瞬間、盛大なクラクションが鳴り響き、背後から襲いかかってきたタクシーのバンパーによって彩夏の身体は宙に舞った。

五　柳井耕一郎

1

台座の上で大の字に寝かされ、四肢は縛《いまし》めに遭ってぴくりとも動かない。

ここはどこだ――いや、それよりも目下の問題は縛めを解くことにある。

何度も手足を引っ張ろうとするが、やはり一ミリも動かない。自分が一糸まとわぬ裸であるのに気づくが、それどころではない。

不意に頭上から禍々《まがまが》しい音が迫ってきた。

しゅん、しゅん。

しゅん、しゅん。

心臓が早鐘を打つ。暗がりで天井は見えないが、迫りくるのが大型のギロチンであることは不思議に理解している。

やめてくれ。

ギロチンを止めてくれ、縛めを解いてくれ。

だがいくら叫んでも、誰も助けには来てくれない。そのうち闇の中からギロチンの刃が大きく振れながら現れる。

まず左脚が大腿骨《だいたいこつ》から切断される。痛みはないが絶望がある。

次に右脚。とんでもない出血だろうが、拘束された身では確かめることさえできない。ただ身体中から大量の血が流れ出ている感触は脳に伝わっている。とにかく、これで両脚を失った。たとえ縛めが解けたとしても、もう走って逃げることは叶わない。ギロチンは容赦なく右腕にも迫りくる。必死に身体を捩《よじ》ってみても刃先は正確に腕の付け根を捉え、あっさりと切断する。

感情が摩耗するような恐怖の中、せめて最後の一本は死守しようとするが、全ては徒労に終わる。今度は目の前で左腕が血飛沫《ちしぶき》とともに離れる――

――寸前、柳井耕一郎はベッドから跳ね起きた。

おそらく目覚める直前に大声を上げていたのだろう。現実の心臓もまだ早鐘を打っている。ほどなくして隣の寝室から初美が駆けつけてきた。

「どうしたのよ、こんな夜中に」

「すまん。悪い夢を見たらしい」

「夢なの。それならいいけど。あんまり驚かせないで」

初美は眠そうに目を瞬かせながら自分の寝室に戻っていく。気がつけば柳井の顔は寝汗でべっとりと濡れていた。

洗面所に行き、冷たい水で顔を洗うとようやく人心地がついた。途端に疲労と失意が上半身に伸《の》し掛かってくる。

くそ、何て夢だ。選りにも選って四肢分断とは。

柳井は内心で毒づいたが、悪夢の内容については苦笑せざるを得ない。『夢は現実の投影、現実は夢の投影』とか著名な心理学者が言っていたらしいが、さっきの悪夢はまさしく柳井が置かれている現状を象徴したものだ。

四肢というのは文字通り手足であり、柳井にとっては〈女性の活躍推進協会〉の藤沢優美、〈奨道館〉副館長の伊能典膳、後援会前会長の倉橋兵衛、そして政策秘書の咲田彩夏がそれに当たる。四人とも柳井の重要な協力者であり且つ貴重な資金団体の責任者だった。多大な組織票と資金は三団体が保証してくれたし、選挙戦や政界工作は彩夏のアドバイスなしには通用しなかった。換言すればこの三団体と四人こそが、国会議員柳井耕一郎の基盤だった。

ところが今年六月以降、この四人が相次いで死亡したのだ。藤沢優美は柳井の事務所ほかから一億円を借り受けるとFX投資に使い込み、協会のビルから身を投げた。伊能典膳は銀行から借りたカネを返せず、陸橋から飛び降りたところを直進してきたクルマに撥ね飛ばされた。倉橋兵衛は夫婦の諍《いさか》いから妻に撲殺され、そして秘書の咲田彩夏は野党議員との不倫疑惑が報道されたのをきっかけに退職、その直後交通事故で落命の憂き目に遭っている。

まさに自分の手足となっていた者たちが続けざまに柳井の許から消え失せた訳で、四肢分断の悪夢を見たと洩らそうものなら心理カウンセラーなどは手を叩いて喜ぶに違いない。

連続する四人の死が全て偶然と思えるほど、柳井も馬鹿ではない。四つの事故ないし事件には何者かの意思が働いているとしか思えない。

四人が物故したことで柳井が失ったものは計り知れない。〈女性の活躍推進協会〉は裏の資金団体であり、簿外の政治資金を集めるには格好の組織だった。〈奨道館〉と後援会は黙っていても組織票を固めてくれ、咲田彩夏に至っては自分の分身だったと言ってもいい。だが藤沢優美の自殺で〈女性の活躍推進協会〉は空中分解、副館長伊能典膳の死で〈奨道館〉信者らの組織票は民生党議員に流れることが懸念される。親子二代に亘る後援会も、倉橋の死で急速に求心力を失ったと聞く。そして彩夏がいない今、柳井の事務所は統制が取れなくなっている。

資金源を断たれ、票を失い、そして自律神経を乱されたのだ。

誰かが国会議員柳井耕一郎の失速を狙っているのだろうか。自殺に交通事故、そして配偶者による衝動的な殺人。どの事案にも不審な点は見当たらず、警察が捜査を継続しているという話も聞かない。しかしそれでも尚、柳井は四件の事案から疑念を払拭できない。

疑念があれば調査すべきだし自分ほどの地位ならとも思うが、生憎と警察官僚に知り合いはいない。同僚議員に警察官僚ＯＢがいなくもないが、派閥が違う上、警察が捜査を終了させている事件を掘り返すほど積極的な証拠がある訳でもない。

ただ、放置しておけないことは確かだった。このままでは四肢どころか、肝心の首まで刎《は》ねられかねない。

不意に悪夢の中の恐怖が甦る。

一連の事件は、柳井を国会議員の座から引きずり下ろすための謀略だとばかり思っていた。だが、議員一人の政治生命を失わせるだけのために男女四人を現実に屠《ほふ》るなどということがあり得るだろうか。

まさか柳井本人の生命まで奪うつもりではないのか。

拭いたばかりの額に、また汗が噴き出る。国会議員となって六年、真っ当に仕事をしていれば政敵もできる。党の政策絡みで一部の有権者から憎まれもする。しかし殺意を抱かれるようなことはないはずだった。

いったい誰が何のために——柳井は朝がくるまで、何度もその疑問を反復させた。

翌朝、寝不足のまま議員会館の事務所に赴くと秘書の松根《まつね》が甲高い声を投げて寄越した。

「おはようございますっ、先生」

「ああ……おはよう」

普段でも耳障りな声だが、寝不足の頭には尚更響く。柳井は我知らず顔を顰めていた。

咲田彩夏が辞めた後、政策秘書として新たに雇い入れたのが松根だ。使ってみると確かに資料の分析能力に秀でており、一歩下がって自身を主張しない態度には好感が持てる。

しかしそれだけだ。

松根には、彩夏にあったような慎重さがない。こちらが何を言わずとも事前に準備しておくような用意周到さがない。更に言えば柳井の短所を承知しながら己の裁量でバックアップに回るような繊細さがない。ないものねだりであるのは分かっているが、彩夏が辞めた直後なだけにどうしても比較してしまう。

今にして思えば、彩夏ほど優れた秘書はいなかった。柳井に足りないもの、柳井が欲しいと思うものを柳井以上に心得ていた。最後は畑田との不倫のみならず、その疑惑を初美に被せようとするなど不埒な行いをしたが、公私ともに便利な女であったことに変わりはない。

「お客さまがお待ちですよ」

「陳情か」

「いえ、そうではないようです」

陳情でないなら何なのだ。要領を得ない松根に物足りなさを感じながら執務室へ向かう。彩夏がいた時には、陳情は全て彼女に任せきりだった。彩夏の客あしらいは堂に入ったもので、同じ陳情でも検討すべきものとそうでないものを瞬時に選別していた。それが今はいちいち柳井本人が相手をしなければならない。

執務室には三十代と思しき女性が待っていた。濃いめの化粧が素地を台無しにしている残念な女だった。

「はじめまして。神崎亜香里と申します」

「柳井耕一郎です。神崎さんは何かの団体の代表でいらっしゃいますか」

口に出してから後悔する。早く用件を済ませてしまいたいばかりに、つい単刀直入に訊いてしまう。

「いえ、特に何かの代表ということじゃないんです」

国会議員の自分を前にして砕けた口調の亜香里に興味が湧いた。

「それに陳情に来た訳でもないんです。どちらかって言うと、ご注進みたいなもんですね」

「どこにも属していないあなたが何のご注進ですか」

「失礼しました。正確には今はフリーということで、以前は組織の一員でした」

「組織って何の」

「〈奨道館〉。あたし、館長付きの侍女をしていたんです」

思いがけない告白で、柳井は亜香里をまじまじと見る。館長の稲尾とは一度ならず宴席をともにしたことがある。聖職者には似合わぬ狒々爺《ひひじじい》ぶりが印象的だったが、なるほどあの男ならこういう女を端女に選ぶだろうと妙に合点がいった。

「一身上の都合で〈奨道館〉は脱会しちゃったんですけどね。ご注進はその時に仕入れた情報です」

柳井は亜香里の目を覗き込む。政界の魑魅魍魎《ちみもうりょう》たちと渡り合った甲斐もあり、人を見る目は肥えている。亜香里の目は狡猾さが滲み出ていた。

通常なら胡散臭い話を持ち出した時点でそんな客はお引き取り願うのが筋だが、亜香里の目には特例を容認できる気配がある。

馬には乗ってみよ、人には添うてみよ。一応は話を聞いて、眉唾ものだったら追い返せばいいだけの話だ。

「その情報とやらは誰にとって有益ですか」

「もちろん先生にとってです。でなければ、あたしなんか一生縁のない議員会館にまで来るもんですか」

「わたしだけに有益なんですか」

「もちろん。情報を買ってほしいんです。それでＷＩＮ－ＷＩＮだと思いますけど」

これが狡猾さの内実か。それなら大したことはないと、柳井は鷹揚《おうよう》に構えることにした。

「値段は？」

「今からお話しするのは提供する情報のほんのサワリです。その部分を聞いて柳井さんが判断してください」

「どんな情報ですか」

「最近、公設秘書の一人だった女性が亡くなりましたよね。ニュースで見ました。その件に関してです」

意表を突かれて柳井は動揺したが、何とか表情を変えずに済んだ。

「解せんね。〈奨道館〉の侍女だったあなたが、どうして咲田くんの情報を入手しているんですか」

「繋がっているからですよ。しかもその二つだけじゃなくて」

「……続けてください」

「今、柳井さんの後援会は誰が代表していますか」

「久津見良平という人物です」

「どんな人ですか」

「まだ直接会ったことはありませんが、秘書の話では真面目で信頼の置ける人物と聞いています」

「その久津見さん、以前は〈奨道館〉の侍従官だったんですよ」

「何だって」

「それだけじゃありません。これは当然のこととお考えになるかもしれませんけど、前の後援会長が亡くなられてからは、久津見さんが後援会代表として咲田さんと接触していました」

つまり死んだ四人のうち三人までが久津見と関係があったということになる。一人だけなら偶然と片づけられても、三人となるとそうはいかない。

「なかなか興味深い話だ」

「それならもっと議員の興味を惹く話を。久津見という名前に聞き覚えはありませんでしたか」

「いや……」

改めて記憶をまさぐってみるが、倉橋の後釜という以外に思いつくことはない。柳井の様子を見ていた亜香里はにやにやと余裕の笑みを見せる。

「それなら久津見麻理香という名前はどうですか」

「麻理香……いや、それもちょっと覚えがない」

「久津見麻理香さんは久津見さんの一人娘。〈ウルトラフリー事件〉の被害者の一人と言ったら、思い出しますか」

思わず腰が浮いた。

過去の悪行がこんな場面で飛び出してくるとは予想だにしなかった。忘れていたはずの罪、なかったことにしたい歴史だった。

「〈ウルトラフリー〉についても調べたのですか」

「当時の報道によれば集団強姦罪で実刑判決を受けたのは主犯格を含めた十四名。ただ久津見さんによれば、本来の主犯は別にいたにも拘わらず、何とか法の目を掻《か》い潜《くぐ》ったんだとか」

口の中が乾いてきた。

「まさか、わたしがその主犯だとでも恐喝するつもりですか」

「とんでもない」

亜香里は茶目っ気たっぷりに、ぶんぶんと首を横に振る。

「あたし、そういうキャラじゃないですから。いやしくも国会議員を強請《ゆす》ろうなんて。そんなことしたら後が怖いじゃないですか。ただ情報を買ってほしいだけなんですって」

柳井はもう一度亜香里の目を覗き込む。どうやらこちらの肚を探る気配はなさそうだ。

「ちょっと失礼」

執務室の奥に設えられた簡易金庫。中にはいくばくかの現金が収められている。柳井はその中から帯封がついたままの札束を一つ取り出し、亜香里の目の前に置いた。

「百万。情報料としては妥当な金額だと思いますが」

百万は情報提供料とともに口止め料も含んでいる。〈ウルトラフリー〉の事件は広く世に喧伝されたが、捜査当局の協力もあって柳井の名前は一切漏洩《ろうえい》していない。しかし言い換えれば漏洩していない分だけ、未だに破壊力を持つ不発弾のようなものだ。殊に国会議員の地位を築いた今となっては、その破壊力は十倍にも二十倍にも増加している。いくら十年以上前の事件と言えど実質的な主犯が柳井であり、仲間を売ったことで不起訴処分を得た事実が公表されれば、間違いなく職を追われるだろう。

亜香里はしばらく机の上の札束を睨んでいたが、躊躇はしなかった。心得たように小さく頷くと、札束を無造作に摑んで持参したバッグの中に詰め込む。

その仕草を見て柳井は確信する。この女はカネにはあまり興味がないらしい。その証拠に札を数えようともしなかったではないか。ではカネ以上に、何に関心があるというのか。

「続きを」

「久津見さんは法の網を逃れた真の主犯は柳井さんだと思い込んでいるようです。確かに事件が発覚した際、柳井さんは件の大学の院生でしたから彼の疑念にも一定の信憑性は認められます。ところでもう一度伺いますけど、久津見麻理香という女性に本当に記憶はありませんか」

「在学中の事件だからわたしも憶えている。確か被害女性の数は四百名を超えていたそうですね」

四百人のうちの一人など名前を憶えているはずがない――言外にそう告げると、亜香里もそれ以上は追及しようとしなかった。

「主犯の人物にとっては四百人のうちの一人。でも久津見さんにはただ一人の娘でした。ところが麻理香さんは取材合戦のさ中、ノイローゼ気味になって電車に飛び込んでしまいます」

あっと声が出そうになった。

当時、警視庁に逮捕されたものの、他のメンバーを全て吐くことを条件に不起訴処分を勝ち取った。無論、自分の父親が現職の大臣且つ与党最大派閥に属している事情も不起訴処分の一因だったに違いない。そしてその取り調べの最中、被害女性の一人が自殺したことを刑事から教えられた。

そうか。あの自殺女が久津見の娘だったのか。

「それだけじゃありません。麻理香さんが自殺すると、母親も鬱状態になり、やがて麻理香さんと同じ場所で電車に飛び込んだそうです。それで久津見さんはとうとう一人きりになりました」

亜香里は気の毒そうに言うが、聞いている柳井は正直鬱陶しいと思った。暴行について罪を問われるのは仕方がないが、世を儚《はかな》んで死ぬのは本人の勝手ではないか。ましてや後追い自殺をした母親の分まで恨まれるのは到底間尺に合わない。

「それで久津見さんはわたしを恨んでいるという訳ですか。しかし、彼が〈奨道館〉副館長だった伊能さん、前後援会会長の倉橋さん、秘書だった咲田くんの死に関わっているというのは、少し穿《うが》った話のような気がしますが」

「いいえ、その三人だけじゃなく、〈女性の活躍推進協会〉事務局長だった藤沢優美にも関係しているとしたら？」

「……久津見さんはわたしの協力者から抹殺しにかかっているということですか。しかし警察の捜査では四人はそれぞれ自殺に事故死。倉橋さんだけは殺人ですが、これは奥さんの犯行ということで捜査は終結していると聞いています。どこに久津見さんの介在する余地があるんですか」

すると亜香里は意味ありげに笑ってみせた。

「ここから先は会員さま限定で」

「ふざけないでください」

「本当は調査継続中なんです」

「つまり新たな報告の度、情報を買い取れという要求ですか」

「もう柳井さんも薄々察しがついていると思いますけど、あたしあんまりおカネに興味ないんです」

亜香里は悪びれもせずに言う。

「さっきも言いましたけど、このネタで柳井さんを強請ろうなんて気はさらさらないんです。そんなことしたら、いつ消されることか」

「安い刑事ドラマの見過ぎですよ」

「それでも恐喝される方がする方に殺意を抱くのは当然でしょ。今いただいた百万円で充分。って言うか、今の暮らし向きに満足しているんで、身の丈に合わない贅沢に関心がないんです」

「欲がない」

「身の丈に合わない欲は我が身を滅ぼします」

「至言ですね」

「あ、これはあたしのオリジナルじゃなくて、雇い主の言葉なんです。すみません、うっかりしていて。あたし、現在はここに勤めています」

慌てたように差し出した名刺には〈野々宮プランニングスタジオ社員　神崎亜香里〉とある。

「この野々宮という方が代表ですか」

「ええ。あたしの精神的支柱」

「因みに今回のことを、野々宮さんはご存じなんですか」

「えーっと。それはご想像にお任せします」

語るに落ちるとはこのことだ。独断なら独断と答えればいいだけの話であり、言葉を濁したのは全て野々宮なる人物の指示であることを物語っている。

「そろそろ本音を話してくれてもいいでしょう」

柳井はゆっくりと身を乗り出す。

「情報提供料は百万ぽっきりで充分だと言うが、それだけでここへ来た訳ではないのでしょう。久津見某の陰謀を明らかにすることであなたが他に得することは何ですか。いや、ひょっとしたらあなた以外に得をする者がいるのかな」

「そこにいるじゃありませんか」

亜香里は人差し指を柳井に突きつける。

「藤沢優美さん、伊能典膳副館長、倉橋兵衛さん、それに咲田彩夏さん。みんな柳井さんの協力者だった。咲田さんみたいに雇われていた人もいたけれど、全員が柳井さんのファンだったんじゃありません？　これだってそうです。柳井さんに思う存分政治手腕を発揮してもらいたい。それなのにそれを妨害しようとしている存在がある。だからこうして情報提供した。そう受け取ってくれませんか」

柳井は黙考に入る。目の前に座る亜香里からは、柳井に対する畏敬の念が全くと言っていいほど感じられない。しかし彼女の雇い主である野々宮なる人物が自分の支持者という可能性は否定できない。

いや、否定できないどころではなく、案外それが正解なのかもしれない。亜香里の言ではないが、自分には損得抜きで奉仕したいという人間が大勢いる。野々宮某がその一人であったとしても何の不思議もないではないか。

「さっきは調査継続中と言いましたけど、実はもう大方の見当はついてるんです」

「ほう。お聞きしたいですね」

「まだ証拠と呼べるものはありませんよ」

「しかし見当をつけられるだけの根拠はあるんでしょう」

亜香里は一瞬黙り込むが、それも長続きしなかった。おそらく生来逡巡しない性格なのだろう。

「それじゃあ話半分ということでひとつ」

やがて亜香里が披露した推論は、柳井が抱いていた恐怖を倍加させるものだった。

「まず伊能さんは教団の運営資金の拡充を図るという名目で、教祖の自叙伝を出版する計画をぶち上げたんです。その費用は銀行から借り受けたもので、途中までは上手くいってたんです。教祖の半生から有難い教義を感受し、その言葉から深い悟りを得る内容に仕上がったんです。ところが配布用に大量に刷り上がった書籍は思いっきり教団批判の内容で」

編集段階の責任者だった伊能は、全出家信者を敵に回し、その挙句の果てに陸橋から身を投げたのだが、その直前に信者の影が見え隠れしている。しかもその時期、伊能の間近には侍従官だった久津見がいる。亜香里は、久津見なら校了間際で原稿を差し替えるのが可能だと言う。

「次に倉橋さんですけど、彼が都議会議員選に出馬を決めた際、咲田さんを通じて懇意にされている金融機関から資金を用立ててもらっていますよね」

「ええ。お世話になっている後援会長のたっての頼みとあれば無下に断る訳にもいきませんから」

「でも用立ててもらった分では選挙資金に足りないって、不動産売買に手を出したんです。でもそれが不動産詐欺だったので……」

多額の借金を拵えたのが、女房による発作的な殺人の原因だったという解釈で、しかもその不動産投資を強く勧めたのが、当時倉橋の身近にいた久津見なのだと言う。

「咲田さんの場合はもっと露骨で、柳井さんの奥さんが不倫しているって話をでっち上げようとしたらしいんですけど、そう唆したのがやっぱり久津見さんで……」

「ちょっと待ってください」

怒濤のように押し寄せる可能性に思考がついていけなくなる。

「それぞれの場面に久津見がいて話としてはアリかもしれないが、さすがに盛り過ぎじゃないかね」

「あー、でも結構真相っぽいですよ。何しろ久津見さん本人が自慢たらしく吹聴していることですから」

「何だって」

「言い忘れましたけど久津見さん、今はウチのスタッフなんです」

亜香里が退出した後も、柳井は一人執務室に籠もって考えを巡らせていた。

久津見良平が亜香里の同僚という話には大層驚かされたが、それゆえに亜香里の推論には信憑性がある。同僚になってしまった経緯はこう説明された。

『〈奨道館〉の時、あたし在家信者で勤めも今のままだったんです。副館長があんなことになって教団内部がぎすぎすし出したから脱会したんですけど、その時久津見さんをヘッドハンティングしたんですよ。人当たりいいから営業に向いてるかなあって』

いずれにしても久津見が嘯いたという話に信憑性があるのは認めるにしても、証拠固めは必要だろう。彼の娘が〈ウルトラフリー事件〉の被害者であった云々も確認しておく必要がある。

裏づけ調査は亜香里に任せることにした。本人はカネに興味がないと言い張ったが、それでも新しい情報には換価できる価値がある。幸いにも久津見が同僚なら、四つの事件に彼が関与した証拠も案外簡単に見つかるのではないか。

それにしても業腹なのは奸計《かんけい》を巡らせた久津見という男だ。自ら死を選んだ娘と女房の敵討ちと意気込んだようだが、とばっちりを受けたこちらは大迷惑だ。資金源や票を失っただけではなく、有能な秘書と愛人も同時に失くしてしまった。

この罪は万死に値する。是が非でも己が罪の大きさを久津見に知らしめなければ腹の虫が治まらない。

亜香里の様子を見る限り、野々宮という人物は久津見にいい印象を持っていないようだ。それならしばらくの間、亜香里を通じて久津見の言動を探ったとしても野々宮は邪魔をしないだろう。向こうが四人を罠にかけたのなら、今度はこっちが陥れてやる番だ。

学生の時分、〈ウルトラフリー〉を主宰していた頃は悪知恵と人脈を駆使して自分の帝国を構築した。悪徳だけ除外すれば、その時に培ったノウハウは政治活動に役立っている。だがここへきて、封印したはずの悪徳も行使する機会が到来したようだ。

さて、どんな具合に久津見を陥れてやろうか。

柳井は久しぶりに胸が昏い情熱で滾るのを味わう。それは射精直前の昂りに酷似していた。

2

「いったい、どこに隠れた」

自分以外の捜査員が全て出払った刑事部屋で、麻生は誰に言うともなくそう呟いた。

藤沢優美の事件以後、野々宮恭子の名前は自分の前から消え失せた。いや、消え失せた訳ではなく、単に麻生の目が見逃しているだけなのだろう。あの蒲生美智留の因子を受け継いだ女が平凡な日常を過ごすはずがない。

早く何か仕出かせ。

事件が起きるのを待ちわびるなどおよそ警察官の態度ではないが、野々宮恭子だけは別だ。放置しておけばおくほど社会に害を撒き散らすのはああいう人間だ。

苛ついていると、スマートフォンが着信を告げた。相手は丸の内署の富樫だ。

「麻生です」

『富樫です。ご無沙汰しています』

声の調子で事件絡みと直感した。

『最近、そちらの方で野々宮恭子関連の事件はありますか』

「いや、まだありません」

『実はわたしも気になって、ずっと彼女の動向を窺っていたんですが……一件、気になる事件があるんです』

富樫が告げたのはつい先日、柳井耕一郎議員の政策秘書だった女が、車道をふらついていたところクルマに撥ねられて即死した事件だった。

「その事件なら知ってますよ。確か民生党畑田議員との不倫をすっぱ抜かれて、解雇された直後に轢《ひ》かれたんでしたね。しかし、あれはれっきとした事故と聞いていますが」

『ええ。ドライバーや現場に居合わせた目撃者の証言でも、本人が車道に飛び出してきたということでした。念のために解剖に付されましたが、体内からは特に薬物は検出されなかったので、本人の不注意で事件性はなしと判断されました』

「それなら何の問題もないじゃないですか」

『それだけなら。しかし彼女の持っていたスマホのアドレスには〈野々宮プランニングスタジオ〉なる名前があったんですよ』

思わず端末をきつく握り締めた。

『もちろんアドレスだけじゃなく、通話記録も残っていました。事故に遭う寸前には〈神崎亜香里〉、〈久津見〉という人物とも頻繁に話していた模様です』

「その電話、今も生きてるんですか」

『いえ。念のために電話してみたんですが、いずれも既に使用されていない番号になってました』

藤沢優美の時と同じだ。

『それで藤沢優美と、死んだ秘書咲田彩夏との共通点を探ってみました。いや、探るまでもありません。藤沢優美が事務局長を務めていたNPO法人〈女性の活躍推進協会〉は理事長を柳井耕一郎議員が務めています』

「キーワードは柳井耕一郎か」

『咲田彩夏というのは秘書として非常に有能だったようで、知り合いの政治記者に聞いてみると、不倫報道はどうもガセ臭いって囁かれているんですよ』

「ガセ臭いって」

『とにかく身持ちの堅い女で、独身ならまあ不倫も有り得なくはないけど、選りにも選って対立政党の議員を相手にするほどメチャクチャはしないだろって』

政策秘書ともなれば、不倫相手も限定されるという訳か。

「つまり咲田彩夏も嵌められたんじゃないかと?」

『そう考えた方が、違和感がないって話です。それだけじゃない。柳井耕一郎に関しては別の事件も発生しています』

「まだあるんですか」

途端に恥辱を覚えた。野々宮恭子を追っているはずの自分に、何故関連する事件が見えなかったのか。

こちらの沈黙の意味を察したのか、富樫の声が一段低くなる。

『自分が関連事件を渉猟できたのは、最初に柳井耕一郎という共通のワードがあったからです』

心遣いは有難いが、この手の配慮は逆に屈辱だ。

「続けてください」

『柳井耕一郎の後援会長だった倉橋兵衛という男が妻に撲殺されています』

「それも事件としては片がついているんですよね」

『データベースに残っているのは簡略化された情報だけですからね。供述調書はそちらでお調べになった方が詳細を把握できると思います』

「富樫さん。これはもう完全に他人事なんだが……あなた、自分の仕事はいいのか。知能犯係は暇じゃないはずだ」

『知能犯係だからですよ』

富樫の声は熱を帯びていた。

『麻生さん。わたしは知能犯の担当になって、かれこれ十年以上になります。選挙違反・詐欺・横領・背任とひと通り経験してきました。知能犯というのは頭を使った犯罪だが、目的はカネ。簡単明瞭な犯行態様です。しかしですね、藤沢優美の事件でも倉橋兵衛の事件でも、カネが首謀者の手に渡ったという形跡がない。両方とも詐欺であるのは間違いないのに、金銭的な損失はゼロ。ただ被害に遭った者が結果的に命を落としている。それも自殺あるいは自殺に見紛うかたちで』

声に憤怒が混じる。この憤りは刑事としての怒りなのか、それとも富樫個人のそれなのか。

『麻生さん。これは知能犯の体裁を装った、最悪の犯罪なんですよ。カネには一切目もくれず、ひたすら被害者を追い込んでいく。しかも自分の手を汚すことなく相手を死に至らしめる。長らくこの仕事をやっていますが、これほど非情で悪辣なのは見たことも聞いたこともない』

麻生も同感だった。妙な言い方になるが、いっそカネ目当ての犯行の方がまだ可愛げがある。知恵を絞る唯一の目的が人を絶望に陥れるだけというのは、あまりに非人間的だ。

「野々宮恭子は何を狙っていると思いますか」

『間違いなく柳井耕一郎に関してなんでしょうが、目的はまだ見当もつきません』

「こうしてお知らせいただいたのは、捜査協力の継続と受け取ってよろしいですね」

『無論です。できれば警部の方でお分かりになったことがあればお知らせください』

富樫の申し出を快諾して電話を切ると、すぐに倉橋兵衛の事件記録を取り寄せた。所轄で発生した夫殺し。加害者である女房が出頭してきたのですぐに逮捕となった案件だ。

ほどなくして届いた事件記録に目を通すと、ただの不仲による犯行ではなかったことが分かった。単純な事件の裏に広がっていたのは不動産詐欺の深い闇だ。

不満を抱き続けた団塊世代が都議選に活路を求め、選挙資金を工面する過程で不動産詐欺に遭う。妻は老いぼれた承認欲求を唾棄し、勝手にこしらえた借金の大きさに我を失う。

傍目には滑稽にすら映る事件だが、もしこれが全て仕組まれたことだとしたらどうか。無論、妻が逆上するのを予測できても、殺人に発展するまでは計算不可能だ。しかし多額の借金をした六十男が人生に失望し、生きる意欲を失うことは充分に予想できる。

事件の態様は富樫が仮定した通りだった。首謀者はカネの奪取よりも、倉橋の心を折り胸を抉《えぐ》ることを優先しているように思える。詐欺の手段を倉橋の本業である不動産取引に選んだのが証左の一つだ。本人が熟知した知識を逆手に取って騙す。倉橋にとってこれほど屈辱的な騙され方もなかっただろう。

次に麻生は事件を担当した世田谷署に連絡を入れた。通常、押収された証拠物件は事件終結とともに本来の所有者に返還される。だが倉橋の事件では配偶者が被告人になっている。他に同居親族がいない場合、押収物は宙に浮いていることが多々ある。果たして倉橋の所持品は押収されたまま署の資料室に眠っているという。麻生は取るものも取りあえず世田谷署へ急いだ。

「倉橋夫婦には二人の息子がおるんですがともに長らく実家とは没交渉だったらしく、押収物を引き取ってくれと連絡してはいるんですが、なかなか来よりません」

世田谷署の資料室管理責任者は初対面にも拘わらず、そう愚痴った。

「既に葬儀を終え、遺産どころか多額の借金が残ってるとかで。空の財布や父親のケータイなどには見向きもしていません」

欲深な親族で却って助かった――麻生は心で快哉を叫ぶ。世間一般の孝行息子だったら、故人の遺《のこ》したものは一切合財引き取ったはずだ。そんなことをされたら再捜査がやり辛くなる。

「これですよ」

資料室の棚から下ろされた段ボール箱。ここに倉橋兵衛の遺品が収められている。

「拝見します」

既に終結した事件の押収物件だから指紋を気にする必要はない。しかし触れる前に手袋を嵌める癖は直しようもなかった。

空財布と携帯端末はすぐに見つかった。まず携帯端末を探ると〈野々宮恭子〉と〈久津見〉のアドレスが見つかる。一応、電話番号を書き留めておくが、掛けたところで番号は既に使われていまい。

空財布には小銭と二枚のカードしか収められていない。そのカードの間に一枚の名刺が挟まっていた。

〈野々宮プランニングスタジオ　代表野々宮恭子〉。

予想していたことだが、符合するとやはり腹が冷えた。野々宮恭子は間違いなく倉橋の死に介在している。

不意に既視感に襲われる。刑事畑を何年も渡り歩いてきたはずの自分の肝胆を寒からしめるもの——似たような感覚は蒲生事件で散々味わっていた。自分では手を汚さず、言葉巧みに本人を地獄の底へ誘い出す。その巧みさゆえに教唆とも認定できず、結局は本人の意思による犯罪として成立してしまう。

蒲生事件の生き残り野々宮恭子は、紛うかたなく蒲生美智留の後継者だ。犯罪のスタイルは酷似というよりも引き写しだ。仮に美智留がまだ生存していると言われても、全く違和感がない。

金銭欲でも物欲でも復讐でもない。

ただ愉快だから他人の人生を弄び、そして捨て去る。

背中がうすら寒くなった。空調のせいではない。長く犯罪者を見てきたからこその違和感に、心身が拒否反応を起こしているのだ。

『これは知能犯の体裁を装った、最悪の犯罪なんですよ』

富樫の震え気味の声が脳内に甦った。これに比べれば猟奇的な連続殺人犯も、自分の手を汚す分良心的とさえ思える。

麻生は証拠物件のいくつかを借り受け、警視庁に取って返した。運がよければ財布や携帯端末から別の証拠が出てくるかもしれない。

最初に着手すべきは野々宮恭子、神崎亜香里、久津見良平の潜伏場所を暴くことだ。恭子や亜香里はともかく、新たに現れた久津見は居場所が特定できるかもしれない。

外せないのは国会議員柳井耕一郎との面談だ。恭子たちの狙いが柳井の周辺にあることは確実だ。柳井本人への危害か、それとも柳井の持つ何物かを奪う計略か。いずれにしろ柳井本人から事情を訊かなければならない。

だが柳井の事務所に連絡を取ったところ、松根と名乗る秘書が面会は困難である旨を回答してきた。

『今は会期中でもあり、ＴＰＰ関連の委員会出席を余儀なくされている柳井は五分刻みのスケジュールをこなしています。脅迫なり何なり、明確に柳井との関連があるのならともかく、要領を得ない理由でお取り次ぎするのは甚だ困難です』

木で鼻をくくるような回答に業を煮やしたが、確かに手元にある材料だけで柳井への悪意を示唆することはできない。

切歯扼腕《せっしやくわん》とはこのことだ。麻生は歯嚙みしたが、一方で柳井の事務所の対応にも疑問を抱いた。柳井を巡る関係者が次々と消えているのは先方も承知しているはずだ。仮に明確な理由がなくても、警察の申し出を受けるのが普通ではないか。それを門前払いよろしく拒絶するからには、先方に拒絶する別の理由があるのではないのか。

少しでもセンサーに反応する人間は調べ上げる——それが麻生を捜査一課の班長た

らしめる資質の一つだった。麻生の興味は柳井耕一郎の過去に向けられていく。

3

いかに個人情報保護が叫ばれる昨今であっても、議員の後援会に名を連ねている人間ならば住まいと連絡先くらいは容易に入手できる。

彩夏という女はよくよく気がつく秘書で、後援会名簿を事務所内に保管していた。お蔭で久津見の連絡先は即座に判明した。自宅はマンションの一室、連絡先は本人の携帯電話。そして勤め先は〈野々宮プランニングスタジオ〉。

柳井は名簿に記載されたデータを眺めてほくそ笑む。亜香里の話を信じれば既に四人もの人間の死に久津見が絡んでいる。しかしそれらは自殺や事故死で処理され、久津見が当局に追及される可能性はゼロに等しい。一種の完全犯罪だ。柳井の地位と立場で警察にタレ込んでも本腰を入れた再捜査など望むべくもない。

それなら自衛するしかない。国会議員柳井耕一郎を陥れようと画策したのだ。久津見も相応の覚悟をもって挑んでいるに違いない。折角だから、その覚悟のほどを見せてもらおうではないか。娘と妻の仇というのなら、久津見も柳井をおめおめと生かしておこうとは思っていまい。それなら返り討ちにしてやるまでだ。

いつにもまして会期中は時間的な余裕がないが、それでも柳井は時間を工面して実家に戻ってきた。

「どうした風の吹き回しかい」

実家に独り住まいの美也子《みやこ》は、息子の突然の帰宅に驚いていた。

「農林部会になってからは正月くらいしか顔を見せられないんじゃなかったのかい」

亡夫が政治家であったためか、美也子は息子があまり実家に戻らないことに文句を言うことはない。却って会期中に顔を出すのが不思議という表情をしている。

「こっちに残した資料があってさ」

言い訳がましく説明しても、美也子はまだ納得していない。

そろそろ七十に手が届くというのに、美也子の勘のよさは一向に衰えない。殊に息子が悪巧みをしている時に限って、鼻が利く。

「もう責任のある身分になったんだから、軽率な行動はおやめなさいよ」

「そんなんじゃないったら」

国民党農林部会の副会長を務める男が、母親には未だガキ扱いされている。有権者や支援者がこの様を見たら、いったいどう思うことか。

柳井は階段を上り、大学生の頃まで使っていた自室に入る。入学前はマンションを借りて独り住まいするのが希望だったが、「息子を一人にしておくと不安でならない」という美也子の意見が通って、自宅からの通学となった。当初は高校の延長のようで嫌でならなかったが、後に〈ウルトラフリー〉を主宰する段になって役立った。大臣経験者の現職議員の許に住まう学生だったから、サークルを陰で支配することとなり、当局が捜査に乗り出してもいち早く柳井本人が捜査協力を申し出たので家宅捜索までには至らなかったのだ。もし捜査当局の手が実家にまで及んでいたら、間違いなく余罪に問われていたに違いない。

ドアには内側から鍵を掛け、音を殺しながら机を前にずらす。現れた壁には、柳井しか知らない秘密の扉がある。縦十五センチ横二十センチ。高校の時分に悪戯心でこしらえたものだが、元々手先が器用だったので巧妙な隠し金庫になっている。普段は机に遮られているので、まず気がつく者はいない。

扉を開けて取り出したのは油紙に包まれた塊だ。そっと開くと、中から拳銃が現れた。

サークル活動の末期、柳井の耳には被害女性のみならず、その家族や知人からの怨《えん》嗟《さ》も届いていた。中にはヤクザに報復を依頼したなどという噂まで伝わってきた。そこでよからぬ伝手を頼って入手したのが、この拳銃だった。

女の騙し方には詳しくても拳銃については素人だ。議員の息子でも使えるカネには限界がある。入手したのはトカレフなる旧ソビエトの軍用拳銃で、共産圏で大量に複製が作られたらしい。特に中国製トカレフは密輸入で多くが暴力団に流れたのだが、安価ゆえに粗製だった。柳井が学生の分際で入手できたのも偏にその安さにある。

オリジナルのトカレフは安全装置すら省略された徹底的な実用志向だったらしい。単純構造ゆえに大量生産が可能で、且つ耐久性と弾丸の貫通性に優れている。ただし安価な中国製の信頼度は低く、中には暴発するものまであると言う。そこで柳井がサークルの部下に試射させてみたところ、弾丸は無事に発射された。

柳井は怖々拳銃を摘《つま》み上げる。油紙にしっかり包んでいたお蔭で表面に錆《さび》つきは見当たらない。隠し金庫に仕舞い込んでから数年、今も使用可能かどうか確認する必要はあるものの、概《おおむ》ね柳井は満足だった。

例のサークル活動に端を発した恨み辛みで自分をつけ狙う者は、やはり同じ絡みで入手した拳銃で相手をしてやるのが筋というものだろう。

神崎亜香里から教えられた住所は新宿三丁目の裏通りだった。築年数二十年ほどの雑居ビル。その六階に〈野々宮プランニングスタジオ〉が入っている。

普段ならどこにでも影のように付き従う松根も、今日はいない。秘書にも内密にしなければならない依頼だから当然なのだが、久しく単独で他所を訪問することがなかったので若干の心細さは否めない。

オフィスには三人が柳井の到着を待っていた。一人は亜香里、もう一人の女性が話に聞く野々宮恭子だろう。

恭子の第一印象は亜香里の話から受けたものとほぼ変わりない。年齢は柳井と同じくらい。艶然と微笑む様は女実業家というよりも、信頼の置けるカウンセラーといったところか。男好きのする風貌で、同衾すればさぞかし抱き心地がよさそうだと、柳井はあらぬことを想像してしまう。

もう一人は五十代と思しき男で、ひどく硬い表情で柳井を見ている。十中八九、彼が久津見だろう。表情が硬いのは、柳井に対する憎悪を必死に隠そうとしているからに違いない。中肉中背、表向きは真面目だけが取り柄の、どこにでもいるくたびれたサラリーマンのような男だった。

「初めまして。倉橋さん亡き後、先生の後援会代表を務めさせていただいている久津見と申します」

「こちらこそ初めまして。亜香里さんからあなたのことを伺った時には何という奇遇かと驚いた次第です。正式なご挨拶もできず終《じま》いで大変失礼しました」

「いえ。倉橋さんがあんなかたちで亡くなってしまったので、何もかもが急でして……」

こんな男に怯えさせられたのかと思うと、自分に腹が立ってくる。今すぐ久津見の顔に唾を吐きかけてやりたい衝動に駆られたが、すんでのところで押し留める。久津見の顔を観察したが、やはり彼の面立ちから被害女性を特定するのは無理だった。何しろ手に掛けた女が多過ぎるのだ。

感情を表に出すまいとしているのだろうが、目は柳井を捉えて離さない。娘を慰みものにした挙句自死に追いやった男を、どんな気持ちで前にしているのか。

柳井を殴りたいとでも思っているのだろう。いや、殴るだけでは飽き足らず、あの窓から外へ放り出したいとでも考えているのか。

久津見を見ていると、柳井は足元から快感が立ち上ってくるのを堪えられなかった。どれだけお前が憎んでいても、国会議員に手を出すことはできまい。それ以前に事件は既に終結しており、柳井は起訴もされなかった。残る手段は非合法の仇討ちで、だからこそこんな回りくどい復讐を思いついたのだろうが、今からゆっくりと粉砕してやろう。所詮、かよわき者、社会の底辺に住まう者は権力者に抗う術などないことを思い知らせてやる。

先に切り出したのは恭子だった。

「〈野々宮プランニングスタジオ〉代表の野々宮恭子と申します。本日はご足労いただき有難うございます、柳井先生」

「いや、わたしは依頼する立場です。その先生というのはやめてください」

いったん遜《へりくだ》っておくのは、柳井が身に付けた数少ない処世術の一つだ。人は第一印象で値踏みをする。最初に好人物を演出しておけば、後の話も円滑に進む。柳井の処世術は政界で培われたものが多いが、殊に政治の世界では居並ぶ先輩議員を前にしたらまず謙虚を装うことが延命に繋がる。それがいつしか習い性となったが、一般人に対しても有効なので改めるつもりはない。

柳井の申し出を好意的に受け止めたらしく、恭子はこちらの心拍数が上がりそうな笑みを浮かべる。

「テレビで拝見する以上に魅力的な方ですね。議員に一票を投じられる地区の方が羨ましくなりました」

「そんな。わたしなんてまだまだですよ」

「ご謙遜ですこと」

「いえいえ。六年生議員なんて政治の世界では洟《はな》ったれみたいなものでしてね。日夜勉強また勉強ですよ」

「確かに凡人には務まりそうもないお仕事ですからね」

「それは言えますね。魑魅魍魎と言いますか地獄の牛頭馬頭《ごずめず》と言いますか、およそ人間離れした方々が権勢を振るっておられますから。わたしのような凡人は人の五倍も十倍も研鑽《けんさん》しなければ、到底ついていけません」

喋っていて自分でもむず痒《がゆ》くなるが、政界の上辺に棲《す》む長老議員たちが妖怪じみているというのは本音だ。かつては自分の父親もその一人に数えられていたのを考えると、妙な気分に襲われる。

思えば父親の幸之助は頭の天辺から爪先まで国会議員のような男だった。物心つく頃から家で姿を見掛けることはなく、父親らしい言葉を掛けてもらった記憶もない。〈ウルトラフリー〉の事件が発覚した際も、柳井の将来よりは我が身の保身のために、検察との取引を進めたきらいがある。法の追及を逃れたとは言え、脛《すね》に傷持つ柳井を放逐せず自分の私設秘書として匿《かくま》っていたのも、やはり父親としての愛情からではなく国会議員としてのリスク回避だったのだろうと最近は考え始めている。

果たして柳井耕一郎は議員として父親に追いつき追い越すことができるのか——今回の事態をどう粉砕してしまえるかが、その試金石になるような気がする。

「それで、わたしにご依頼の件とは何なのでしょうか」

「こちらは生活アドバイザーのお仕事をされていると亜香里さんから聞きました。また生活一般のみならず、資金集めや選挙対策といった依頼にも応じていらっしゃるとか」

「そうですね。専門に特化するよりは汎用性を持たせた方が、依頼が多くなりますので」

「失礼な言い方になりますが、中にはずいぶん危険な依頼もあるのではありませんか」

「法に触れる、という意味ですか」

「野々宮さんが遵法精神の持ち主であっても、依頼人や依頼内容がそうであるとは限らないでしょう」

するとと亜香里が口を出した。

「確かに危なっかしい依頼もありますけど、法に抵触せずクライアントを満足させるのが仕事だと思っています」

「わたしの依頼を受けていただけるかは微妙なところですね」

「話していただかないと恭子さんも判断できませんよ」

柳井の目論見を達成させるには、どうしても恭子に依頼を受けてもらわなければならない。そのための潤滑油になってくれるよう亜香里に根回ししておいたのだが、彼女は律義に遂行してくれているようだ。

「では恥を忍んで言いますが、実は拳銃を処分してほしいのです」

居並ぶ三人は、さすがに意外そうな反応を示す。

「拳銃を入手するのではなく、処分ですか。しかし処分するだけなら警察に届ければいいのではありませんか」

「警察に処分を任せたら、必ず由来を訊かれます。それが困るんですよ」

今まで来客用のソファに深く腰を沈めていた柳井は、少しだけ身を乗り出した。相手の関心を高める方法として先輩議員から伝授してもらった小芝居だが、意外に効果的なので一般人相手にも試すようにしている。

「わたしの父親が、やはり国会議員であったのはご存じでしょうか」

「もちろんですとも。わたしたち庶民の間でも人気の高かった方ですから」

「処分してほしい拳銃というのは父親柳井幸之助の持ち物なんです」

「亡くなった方の遺品なら、尚更処分しやすいのではありませんか」

「一般の方ならそうでしょうけど、功成り名遂げた人間には死んだ後まで評価がついて回りますから。棺の蓋をしてからもあれこれ言われるのだから、本人にしてみれば堪ったものじゃありません」

「事情をお聞かせください」

「柳井幸之助は三度も大臣を経験しているだけあって、国民党の中にあって主流派の中心を担っていました。当時の国民党というのは今にも増して右がかっていましてね。憲法改正に教育勅語の復活やら、左翼勢力には煙たい存在だった訳です。中でも極左の連中からは毎日のように脅迫文が届く有様で、自宅もそうそう気の休まる場所じゃありませんでした」

これは実話だった。まだ柳井は学生だったが、週に何回かは怪文書が投函《とうかん》され、郵便物をチェックしていた秘書はその度に警察を呼んでいた。もっとも当の幸之助は一向に動じる風もなく、子供の悪戯程度にしか扱っていなかったのだが。

そして、ここからが久津見を巻き込むための創作になる。

「何度か家の壁やドアに銃弾を撃ち込まれたこともあります」

「襲撃事件じゃないですか」

「ええ、れっきとした。しかしテロには屈するなというのが父親のモットーで、襲撃事件を公にすることで極左集団を増長させてはならないと警察関係者に箝口令《かんこうれい》を敷いたのです。そして左翼運動について意見を求められれば、彼らこそが亡国の徒と罵倒してやまなかった。国民党を支持していた層には、さぞかし痛快な光景だったのでしょうが、実際は始終生命の危険に脅かされて、父親も気が気じゃなかった。それで非合法な銃を護身用として入手したんです。国民に向けては堂々としていた政治家が、実は密かに自衛手段をしかも不法に準備していた訳です」

そう説明されると、目の前の三人は合点がいった様子だった。

「豪胆で裏表のないのが柳井幸之助の身上でしたから、自衛目的とはいえ密かに入手した拳銃は、本人の汚点にしかなりません。今は昔と違い、有名人の名誉を地に落としたいという有象無象がそこいら中で目を光らせています。その拳銃を軽々しく処分できないのはそういう理由です」

「政治家柳井幸之助さんの名誉を護りたいという訳ですね」

「これは国会議員としてではなく、幸之助の遺族としての依頼です」

「そういう事情でしたらお断りすることはできませんね」

商談成立。柳井は内心で舌を出す。

「最初に報酬をお決めください。非合法なものを処分していただくのですから、それなりの用意はあります」

そうですね、と言ってから恭子は亜香里に振り向く。何やら小声で相談を済ませて、またこちらに向き直る。

「では三十万円で如何《いかが》でしょう。拳銃の処分代としては割高でしょうけど、ここにいる三人の口止め料込みの金額とお考えいただければ適正価格と思います」

「結構です。拳銃はわたしの事務所に保管していますが、できればご足労いただけませんか。そうだな、女性には危険な仕事なので久津見さんにお願いしたいのですが。先の政策秘書だった咲田さんの話では、一度ならず事務所に来られたそうなので」

久津見は恭子と顔を見合わせて無言の承諾を得た後、一度だけ頷いてみせた。

そしておずおずと訊いてきた。

「あの……セキュリティに関してはどうですか。何度か議員会館に伺った際には、その都度ボディチェックを受けました。先生から拳銃をお預かりしたはいいが、外部に持ち出せないならどうしようもありません」

指摘されてやっと思い出した。

柳井のような議員や秘書は記章を身に着けているので、いちいち持ち物を調べられることがない。拳銃を事務所に保管しているというのは本当だが、実家から事務所へ易々と移せたのも柳井ならではの特権があったからだ。

だが久津見は後援会の人間というだけで、ただの一般人だ。セキュリティを掻い潜ることは不可能だ。

さあ、どうする――柳井は困惑する。元より久津見を事務所に呼び寄せるために拵えた偽の依頼だが、実現性がなければ計画自体が成立しなくなる。

思案していると、恭子の方から助け舟を出してくれた。

「セキュリティ突破に関しては、こちらの方で対策を講じましょう。立案込みの報酬と考えていますから」

「それは有難い。では早い方がいいでしょう。明日の午後七時、事務所においでください。お待ちしております」

依頼が終われば長居は無用だ。柳井は一同に軽く一礼して席を立つ。

だが事務所のドアを開けようとした寸前、亜香里に追いつかれた。

「エレベーターまでお送りしてこいと言われました」

妙なことを言うと思った。事務所を出れば、エレベーターの乗り場は目の前だ。わざわざ見送られる必要はない。

きっと自分は怪訝そうな顔をしていたのだろう。こちらの違和感を見透かしたように、亜香里は耳打ちをしてきた。

「恭子さんからの伝言です。久津見さんが外出したら連絡するので、もう一度来てほしいって」

「どうしてそんなことを」

「恭子さんのことだから、きっと柳井さんの計画を読んでしまったんだと思います」

柳井はぎょっとして事務所のドアを見つめた。

ドアの向こう側で恭子が笑っているような気がした。

4

翌日の午後六時五十分、久津見は約束通り議員会館の前に到着した。

柳井耕一郎の後援会に入ってからここに足を踏み入れるのは、もう何回目だろう。一般人であった自分がこうも足繁《あししげ》く議員会館に出入りできるようになったのも、偏に倉橋と懇意になれたお蔭だ。承認欲求が加齢臭を撒き散らしているような薄っぺらな男だったが、それだけは感謝しない訳にいかない。

寒くもないのに身体がぶるりと震えた。これが武者震いというものか。恐怖や躊躇《ためら》いは欠片もなく、ただ昂揚がある。

昨日、事務所に柳井を迎えた際も同じだった。憎悪や怨嗟より、ようやく仇敵に相《あい》見《まみ》えたという喜びが先にあった。テレビやネットの画像で何度となく目に焼きつけていた顔を真正面に捉え、動悸《どうき》を押し隠すのにどれだけ自制心を必要としたことか。ひょっとしたら柳井には顔が強張《こわば》って見えたのかもしれない。

まあ、いい。とにかく敵がこうして自分を待っていてくれる。有難く招待に応じよう。

久津見は正門を潜り、受付ロビーで面会証を提示する。ここで金属探知機による所持品検査と簡単なボディチェックを受ける。

「お通りください」

セキュリティチェックさえ通過してしまえば、後は目的の事務所を目指すだけだ。考えてみれば、セキュリティが厳重なのは受付だけで館内はほぼ自由行動だ。リスク回避としては大いに問題があるが、いずれにしても久津見の知ったことではない。

各事務所にはインターフォンもなく、ただドアをノックするだけだ。事務所の前に立ち、ドアを二回叩くとすぐに柳井が顔を覗かせた。

「やあ、お待ちしていました」

柳井自ら出迎えにくるのは、秘書や職員が出払っているからだろう。事実、事務所の中は柳井一人きりだった。

「先生お一人のようですね」

「当然でしょう」

早速執務室に通され、ソファに座らされる。柳井は部屋の奥に設えられた金庫を開けると、中から拳銃を取り出してテーブルの上に置いた。

油でも塗っているのか銃身が黒光りしている。見るからにずしりとしており、触れたい欲望と触れたくない拒否反応が同時に起こる。

「ずいぶんと大振りなんですね、本物は」

「元は旧ソ連製の銃ですからね。大柄なソ連兵の体格に合わせてあるんですよ。持って重さを確かめてみてください」

柳井の言葉に従って銃把を摘み上げてみると確かに重い。

「ひょっとして実弾とか装塡されているんですか」

「当然じゃないですか。いつ暴漢に襲われるか分からないんですから」

「危険じゃないですか」

「いつでも発射できる状態にしていない方が、ずっと危険だと思いますけどね。八発装塡できますが、とりあえず半分の四発入ってます」

「確認してもいいですか」

「どうぞお好きに」

安全装置もついていないので慎重に弾倉を抜く。柳井の言葉通り、中には四発の銃弾が装塡されていた。

「トカレフというのは、よくヤクザ同士の抗争で使われるそうですね」

「中国製は安価で、大量に仕入れができるからでしょう」

「では、確かにお預かりします」

久津見が弾倉を装着するのを、柳井は身じろぎもせずに観察していた。

「どうですか、久津見さん。拳銃を持つと撃ちたくなりませんか」

柳井はにやにやと笑っている。

「やはり男には狩猟本能があるようで、その気がなくてもいったん拳銃を握ると、何かを撃ちたくなる」

「物騒な話ですね」

「特にわたしを前にしたら、むらむらとそんな気が起きるんじゃありませんか。何しろ娘さんの仇ですからね」

柳井の声に嘲笑が混じる。

「……何のお話ですか」

「今更とぼけようっていうんですか。わたしが学生時代に〈ウルトラフリー〉を主宰していたのはご存じなんでしょう。だからこそあなたは信じてもいない〈奨道館〉に入信し、応援したくもないわたしの後援会に潜り込んだ。それもこれも、わたしと対峙する機会が欲しかったからです。違いますか」

本人が語ってくれたのなら、問い詰める手間が省ける。久津見は従順な羊の仮面を外すことにした。

「自分から口にしたということは、謝罪する気持ちがあるのか」

「謝罪？　おかしなことを言うな。強姦は親告罪だろう。あんたの娘は親告してやしないだろう。だったら強姦罪も成立していない。成立していない罪で、どうして謝罪しなきゃならん」

柳井も実直な国会議員の仮面を脱ぎ捨てた。

「強姦されただけじゃない。娘は死んだ」

「自分で勝手に死んだだけじゃないか」

「原因がなければ死ぬこともなかった。娘を殺したのはお前だ」

「くどいな、あんたは。直接の犯人は電車だろうが。だったら電車を破壊しろ。ま、それができるくらいだったら、執念深くわたしなんかを狙わないか」

「それが分かった上で、拳銃をわたしの目の前に置くのか。しかも実弾入りで」

「あんたに人は殺せない。殺す気なら娘が電車に飛び込んだ時に殺せたはずだ」

「あの時、お前は父親と検察の陰に隠れていた」

「ああ、そう言えばそうか。でも同じことだ。わたしに面会に来たのがあんた一人なのは、受付の記録に残っている。首尾よくわたしを撃ち殺せたとしても、すぐに警察はあんたを捕まえる。まだまだ先の長い人生なのに棒に振るつもりか。少しは娘みたく命を大切にしろ」

「何だと」

「相手した人数が多過ぎて、あんたの娘がどんな女でアレの具合も憶えちゃいないが、とりあえずヤってる最中に舌を嚙み切ろうとした女はいなかった。中には病みつきになってサークルに入り浸ってた女もいた。案外、あんたの娘もそのクチじゃなかったのかな」

「やめろ」

柳井の挑発はあからさまだった。久津見の反応を窺いながら、にやにや笑いを止めようとしない。獲物が逃げ道を求めて遁走《とんそう》しているのを弄ぶ捕食動物のようだった。

「電車に飛び込んだ原因だって本人に訊かなきゃ分かるものか。新しい彼氏に振られたのを苦にしたかもしれないじゃないか。それとも、キズモノにされたっていうのに何の手も差し伸べてくれなかった父親への当てつけだったのかもな」

挑発と承知していても我慢の限界だった。

久津見は目の前のトカレフに手を伸ばした。同時に柳井は腰を浮かせる。

シングルアクション。重いスライドを引くと銃弾の装塡される手応えがあった。

「ポーズだけは堂に入っている。撃つ気満々に見えるな」

銃口を向けられても柳井は顔色一つ変えない。それどころか、ますます相手を煽るように嘲笑を浮かべてみせる。

「だけどあんたに引き金は引けない。娘が死んだ時も、女房が後追い自殺した時も指を咥《くわ》えて見ていただけのあんたには、そうやって銃を構えるのがやっとのはずだ」

柳井は立ったまま、こちらとの間合いを計っている様子だった。

「あんたに引き金は引けない。絶対に」

「黙れ」

「喋っている人間相手には撃つこともできないのか」

狙いを定め、引き金を引き絞る。柳井には至近距離で細部が見えているはずなのだが、彼の顔に怯えはない。ただ久津見の怨念と決意を冷笑しているだけだ。

ケリをつけてやる。

「それで裏をかいたつもりか、柳井。だからお前さんはいつまで経っても父親を超えられない」

そのひと言が柳井の余裕に楔《くさび》を打ち込んだ。

柳井は顔色を変えて前傾姿勢を取る。

今だ。

久津見は柳井に突進し、その口に銃口を嚙ませた。

驚愕に柳井の顔が歪《ゆが》む。

引き金を引く。

次の瞬間、鈍い音とともに柳井の頭部が炸裂《さくれつ》した。

柳井の口の中が消音器の役目を果たし、銃声はくぐもった音にしかならない。だが代わりに口蓋と鼻が吹き飛び、両方の眼球がだらりと露出した。

壁といわずオフィス家具といわず、辺り一面は血飛沫と柳井の肉片で斑模様《まだらもよう》となった。

ずるずると柳井の身体が崩れ落ちるのと、久津見の右手が激痛に襲われるのが同時だった。

音を立ててトカレフが床に落ちる。銃身が破砕し変形しているのは、暴発したからだ。口中でまともに暴発を受けた柳井は、頭半分を吹き飛ばされるしかなかった。

そしてトカレフを握っていた久津見の右手もまた吹き飛ばされていた。久津見は上着を脱ぎ、何本か指の千切れた手に巻きつけるしかない。

柳井の差し出すトカレフが暴発するのは織り込み済みだった。元より暴発しやすいと言われる中国製トカレフの銃身に亀裂を走らせるのは簡単だ。銃口に詰め物をしても充分な効果が期待できる。そうした細工を施した上で相手の目の前に置いておく。相手が激情に駆られ、引き金を引いた瞬間に本人へ危害が及ぶという寸法だ。

そこで久津見は裏の裏をかいた。暴発する仕掛けであるのを承知の上で、我が手と引き換えに柳井の肉体を粉砕する方法を採った。隙さえあれば脇腹でも股間でもよかった。今のはたまたま相手の口が開いていたから銃口を突っ込んだまでだ。

床に倒れた柳井の頭部からは、まだ血が噴き出し続けている。時折ひゅるひゅると聞こえるのは喉から空気が漏れる音だろうか。いかに柳井の生命力が強靱《きょうじん》であったとしても頭部の半分近くを失って生存できるはずもない。

死体を見下ろしていると、突然恐怖と達成感に襲われた。

とうとうやった。

娘と妻の仇を取った。

何か止血するものはないかと事務所の奥に駆け込んだ。薬品の類いは発見できなかったが、鏡に映る自分の顔を見て驚いた。柳井の返り血なのか自分のものなのか、大量の血を浴びて地肌の見える部分の方が少ない。慌てて水で洗い流し、右手の痛みに耐えながら事務所を出た。

片手を上着ですっぽりと包んでいる以外に不審な点はないはずだ。久津見は全身から脂汗を垂らしながら受付を通過したが、運よく警備員に気取られることはなかった。

議員会館を出た途端、声を掛けられた。

「久津見さん」

声のする方向に振り向けば、クルマの運転席から亜香里が顔を出している。

助かった。久津見は命からがら助手席に滑り込む。

「久津見さん、その手……」

「想定内だ。大した怪我《けが》じゃない」

「病院へ」

「そうしている間にも警察が動き出す」

「柳井さんは……」

「顔が半分なくなったよ。あの世で被害者たちに会っても、合わす顔に困るだろうな」

久津見は乾いた笑いを洩らす。亜香里は何も返さなかった。

「亜香里さん。あなたには感謝している。暴発銃の計略を事前に教えてくれなかったら、わたしが死んでいた。いや、死ななかったにしても重傷を負い、その上暴漢の汚名まで着せられていただろう」

「わたしは……恭子さんの暴走を止めたい一心で」

今度は久津見が黙り込む。

亜香里から内密の話があると呼び出されたのは、柳井が恭子の事務所を去った直後だった。不安に震え続ける亜香里から聞いた内容は、久津見の横っ面を張り倒すに充分なものだった。

久津見の素性に気づいた柳井が相談を持ち掛け、恭子が銃を暴発させる計画を提案したというのだ。

何故、恭子がそんな提案をするのか。久津見は今まで恭子の企みに協力してきた仲間だったではないか。

『恭子さんは、普通じゃないんです。一般の常識とか感覚なんか通用しない。ただ、あの人は自分が手を下さずに他人が堕《お》ちたり殺されたりするのを眺めていたいだけなんです』

まさかと思ったが、日頃の恭子の言動を見聞きしていると否定できなくなった。

世に享楽殺人者という人種が存在するように、恭子という女は享楽計画者ともいうべき人間だった。特段の動機も対象に向ける憎悪もないのに平気で他人の生活と生命を食い潰し、目的を達成すると子供が新しい玩具を求めるように別の獲物を渉猟し始める。

いつだったか恭子をイナゴの大群に擬《なぞら》えたことがあった。イナゴの大群が穀倉地帯を襲撃するのは生存本能によるものだが、恭子が犠牲者を食い潰すのも、やはり生存本能によるものなのかもしれない。

あの女は他人を不幸にしないと生きていけないのだ。

そして亜香里は更に驚くべきことを告白した。

『恭子さん、本当は野々宮恭子じゃないんです。本当は蒲生美智留という女性なんです』

久津見はしばらく開いた口が塞がらなかった。

『ややこしい話なんですけど以前の裁判で、逮捕されていたのが犯人の蒲生美智留そっくりに整形していた野々宮恭子であるのが判明し、検察は公判が維持できませんでした。でも法廷に立っていたのは、やっぱり蒲生美智留本人だったんです』

つまり自分自身を装い、警察と検察そして世間を二重に騙していたことになる。手の込んだやり方だから、関係者全員がまんまといっぱい食わされたかたちだ。

『あたしもそれに気づいたのはつい最近で……そしたら急に恭子さん、いや、美智留さんが怖くなって』

当然だろう。今までただ頭脳明晰で他人の人生を食い潰すことが趣味と思われていた雇い主が、実は過去に殺人の実行犯として逮捕されていたのだ。近くにいて怖くならない方がどうかしている。

右手の激痛は一向に衰えない。久津見は上着の袖を使って止血したが、既に相当な量の血が流れ出して意識も朦朧とし始めている。

「彼女は今、どこにいる」

「この時間なら、間違いなく事務所にいます」

「悪いが連れていってくれないか」

「病院、行かなくていいんですか」

「まだ、やることが残っている」

亜香里は普段見せないような怯え顔でいる。考えてみれば亜香里も蒲生美智留の魔力に魅入られた犠牲者なのかもしれない。彼女の残酷なまでに巧緻《こうち》な頭脳と包み込むような美貌に搦《から》め捕られ、己の判断力を麻痺させられていたのだ。

意識が混濁する中で、不意に一条の光が差す。

ついさっき自分は人一人を殺《あや》めた。娘と妻の仇だった憎き仇敵だが、それでも殺人には違いない。いずれ自分は司直の手に委ねられて法の裁きを受ける。

だが一方、蒲生美智留は何の罪に問われることもない。結果的には五人もの男女を死に追いやったにも拘わらず、あの女を法廷に立たせる法律は存在しない。いくつかの詐欺容疑はあるものの、蒲生美智留なら他人に罪を被せて自分だけは法の網の目を掻い潜ることだろう。

そしてまた新たな獲物を見つけ、その人生を奪っていく。現代社会に棲息《せいそく》する、女のかたちをしたイナゴの大群。

亜香里は蒲生美智留の暴走を止めたいと言った。だが惜しむらくは、亜香里にその力はない。美智留の暴走を止めるには彼女は非力に過ぎる。

美智留は仲間であったはずの久津見の人生まで弄ぼうとした。それなら自分にも彼女を止める権利がある。

「亜香里さん。今からわたしのすることを黙って見逃してくれ」

「何、言い出すんですか。やっぱり病院へ」

「俺を事務所の前で降ろしてくれ。降ろしたら一目散に首都圏から離れろ。色んなことが起きるだろうけど、ほとぼりが冷めるまで絶対に戻ってくるな」

亜香里の言葉通り、オフィスのなかには恭子と名乗っていた女が一人いるきりだった。

「どうしたんですか、久津見さん。顔が真っ青ですよ」

「議員会館に行く前に、急に具合が悪くなりましてね」

久津見は覚束ない足取りで彼女に近づく。

「では、まだ柳井議員から拳銃を預かっていないんですか」

「面目ありません。それで、次善策について早急に相談するために戻ってきました」

よほど具合が悪く映ったのだろう。女は久津見に駆け寄り、介抱するような素振りを見せる。

「すみません、恭子さん。外気が恋しくなりました。窓を全開にしてもらえませんか」

気圧《けお》されたように彼女は壁へと移動し、横引き窓をいっぱいに開いてから戻ってくる。

「本当に大丈夫ですか。顔中で汗を掻いているじゃありませんか」

「それじゃあ我儘《わがまま》をもう一つだけ。冷たい水を一杯いただけませんか」

「お安い御用ですよ」

中座してしばらくすると、彼女は紙コップになみなみと水を注いできた。久津見は紙コップを受け取り、やっと彼女の顔を直視した。

「恭子さんは優しいんですね」

「……いきなり何ですか」

「あなたを称賛したくなりましてね。あなたは人と話す時、いつもそうやって菩薩みたいに笑ってくれる。クライアントが悩みや苦境を訴える時も、神様みたいに受容してくれる。その安心感で、みんな、あなたに全てを打ち明けてしまう」

「褒めていただいても何も出ませんよ」

「あなたの横にいるとよく分かる。今まで恭子さんが相手にしてきたクライアントは、伊能さんにしても倉橋さんにしても咲田さんにしても、心の奥に闇を抱えた潜在的な罪びとだった。きっとみんな、神父さんに懺悔《ざんげ》するような気持ちであなたに悩みを打ち明けたんだろうな」

「神父ですか。わたし自身はとんと無宗教なんですけどね」

「時折、考えるんですけどね。信者から懺悔を聞かされる時の神父さんは、いったいどんな心持ちなんでしょうね。迷える子羊の悩みに対して神を代弁するのか、それとも我が事のように同じ目線で悩んであげるのか、それとも……」

「それとも、何ですか?」

「自らの手では開けることのなかった地獄の門を、無理やり開かせてしまうのか」

そう告げるなり、久津見は紙コップの水を彼女の顔にぶちまけた。

「わっ」

咄嗟のことに彼女は目を閉じて無防備になる。久津見は有無を言わさず彼女を片手で抱きかかえると、ぱっくりと口を開いた窓の方へ引き摺っていく。

「く、久津見さん。いったい何の真似」

「あなたは何人もの迷いびとを地獄の門に送り込んだ。だから今度はわたしがあなたを送り込んでやる」

「やめて」

「途中から柳井とぐるになって、わたしまで送り込もうとした。今更あなたに拒否権はないはずだ」

「あなたは間違っている。わたしだってあの男が憎いから」

ぞっとした。それでは自分を葬った後、柳井も毒牙にかける計画だったというのか。

やはりこの女はこの世に生きていてはいけない。

そう、自分ともども。

「やめて。やめてえっ」

「心配するな、恭子さん。こうして仲間になったのも何かの縁だ」

女の身体を抱えたまま、窓の外に身を乗り出す。窓の桟は腰に当たっている。もう少し重心を前へ移動させれば二人の身体は宙に投げ出される。

「わたしは恭子なんかじゃないっ」

「ああ、さっき亜香里さんから聞いた。あの世では本当の名前を名乗ればいい」

それが彼女に掛ける最後の言葉になった。

久津見が足を伸ばした瞬間、桟を支点にして二人の身体が大きく傾く。

女は目を見開くばかりで叫ぶことさえしない。

最後の最後になって功徳を果たせたか——久津見はひどく安らかな気持ちのまま、女の身体とともに宙に舞った。

5

新宿三丁目の雑居ビル下で男女の墜落死体が発見されたとの通報を受け、麻生は現場に急行した。議員会館内で柳井耕一郎の惨殺死体が発見された直後、受付に残っていた面会証から久津見の連絡先が判明したのだが、男女の死体発見現場がその連絡先と一致していたのだ。

面会証に記載されていたのは〈野々宮プランニングスタジオ〉。ここ数日、麻生班の面々が探し求めてやまなかった場所がそれだった。ところが判明したと同時に新たな死体が二つも転がっている。麻生には嫌な予感しかない。

現場に到着すると新宿署の捜査官と御厨《みくりや》検視官が麻生を待ちわびていた。

即死だ、と御厨はつまらなそうに告げる。

「六階のオフィスから折り重なるようにして墜落。二人とも脳挫傷による即死だ」

御厨の足元には男女の死体が行儀よく並べてある。

「検視官。男の方は脳挫傷と右腕に損傷が見られるが」

「墜落に直接の関係はない。右指が基節部から三本欠落、舟状骨《しゅうじょうこつ》が修復不能なまでに破損しているが、いずれも死亡以前に負ったものだろう」

柳井議員の事務所には顔面が半分吹き飛んだ死体と暴発したらしきトカレフが見つかっている。男の右手の損傷はトカレフの暴発と関連づけてよさそうだ。

「二人の身元は」

先着していた新宿署の捜査員が進み出た。

「死体の着衣から、それぞれ身分証や名刺が出てきました。男の方は久津見良平五十五歳。免許証に記載された住所は足立《あだち》区内ですが、最近はここのオフィスに寝泊まりすることが多かったらしいですね。別のフロアの住人から目撃証言が取れています」

柳井耕一郎がかつて〈ウルトラフリー〉なる強姦サークルを主宰していた事実は、

すぐに掘り当てることができた。珍しい苗字《みょうじ》だったので、同サークルの被害者の中に久津見の娘がいたこと、そして事件発覚後に娘どころか妻も後を追って自殺した事実も明らかになった。

久津見が柳井への復讐を目論み、その成就のために野々宮恭子と手を組んだのはまず間違いないだろう。議員会館に残された記録からも柳井殺しの犯人が久津見であるのを疑う要素は何もない。

麻生班の大失態だった。柳井議員を狙う人間も動機も特定できたというのに、殺人を未然に防ぐことが敵わなかった。選りにも選って殺害されたのは国民党農林部会の副会長を務める議員で、親父は一世を風靡《ふうび》した人気政治家だ。マスコミに事実が漏洩すれば、またぞろ警察批判の大合唱が巻き起こることだろう。今から先が思いやられる。

「女の方は」

「こちらは名刺がありました。〈野々宮プランニングスタジオ　代表野々宮恭子〉。こちらもビルの管理人の照会が取れており……」

「おい、ちょっと待ってくれ」

麻生は自分が聞き間違えたと思った。

「もう一度。この女が野々宮恭子だと」

「ええ。他のスタッフからもそう呼ばれていたという証言がありますが」

「馬鹿を言うな」

思わず大声が出た。お蔭で辺りに散らばっていた捜査員たちが、一斉にこちらを振り向いた。

「この女が野々宮恭子であるはずがない。俺は何度となく法廷で野々宮恭子本人を目の当たりにしているから明言できる。こいつは全くの別人だ。同じ美人かもしれんが、野々宮恭子とは似ても似つかぬ他人だ」

エピローグ

久津見たちの死体が発見されるより少し前、追っ手を逃れた彼女は西武《せいぶ》池袋本店の女子トイレにいた。これから化粧を済ませ、西武池袋線で飯能方面に向かう予定だった。当面の目的地は特に決まっていない。今はとにかく現場から離れることだけを考えている。

有難う久津見さん、と彼女は胸の裡で呟いた。あなたが最後に発揮してくれた犠牲的精神のお蔭でわたしは逃亡の時間を稼ぐことができる。ある程度は織り込み済みだったけど、あなたがあんなにも野々宮恭子の始末に執念を燃やしてくれたのは嬉しい誤算だった。

彼女は久津見に礼を述べながら野暮ったい化粧を落としていく。つい最前まで神崎亜香里と名乗っていた女はみるみるうちに消え去り、化粧の下からは蠱惑的《こわくてき》な目と人形のように整った鼻梁《びりょう》を持つ女の貌《かお》が現れた。

以前に報道された事件で顔写真を憶えていた者なら、絶句したに違いない。それこそが法廷に立たされながらも野々宮恭子であるとして無罪放免された蒲生美智留の顔だったからだ。

美智留は鏡の中の自分に微笑みかける。神崎亜香里の野暮ったい化粧ともしばらくおさらばだ。本物の神崎亜香里は今もどうせ、荒川《あらかわ》河川敷で他のホームレスと過ごしているか、最後に会った時の様子から察して既に野垂れ死にしたかもしれない。

亜香里からは五千円で住民基本台帳カードを買った。三日も食べていない亜香里に五千円はさぞかし大金だったろう。あの様子なら二千円も上乗せすれば血まで売っていたに違いない。

カードさえ入手すれば身分を偽るのは至極簡単だった。美しい顔も化粧の仕方で野暮ったくも醜くもできる。美しく整えるだけが化粧ではない。

後はクライアントとして訪ねてきた女を野々宮恭子に仕立てるだけだった。美智留ほどではないにしろ、彼女も人目を引く程度には美人だったのでこれもいい目眩《めくら》ましになった。

彼女の本名は武村良美《たけむらよしみ》という。〈野々宮プランニングスタジオ〉を訪れた動機も、最初は生活不安だった。

『毎日を過ごしていても、ふとした弾みで昔の忌まわしい出来事を思い出して精神が錯乱するんです。そうなると、全然仕事が手につかなくなって』

忌まわしい出来事の内容は、仲がよかった妹の自殺だ。その昔、〈ウルトラフリー〉なる強姦サークルの犠牲になり、妹が自殺してしまったのだと言う。美智留も聞き知っていた事件だが、後追いで調べてみると四百人以上の被害女性のうち、精神を病んだ者やその挙句に命を絶った女性も少なくなかった。また被害女性の証言から、真の主宰者が柳井耕一郎議員であることも知り得た。

ただ、これだけでは美智留の食指は動かなかった。美智留が矢庭に興味を示したのは、柳井が初当選した際のインタビュー映像を偶然見かけた時からだ。

『この度、皆様のお蔭で当選させていただいた柳井耕一郎と申します。まだ右も左も分からぬ若輩者ですが、ただ一つこれだけは、はっきり申します。これからの日本は女性の地位向上を抜きにしては語れません。わたしは何よりも女性の地位と名誉を護るべく、粉骨砕身政治活動を続ける所存であります』

スピーチを聞いた途端、美智留は笑いを堪えるのに必死だった。ほんの数年前まで四百人以上の女を弄んだ男の所信表明として、これ以上皮肉な演説もない。

だが当選後、柳井はめきめきと頭角を現し、国民党の中堅を担うようになる。柳井の過去を知らない世間は彼を好意的に受け止め、裏表のない有望な若手議員として持て囃した。

美智留の食指が動く。柳井が国会議員としての体裁を整えることにも、過去の悪行を隠蔽することにも特段の苛立ちはない。有権者に向ける善人顔もさほど気にならない。元より美智留自身には正義感もなければ義憤もない。ただし嗜虐心はある。過去を必死に秘匿し、政界の頂点を目指して足掻《あが》いている男の人生を握り潰したい衝動に駆られた。

　美智留にとって、それは目障りな羽虫を潰す行為と同等だった。一緒に妹さんの仇を討ちましょう、と持ち掛けると、良美は涙を流しながら同意した。もしもの場合を考えて野々宮恭子を名乗るように命じても、良美は復讐のためならとこれを快諾した。全く、良美ほど扱いやすい操り人形はいなかった。クライアントへの対応、受け答え、喋り方、表情の全てを事前に伝授し、満足のいくまで練習させた。仮初であっても良美にカリスマ性が発揮できたのは、美智留の教え方と良美の素直さが相俟ってのことだ。

　そして美智留自らは神崎亜香里を名乗って〈女性の活躍推進協会〉に入会したのが企ての第一歩だった。

　国会議員柳井耕一郎の資金源と人脈を一つずつ潰していく――少しずつだが確実な計画の途中で、久津見という望外の仲間を得た。柳井に家族を奪われたという点で良美と久津見は同じ境遇だが、美智留は二人の間に立つことで情報を共有させなかった。最終局面で二人の疑心暗鬼を誘って共倒れさせるのを目論んでいたからだ。

今から思えば良美も久津見も純情だった。家族の復讐を遂げたいがあまり、亜香里という人物に気を許し過ぎた。愚かな話だと思う。復讐なんて一円の得にもならないというのに。

トイレを出てスマートフォンのニュースサイトを眺めると、新宿三丁目の雑居ビル下で男女二人の墜落死体が発見されたとの記事が目についた。どうやら久津見はこちらの思惑以上に行動してくれたらしい。まさか良美と道行きを図ってくれるとは。

他人の人生を弄ぶのに自分の手を汚す必要はない。今度もわたしが指を差すだけで、七人の人間が命を無駄遣いした。人の命の、何と安く儚いことか。

百貨店を出ると、そろそろ秋に向かい始めた風が美智留の髪を揺らした。

不意に愉快な気分になり、美智留は人ごみの中にいるのも構わず、長く低く嗤い出した。

あとがき漫画 美チルアウト 松田洋子

夏は背筋の凍る
ミステリーを持って
避暑地のホテルへ
行きたいものだ
ラストを読む前に
フローズンカクテルを
一杯たのもうか
何言ってんのぉ
うちは 麦茶しか
ないわよう〜
どうせ僕は
社会も労働も避けて
生きてきたから
避暑に行ける身分じゃ
ございませんよ
夢と書いて
「みのほどしらず」と
読むのをこのミステリーで
覚えたしね
鏖
辞書では
「みなごろし」の
隣にのってるはず
イヤミス
辞書なの？
ふたたび
嗤う
淑女

何者でもない奴が「夢」みちゃって何者かになりたきゃ
何者かの応援して助けてるだけで何者気分が味わえるよね
このあたりの
政治
宗教
支援団体NPO
助け合いましょう
藤沢優美も派遣の工員から
くっそだるい〜
でも夢みたはずの場所はすぐ色あせて
くっそだるい〜
募金
支援のボランティアやって
助けましょう
平等に
事務局長に大抜てき!!
ホホホホ
夢はさらに大きくふくれだす
あの女をけおとして政策秘書に

その夢の先にいるはずの咲田彩夏もまたろくでもない夢を抱えこんでるし
奥さんになりたい
ぐすっ
もっとこう ほらぁ中にはキラキラした美しい夢だってあるでしょおっ？
あっははのは
な〜いね！本人はそう思いこんでるかもしれないけど
がんばった者はむくわれるべき！なくんて能なしが助けを求めてくるの
俯瞰で見れば腐肉にたかる虫でしかないね
何様目線なのぅ？
もっと私を
上にいきたい
ほめてくれよ

ゴオオオ
そいつらをみんな
飛んで火に入る
夏の虫にしちゃう
我らがヒロイン最強♡
やっぱ夢と壓は隣り合わせ
くすくす
最高の夢を
見させた後で
最悪の目覚め方
させてやるだけ～
何者でもあるし
何者でもない
どこにでもいるし
どこにもいない
彼女こそ僕が
心から憧れる
真の高等遊民
ん～…
それって
住所不定
無職ってことお？
すぐなれそうよ～
お前にだって～
ちがうよ
んも－っ
夢もロマンも
何もない母さんも
最強だよ

単行本　二〇一九年一月　実業之日本社刊
あとがき漫画「美チルアウト」は、文庫版のためにに描き下ろされました。

本作はフィクションです。登場する個人、政党、企業、団体その他は実在のものと一切関係ありません。（編集部）

実業之日本社文庫　最新刊

伊兼源太郎
ブラックリスト　警視庁監察ファイル
容疑者は全員警察官——逃亡中の詐欺犯たちが次々と変死。警察内部からの情報漏洩はあったのか。ブラックリストが示す組織の闇とは!?（解説・香山二三郎）
い132

岩城裕明
呪いのカルテ　たそがれ心霊クリニック
30歳で死ぬ呪いを解くため悪霊を食べる医者？　日本で唯一の心霊科を掲げる恵介には、幽霊を見られる相棒が…。この恐怖は、泣ける！（解説・織守きょうや）
い191

宇佐美まこと
少女たちは夜歩く
魔界の罠にはまったら逃げられない——森の中で不可解な悲劇に見舞われる人々。悪夢を見た彼らに救いの時は？　戦慄のホラーミステリー！（解説・東 雅夫）
う71

菊川あすか
君がくれた最後のピース
母を亡くして二年、家族のため気丈に頑張ってきた大学生の智子。報われない毎日が嫌になり旅に出るが…。時空を越え、愛されることの奇跡を描いた感涙物語！

き51

草凪 優
冬華と千夏
近未来日本で、世界最新鋭セックスAIアンドロイドがデビュー。人々は快楽に溺れる。仕掛け人は冬華。著者渾身のセクシャルサスペンス！（解説・末國善己）
く69

今野 敏
罪責　潜入捜査〈新装版〉
廃棄物回収業者の責任を追及する教師と、その家族にヤクザが襲いかかる。元刑事が拳ひとつで環境犯罪に立ち向かう熱きシリーズ第4弾！（解説・関口苑生）
こ217

沢里裕二
桃色選挙
野球場でウグイス嬢をしていた春奈は、突然の依頼で市議会議員に立候補。セクシーさでは自信のある彼女はノーパンで選挙運動へ。果たして当選できるのか!?

さ314

実業之日本社文庫　好評既刊

土橋章宏
金の殿　時をかける大名・徳川宗春
南蛮の煙草で気を失った尾張藩主・徳川宗春。目覚めてみるとそこは現代の名古屋市!?　江戸と未来を股にかけ、惚れて踊って世を救う！　痛快時代エンタメ。

と41

中村彰彦
完本　保科肥後守お耳帖
徳川幕府の危機を救った名宰相にして会津藩祖・保科肥後守正之。難事件の解決や温情ある名裁きなど、名君の人となりを活写する。（解説・岡田 徹）
な11

中村彰彦
真田三代風雲録（上）
真田幸隆、昌幸、幸村。小よく大を制し、戦国の世に最も輝きを放った真田一族の興亡を歴史小説の第一人者が描く、傑作大河巨編！

な12

中村彰彦
真田三代風雲録（下）
大坂冬の陣・夏の陣で「日本一の兵（つわもの）」と讃えられた真田幸村の壮絶なる生きざま！　真田一族の興亡を描く巨編、完結！（解説・山内昌之）
な13

鳴海 章
オマワリの掟
北海道の田舎警察署の制服警官〈暴力と平和〉コンビが珍事件、難事件の数々をぶった斬る！　著者入魂のポリス・ストーリー！（解説・宮嶋茂樹）
な21

鳴海 章
マリアの骨　浅草機動捜査隊
浅草の夜を荒らす奴に鉄拳を！　――機動捜査隊浅草日本堤分駐所のベテラン＆新米刑事のコンビが連続殺人犯を追う、瞠目の新警察小説！（解説・吉野 仁）
な22

文日実
庫本業 な52
社之

ふたたび嗤《わら》う淑女《しゅくじょ》

2021年8月15日　初版第1刷発行
2022年9月5日　初版第3刷発行

著　者　中山七里《なかやましちり》

発行者　岩野裕一
発行所　株式会社実業之日本社
〒107-0062　東京都港区南青山5-4-30
emergence aoyama complex 3F
電話［編集］03(6809)0473［販売］03(6809)0495
ホームページ　https://www.j-n.co.jp/
DTP　ラッシュ
印刷所　大日本印刷株式会社
製本所　大日本印刷株式会社

フォーマットデザイン　鈴木正道（Suzuki Design）

ISBN978-4-408-55682-6（第二文芸）